国家出版基金项目
“十三五”国家重点出版物出版规划项目
安徽省文化强省建设专项资金项目

普希金作品选

Избранные сочинения А.С. Пушкина

［俄］普希金◎著
力　冈◎译

安徽师范大学出版社
·芜湖·

图书在版编目(CIP)数据

普希金作品选 / (俄罗斯) 普希金著; 力冈译. — 芜湖: 安徽师范大学出版社, 2018.1
(力冈译文全集;17)
ISBN 978-7-5676-3267-7

Ⅰ. ①普… Ⅱ. ①普… ②力… Ⅲ. ①长篇小说 - 俄罗斯 - 近代②童话诗 - 诗集 - 俄国 - 近代 Ⅳ. ①I512.14

中国版本图书馆CIP数据核字(2017)第258877号

普希金作品选　　[俄]普希金◎著　力冈◎译
PUXIJIN ZUOPINXUAN

责任编辑: 丁　立　房国贵
装帧设计: 刘　畅　桑国磊
出版发行: 安徽师范大学出版社
芜湖市九华南路189号安徽师范大学花津校区
网　　址: http://www.ahnupress.com/
发 行 部: 0553-3883578　5910327　5910310(传真)
印　　刷: 浙江新华数码印务有限公司
版　　次: 2018年1月第1版
印　　次: 2018年1月第1次印刷
规　　格: 880 mm×1230 mm　1/32
印　　张: 12.75
字　　数: 301千字
书　　号: ISBN 978-7-5676-3267-7
定　　价: 78.00元

力冈先生文学翻译的历史意义

——序《力冈译文全集》

刘文飞
中国俄罗斯文学研究会会长

在力冈先生诞辰91周年的今天，在力冈先生去世20年后的当下，在洋洋19卷23册的《力冈译文全集》面世的此刻，我们终于可以试着归纳一下他的文学翻译所具有的历史意义了。

一

力冈先生的文学翻译苦行僧形象是具有典型意义和感召力量的，这是中国老一辈俄苏文学翻译家留下的一个苍凉背影，也是他们为自己建起的一座“非人工的纪念碑”。翻译是一项苦差事，是需要坐冷板凳的，是一项付出和回报往往不成正比的工作，是一种注定要与孤独和寂寞为伴的工作。文学翻译至少需要出色地掌握两种语言，而好的外语或许能让人找到另外一种更为轻松、更有利可图的工作，好的翻译家若用其母语来进行创作，大约自己也能写出像样的文学作品来。可是，文学翻译似乎像电子游戏、像吸食鸦片一样是一种能让人上瘾的事情，一旦上手，一旦品味到其中的甘苦，往往便欲罢不能。始自玄奘的翻译姿态和翻译精神，似乎成了中国一代又一代译者的宿命，即专注和吃苦，苦修和执着。

力冈先生1926年生于山东乡间，自幼失去母亲，生活贫苦，到他上中学时，家乡被日寇占领，他流亡河南、甘肃、陕西等地。1950年，他考入哈尔滨外国语专门学校俄语专业，毕业后志愿来到安徽师范大学任教，不久就开始了文学翻译工作，陆续在报刊上发表一些短篇译作，至1956年，他的单行本译作《里雅希柯小说集》已由上海新文艺出版社推出。然而次年，他便在反右运动中蒙冤，被开除公职，押往新生耐火材料厂劳教。1960年7月，他因“劳动表现突出”被摘掉右派帽子，重返学校，他在教学之余立即重拾译笔，在短短数月间便译出苏联作家艾特马托夫的中篇小说《查密莉雅》，这篇译作在《世界文学》杂志1961年第10期刊出，引起轰动，“力冈”这一译家大名从此进入人们的视野。就在力冈先生准备大展宏图、施展拳脚的时候，“文化大革命”却突如其来，1968年，他再度被逐出校园，下放至宣城地区新田公社劳动改造，直到“文革”结束后的1978年方得以重返讲台，此时他已过天命之年，用他自己的话说就是：“噩梦醒来，已是人生的黄昏。”文学翻译需要天赋，但也是一种力气活，在对于一位翻译家而言的黄金时期，即30—50岁，力冈先生却两度蒙冤，两度再拾译笔，重新开始，这需要何等的勇气和坚韧！他两落三起的翻译经历，几乎就是20世纪五六十年代中国的俄苏文学翻译家们跌宕起伏的人生经历的缩影，就是那一时代中国知识分子命运的象征。令人惊讶的是，重返译坛的力冈先生以超乎常人的工作激情和翻译速度，在1978年后的20年间陆续出版20余部译著，平均每年一部，总字数达700余万。在20世纪80年代，最初几部译著的出版使力冈先生挣到了以当时标准看相当不菲的稿酬，甚至成为所谓“万元户”，但他似乎无暇也无意去享受自己的劳动成果，依然粗茶淡饭，素衣裹身，与此同时却以更大的热情继续译事，终日伏案，不懈地爬格子。1997年2月，力冈先生因肝癌病在芜湖弋矶山医院逝世，据家人说，他在生命的最后时刻仍在念叨着未译完的最后一部译作《罪与罚》。我们或许可以说，他是被文学翻译累死的；我们肯定可以说，文学翻译是他最为看重的毕生事业。

力冈先生少年时四处漂泊，中年时命运多舛，老年时病魔缠身，他的一生似乎都不是给最需要安宁和平静的翻译家所准备的；力冈先生的职业是教师，他偏居小城，又不善交际，这些似乎都不构成他迅速成长为一位全国著名翻译家的前提条件。但是，正如吴笛教授在他纪念力冈先生的文章中所言：“他的一生就是用出人意料的成就表现了悲怆的境界。面对种种意想不到的遭遇和不公，他并没有沉沦，也没有片面地记恨，而是在艰难的岁月中怀着对人性的憧憬，将厄运升华为创作的动力，在逆境中不忘呼唤人性和仁爱，将种种遭遇视为生命中的财富，在悲怆的境界中抒写诗意人生，毫不气馁地追求生命的意义，在自己所献身的俄罗斯文学翻译事业中，做出了杰出的贡献。”

普希金说过：“译者是文明的驿马。”笔者曾对此说法加以引申：“如果说广义的译者是文明的驿马，那么专事文学翻译的人士便是‘文学的驿马’了。凑巧的是，在汉语中，译者的‘译’和驿马的‘驿’不仅同音，而且在词源、词形和词义上也很相近，区别似乎仅在于后者为‘马儿’而前者是‘文人’（言者）。……用在驿站间往复奔波的马儿来形容译者，每个有过译事经验的人大约都能在这个比喻中品味出某种艰苦和辛酸，甚至是束缚和无奈。……既要有出众的能力还要有忍辱负重的秉性，日复一日的奔波只能换得微薄的粮草，还得时刻提防路途中遍布的坑洼和沼泽，能善此业者非驿马莫属也。”力冈先生就是这样一匹忍辱负重、砥砺前行的“文学的驿马”。力冈先生以他的作为告诉我们，文学翻译是一项可以托付终生的事业，是一种富有意义的存在方式；力冈先生及其文学翻译活动是一种燃烧生命的举动，一个与命运抗争的典范，同时是他的翻译意志奏出的一曲凯歌。

二

力冈先生是在中国改革开放的热潮中展开他最积极的翻译活动的，他的大部分译作出版于20世纪80年代。浏览一下力冈先生的译作书目，可以发现出版于80年代的译著有十余部之多，计有格鲁兹杰夫的《高尔基传》（与济凯合译，江西人民出版社1980年版）、冈察尔的《爱的归宿》（安徽人民出版社1983年版）、巴巴耶夫斯基的《野茫茫》（浙江文艺出版社1983年版）、艾特马托夫的《白轮船》（外国文学出版社1984年版）、阿列克谢耶夫的《儿时伙伴》（山东文艺出版社1984年版）、波利亚科夫的《别林斯基传》（黑龙江人民出版社1985年版）、普希金的《暴风雪》（春风文艺出版社1985年版）、肖洛霍夫的《静静的顿河》（漓江出版社1986年版）、帕斯捷尔纳克的《日瓦戈医生》（与冀刚合译，漓江出版社1986年版）、帕斯捷尔纳克的《含泪的圆舞曲——帕斯捷尔纳克诗选》（与吴笛合译，浙江文艺出版社1988年版）、卡里姆的《悠悠儿时情》（安徽文艺出版社1989年版）和格罗斯曼的《风雨人生》（漓江出版社1991年版）等。从这个目录还可以看出，力冈这一时期的译作总体上以苏联当代文学作品为主要翻译对象。

20世纪80年代是中国当代史上的一个特殊时期，那是一个文化转型期，甚至可以说是中国现当代的一场文艺复兴，是一个文化觉醒的黄金时期。在那场汹涌壮阔的思想解放运动中，在整个改革开放后中国当代文化的建构过程中，对外国文学和外国文化的翻译和介绍起到了无可替代的重要作用，中国当今的现代化，从某种意义上说就是一种“被翻译过来的现代化”。那是一个文学的时代，也是一个翻译文学的时代；那是一个开放的时代，更是一个对外国优秀文学和文化开放的时代，在精神上饥寒交迫的国人首度面对外国文学的盛宴，饕餮之余，最应该感谢的就是那一时代的翻译家。在中国改革开放后出现的外国文学翻译热潮中，俄苏文学也是重要的译介对象之一，力冈先生的译著也和其他众多翻译作品一样，是对改革事业的添砖加瓦，是为思想解放运动注入的燃料，对当时中国社会的文化重建、国民文化性格的重塑起到了重要作用。

中国的俄国文学翻译始自19世纪末，在五四时期出现第一个高潮，如今人们在探讨五四运动的起因时，常将俄国的文学与德国的马克思主义和法国的启蒙思想并列为三大思想资源，由此不难看出俄国文学在当时中国社会所发挥的强大思想作用。后来，在抗日战争时期，在新中国成立之后的50—60年代，俄苏文学再度发挥“军火”和“样板”功能，而在改革开放时期，包括俄苏文学在内的外国文学，又一次成为国人解放思想、放眼世界的意识形态工具和思想武器。如果说，鲁迅那一代翻译家是“给起义的奴隶偷运军火”的人，那么，改革开放时期的这一代中国翻译家同样是为国人“盗火”的普罗米修斯，功莫大焉，没有包括力冈先生在内的这一代翻译家的辛勤工作，国人的思想解放就是难以想象的。如果我们把出生在19、20世纪之交的翻译家如鲁迅、瞿秋白、蒋光慈、茅盾、巴金、耿济之等视为中国第一代俄国文学翻译家，那么20世纪第一个十年前后出生的姜椿芳、曹靖华、戈宝权、查良铮、汝龙、满涛、叶水夫等就是第二代，而力冈以及去年去世的草婴和刚刚去世的高莽等人则构成中国的俄国文学翻译家的第三代方阵，这一代翻译家同样以自己的辛勤努力为中国的思想启蒙和文化构建做出了历史性的贡献。

中国第三代俄国文学翻译家的工作也对当代中国文学的发展进程产生了深远影响。在20世纪80年代初起，俄苏文学在中国的译介出现一个“井喷”现象，十余年间，全国近百家出版社先后出版的俄苏文学作品多达近万种，在译作的种类和印数上，可能要高出此前所有同类出版物的总和。在这样一种铺天盖地的外国文学译介热潮中，受益的不仅仅是中国的读者，自然也包括中国的作家。王蒙在他的《青春祭》（作家出版社2006年版）一书中写道：“我们这一代中国作家中的许多人，特别是我自己，从不讳言苏联文学的影响。是爱伦堡的《谈谈作家的工作》在50年代初期诱引我走上写作之途。是安东诺夫的《第一个职务》与纳吉宾的《冬天的橡树》照耀着我的短篇小说创作。是法捷耶夫的《青年近卫军》帮助我去挖掘新生活带来的新的精神世界之美。在张洁、蒋子龙、李国文、从维熙、茹志鹃、张贤亮、杜鹏程、王汶石直到铁凝和张承志的作品中,都不难看到苏联文学的影响。张贤亮的《肖尔布拉克》、张承志的《黑骏马》以及蒋子龙的某些小说都曾被人具体地指认出苏联的某部对应的文学作品;这里,与其说是作者一定受到了某部作品的直接启发,不如说是整个苏联文学的思路与情调、氛围的强大影响力在我们的身上屡屡开花结果。”这里提到的张承志,就对力冈先生的译作赞不绝口,曾感慨:“我恨不得倒背如流!”由此不难窥见力冈先生的译作对改革开放时期中国作家产生的影响。

三

1984年,漓江出版社推出力冈先生重译的《静静的顿河》,这是新时期名著重译的第一部,而自90年代起,力冈先生更将名著重译当成首要任务,相继重译了多部俄国文学经典,如托尔斯泰的《复活》(译林出版社1992年版)和《安娜·卡列尼娜》(浙江文艺出版社1992年版)、屠格涅夫的《猎人笔记》(河北教育出版社1994年版)、莱蒙托夫的《当代英雄》(河北教育出版社1994年版)等,他作为翻译家的最后一项工作,就是重译陀思妥耶夫斯基的《罪与罚》。力冈先生是俄国文学经典著作重译的倡导者和先行者之一,他几乎将他翻译艺术炉火纯青的最后十年都用在了名著重译上。

文学名著重译始终是译界的一个有趣话题。中外文学史上的名作原著，无论出现在什么时代，一代又一代读者捧读的均为同一个文本，而文学名著的译本，即便是著名的译本，却常常会随着时间的推移而“衰老”，会被所谓“新译”所取代。日本著名斯拉夫学者、契诃夫的日译者沼野充义有一次曾对笔者说，被译成日语的契诃夫作品每20—25年便要新译一次，以适应新一代的读者。他的话让笔者大吃一惊，可转而一想，外国文学作品的汉译其实也有着大致相同的命运，尽管其存活期未必一定就是20—25年。汉语文学中的原创名著，如唐诗宋词元曲，如《三国演义》《水浒》《西游记》《红楼梦》，自然在任何时代都不需要也不允许做任何文字加工，可汉语文学中的翻译名著，即便是近现代翻译大家们的著名译作，如严复译的《天演论》、林纾和魏易译的《黑奴吁天录》、鲁迅译的《死魂灵》等，如今也会让人觉得不无“过时”之感，至少会让当下的读者阅读不畅。也就是说，文学名著是永恒的，不朽的，它们的译作却是相对短命的。笔者曾在一篇文章中对名著重译现象作过一番思考：首先，从读者方面看，读者为什么会在面对原作和译著时持有不同的阅读态度呢？他们对于原作和译作这种不同的阅读取舍究竟源自何种阅读心理呢？这种厚此薄彼的取向究竟是先天的还是后天的，是产生在翻译活动出现之后还是之前，这种倾向与文学名著重译这两者之间究竟存在着什么样的互动关系呢？其次，从译者的角度看，在进行重译和新译时究竟该如何面对已有的译作，尤其是已有的优秀译作，是刻意回避，还是尽量汲取原有译作的经验和精髓呢？如果对原有译作尤其是名译作的经验和精髓有所汲取，又该如何避免抄袭的嫌疑和版权的纠纷呢？如果对前辈翻译家宝贵的翻译经验视而不见，每位新译者均另起炉灶，真的能做到青出于蓝吗？如果新译在翻译质量上无法与旧译比肩，甚至不如旧译，那么重译的意义和价值又何在呢？最后，从翻译实践活动自身来看，用16、17世纪的汉语去翻译莎士比亚当然是可笑的，但是，用21世纪的汉语网络语言去翻译莎士比亚就一定具有历史的必然性和合理性吗？不断地重译、新译，会在多大程度上减少或抹去原作的时代感和历史感，把每一部新译作都作为当下的作品来读，是不是一种最大程度的误读呢？

力冈先生在进行文学名著的重译时，不知是否也曾遭遇此类问题，但他在晚年义无反顾地执着于重译，一定是一种有意识的抉择。我们猜度，他在他翻译事业的黄金时段做出这一重大转向，可能有如下几种原因：首先，他觉得在他之前的译本还有继续加工的余地，还有再度提升的空间。力冈先生重译的这几部俄国文学名著在他之前早已有过出自名家的名译，它们是不止一代中国读者捧读的对象，但力冈先生却不畏权威，另辟蹊径，公开与多位前辈翻译大家打擂台，这或许是力冈先生个人性格的一种显现，但他敢于“叫板”，无疑因为他自信他可以比之前的译著译得更好，或至少能译出他自己与众不同的特色。其次，在译出十多本书后，作为一名富有经验的翻译家，力冈先生大约也会产生出如何超越自己的问题，重译名著，既可以与前辈译家一较高低，同时也能时刻与俄国文学史上的名著及其作者进行跨越时空的深度交流，这无疑是一种更富有挑战也更富有趣味的工作。最后，名著之所以成为名著,就因为它们往往具有更为完满的艺术价值和更为恒久的艺术生命,翻译这样的作品,无疑更能呼应社会的阅读需求,赢得更大的社会意义。

力冈先生晚年重译的多部名著如今仍在一次又一次地再版,这说明力冈重译的俄国文学经典具有长久的生命力,也说明他当年重译名著的抉择是正确的。一位翻译家,只要他的译作还能出版,还能被人阅读,这位翻译家就还活着,好的译作就是译者的生命之延续。从更为广泛的意义上说,力冈先生是我国改革开放之后名著重译之风的倡导者之一,而名著重译,对于深化我们对外国文学经典的理解和认识、对于发展我们的翻译实践和理论而言,都是极具历史意义的。

四

力冈先生是一位翻译家,也是一位大学老师,教书育人是他的本业。作为恢复高考后步入安徽师大外语系俄语专业的20名学生之一,笔者有幸受教于王老师(力冈本名王桂荣,我们当时都称他“王老师”)。记得先生1978年从插队的宣城乡村回到安徽师大后,不久就开始给我们授课,他教的是“文学选读课”。先生是一个颇为“另类”的老师:他上课不用现成的教材,没有固定的教案,就以他当时正在进行的翻译工作为授课内容;他在教室里不来回走动,几乎不做板书,仅端坐讲台,摊开那本他正在翻译的原著,一旁摆着一摞他最新出炉的译稿,按部就班、一句一句对照着讲下去。对文学没有兴趣、对文学翻译没有兴趣的学生,听这样的课或许会感到无味，当时王老师课的课堂气氛也的确有些沉闷单调，但王老师并不在意，只管自顾自地讲下去，他会讲他为什么要这样译，讲到兴奋处，他会突然提高嗓门，用带有山东腔的口音高声朗读他最得意的译文段落，读完后，他会抬起眼睛，久久地盯着天花板，似在掩饰眼里涌出的泪水。记得是在讲解《当代英雄》时，他时时指出其他译者，甚至是非常著名的翻译家的错误，并向我们分析这些错误之所以出现的可能的原因，他也时常让我们在他的译文中“挑错”或为他的译文“润色”，如果我们偶有所得，他往往显得比我们还要高兴。与王老师的文学选读课构成呼应的，是我们在大三时学的翻译课，翻译课教师张本桂先生常常给我们一些原文片段，让我们动手翻译，并在下一次翻译课上让译文出色的同学朗诵其译文，并对他认为好的译文再逐字推敲。正是在力冈先生以及张本桂先生和其他老师的精心培养下，安徽师大俄语专业涌现出一大批俄罗斯语言文学专业的人才，其中多位如今已成为国内知名的翻译家，有译著面世的人更多达十余位，如吴笛、张杰、周启超、吴嘉佑、冯华英、朱少华、陈建硕和刘文飞等。名不见经传的安徽师大俄语专业，在短短二三十年间居然成为中国的俄语文学翻译家的摇篮，王老师在天之灵也会因此而深感欣慰！

我们这个俄国文学译者群体的崛起，在很大程度上要归功于力冈先生及其同事们的言传身教。首先，他在课堂上逐字逐句的中俄文对照讲解，他关于译者甘苦的诉说，对于有志于文学翻译的学生而言弥足珍贵，这其实就是一个文学翻译的工作坊和实验室，让我们当年在初步掌握俄语后不久便接触到了俄语翻译的真谛，亲眼目睹了一位翻译家的工作过程和工作方式。其次，他既与我们分享他的翻译过程，也与我们分享他的翻译收获，记得我们在校时，他和济凯先生合译的《高尔基传》已经出版（江西人民出版社1980年版），他送给全班同学每人一本译著，并用规整的笔迹在扉页上题字签名，不难想象，我们接到这样的馈赠时会多么激动，同时也会觉得译书和出书不再是一件遥不可及的事情。最后，他以他的翻译行为和翻译意志告诉我们大家，庙小并不妨碍念经，更不妨碍修身。他在翻译课上不畏权威，真诚地点出翻译名家们的长处和短处，让我们较早地感受到某种翻译民主精神，并从而确立自己的翻译人格。在他之前的大翻译家往往都生活和工作在大城市，而他在成名后却安居小城，潜心译事，他的存在方式构成一种垂范和激励，使我们很早就意识到，一位翻译家原本可以在任何环境里成长和工作。力冈先生作为一位翻译家的作为和风骨，为他的学生们树立起一个光辉的榜样。

五

力冈的文学翻译有着其鲜明独特的文字风格。译者作为一部作品中的“被动创作者”，究竟应不应该体现其风格，这也是翻译学中一个争论已久的问题，一个见仁见智的问题，有人认为，译者的责任就在于原封不动地传导原作的风格，而不能擅自发挥，喧宾夺主。但是，译作毕竟是由译者用另一种语言进行的文学再创作，译者个人的修辞习惯和语言风格不可避免地会在其译作中得到体现，也就是说，所谓“译者风格”实际上是难以避免的。在这种情况下，如何让译者的风格与作者的风格相互接近、相互吻合，往往就成了决定译作成败的关键因素之一。译者无法在作品的风格范畴里肆意妄为，但译者毕竟有权利选择与自己相近的原著，或者说，选择自己较容易处理的翻译对象，或者说，在一部作品的翻译过程中更注重在自己的风格较易发挥的地方施展拳脚。原作风格和译者风格的吻合虽是一个可遇不可求的事情，但一旦相遇，便是译者的幸事，也是原作者的幸事，更是读者的幸事。

在力冈先生的译著中，较之于人物对话和心理描写，大段落的抒情和大场面的写景似乎得到了译者更为精心的处置，他往往能借助这些段落营造出一种悲凉壮阔、哀婉抒情的氛围，更确切地说，他往往能细腻精准地传导出原作中的此种氛围。力冈先生钟情于这样的段落，钟情于这种文学氛围的营造和传导，无疑与他饱经沧桑的生活经历相关，也是他既刚正不阿又侠骨柔情的性格使然，更是他的审美趣味和文字风格的要求。他的几部译著在书名翻译上的处理，就在一定程度上体现了他的这一追求。巴巴耶夫斯基的小说原名*Приволье*，这是一个很“地道”的俄语单词，意为“广阔的地方”“无拘无束”等，力冈成功地将其译成《野茫茫》，这个译名既契合小说描写苏联斯塔夫罗波尔草原地区生活的主题，也暗含着我国著名的北朝民歌《敕勒歌》所具有的苍茫壮阔的抒情力量。卡里姆的小说原题*Долгое-долгое детство*，力冈先生最初发表在《世界文学》上的译文题为《漫长漫长的童年》，后来出版单行本时，他将书名改为《悠悠儿时情》，

"漫长漫长的"和"悠悠"这两种均使用了叠词的译法都是对原文题目中的修辞手法和诗意情绪的准确再现,但"悠悠"较之"漫长漫长的"似乎更符合中文习惯,再加上之后的"儿时情",无疑更有抒情味。冈察尔的小说 *Берег любви* 通常被译为《爱的彼岸》或《爱之岸》,力冈先生却译为《爱的归宿》,译者似乎也是在有意地"拓展"作为小说描写对象的爱情的辐射范围。力冈最重要的译作之一《生活与命运》最初的译名是《风雨人生》,力冈是在20世纪80年代末结束此书的翻译的,想必他在译完这部作品时,回顾自己和社会遭遇的种种磨难,不禁百感交集,故将格罗斯曼的原书名 *Жизни и судьба* 译成《风雨人生》。需要说明的是,在广西师范大学出版社不久前再版力冈先生的这部译著时,笔者建议将译著的书名改为《生活与命运》,因为这部小说如今已与托尔斯泰的《战争与和平》并列,而作者格罗斯曼在为这部小说取名时也的确是对托尔斯泰那部史诗的有意模仿,"生活与命运"和"战争与和平",都是对人类生活最高程度的归纳和概括。

我们或许可以将力冈先生的文学翻译风格概括为"大气的诗意"或"壮阔的悲凉",即一种融悲剧与抒情于一炉、广阔的画面感与内在的节奏感相互呼应、一气呵成的连贯调性和力透纸背的史诗感相映成趣的译文风格。在他精心翻译的《静静的顿河》和《日瓦戈医生》等巨著中,他的译笔很好地传达出了原著中原本就饱含的由抒情性、悲剧性和史诗性抱合而成的小说整体氛围,而在《生活与命运》的翻译中,他的这一风格又得到了更为充分的彰显。请读一读这部史诗长篇的结尾:"在这种宁静中,会想起去年的树叶,想起过去的一场又一场风雨,筑起又抛弃的窠巢,想起童年，想起蚂蚁辛辛苦苦的劳动，想起狐狸的狡诈和鹰的强横，想起世间万物的互相残杀，想起产生于同一心中又跟着这颗心死去的善与恶，想起曾经使兔子的心和树干都发抖的暴风雨和雷电。在幽暗的凉荫里，在雪下，沉睡着逝去的生命——因为爱情而聚会时的欢乐，四月里鸟儿的悄声低语，初见觉得奇怪、后来逐渐习惯了的邻居，都已成为过去。强者和弱者、勇敢的和怯弱的、幸福的和不幸的都已沉睡。就好比在一座不再有人住的空了的房子里，在和死去的、永远离开这座房子的人诀别。但是在寒冷的树林中比阳光明丽的平原上春意更浓。在这宁静的树林里的悲伤，也比宁静的秋日里的悲伤更沉重。在这无言的静默中，可以听到哀悼死者的号哭和迎接新生的狂欢……”这一史诗性的小说结尾写得好，译得也好，善于再现悲剧抒情风格的翻译家力冈先生的功力和风格在这里体现得淋漓尽致，炉火纯青！

俄国诗人叶夫图申科在1986年访问中国之后，深为中国俄苏文学翻译家们忍辱负重、坚持不懈的精神所感动，写下一首题为《中国翻译家》的诗作，在由笔者译成中文的这首诗的最后，诗人写道：“知识分子的良心，/就是一家出版社，/它仍能工作，/即便没有印刷机，/无论监狱、疾迹还是侮辱，/它仍能用诗句的春燕/把各个民族连系。/翻译家们在做什么？/他们让各国人民相互走近，/越过国境，/越过谎言的沼泽地。/总有一天，要用他们的姓氏/为巨轮命名，/稻穗和麦穗，/会向他们鞠躬致敬。/伟大的译文，/就像神的预言。/翻译过来的细语，/会成为震耳的呼喊。/但愿能有一座纪念碑，/献给无名的翻译家，/那最为可敬的基座，/就由无数的译著垒成！”我们相信，力冈先生的译著，应该也被垒入这座纪念碑的基座;力冈先生的名字,应该也被刻上这座纪念碑的碑身!

二〇一七年初秋于京西

目　录

彼得大帝的黑教子 / 001

第一章 / 003
第二章 / 010
第三章 / 016
第四章 / 024
第五章 / 031
第六章 / 038
第七章 / 044

别尔金小说集 / 047

出版者前记 / 051
一　枪 / 056
暴风雪 / 071
棺材店老板 / 086
驿站长 / 094
小姐扮村姑 / 107

上尉的女儿 / 129

第一章　近卫军中士 / 131
第二章　领路人 / 140
第三章　要塞 / 150
第四章　决斗 / 157
第五章　爱情 / 167

第六章　普加乔夫暴动 / 175
第七章　进攻 / 186
第八章　不速之客 / 194
第九章　离别 / 204
第十章　围城 / 210
第十一章　动乱的小镇 / 218
第十二章　孤女 / 230
第十三章　被捕 / 238
第十四章　审讯 / 246
附　录　删去的一章 / 258

普希金童话诗 / 271

第一篇　求婚人 / 273
第二篇　神父和他的长工巴尔达的故事 / 283
第三篇　母熊的故事 / 292
第四篇　沙皇萨尔坦、皇子光荣而威武的好汉格维顿·萨尔坦诺维奇和美丽的天鹅公主的故事 / 296
第五篇　渔夫和金鱼的故事 / 340
第六篇　死公主和七好汉的故事 / 350
第七篇　金鸡的故事 / 375

彼得大帝的黑教子

第一章

我在巴黎：
我开始生活，
而不是喘息。
——德米特里耶夫
《旅行者》杂志

彼得大帝派了许多青年到外国去学习国家改革所需要的知识，其中一个便是他的教子黑人易卜拉欣。他就读于巴黎军事学校，毕业时得炮兵上尉军衔，在西班牙战争中立了军功，后因受重伤回到巴黎。皇帝虽然国务繁忙，日理万机，但常常询及心爱的教子的状况，并且总会听到有关他的成绩和品行的良好评价。皇帝对他很满意，不止一次召他回俄国，但易卜拉欣却不急着回国。他以种种借口来推托，有时说伤口未痊愈，有时说还想继续深造，有时说是钱不够，皇帝对他的要求总是百般体谅，请他注意自己的身体，对他热心学习表示感谢，尽管自己极其节俭，为了他却不吝惜金钱，总是在谆谆教导和规劝的同时，给他寄去一些金币。

所有的历史记载都可以证明，当时法国人的轻浮放荡和穷奢极侈是无可比拟的。路易十四当政的后期，宫廷以笃信宗教闻名，崇尚庄重礼貌的社会风气，此时这种风尚已无影无踪。奥尔良公爵[1]有许多美德，也有种种毛病，可惜一点也不会假仁假义。皇宫里狂欢纵饮在巴黎不是什么秘密；上有好者，下有甚者。当时就出了一个叫勒奥的，又贪财，又拼命寻欢作乐，结果家产荡尽，道德沦丧。法国人笑着，盘算着，国家则在滑稽歌曲的轻佻声调中瓦解着。

然而社会却是一幅最引人入胜的图画。文明和寻欢作乐使所有的阶层接近了。财富、盛情、荣誉、天才、奇闻怪事，凡是能引人好奇、使人快乐的，各阶层都同样赏识。文学、知识和哲学都离开宁静的书房，进入上流社会赶时髦，指挥时髦的论调。妇女们主宰一切，但她们已经不要求崇拜了，表面上彬彬有礼就行，用不着内心的尊敬。里舍列公爵[2]这位新的雅典[3]的阿尔基维德[4]的放荡不羁，已成为史实，可以说明当时的风气。

幸福时代的标志是放荡不羁，
那时候疯狂的情欲带着响铃，
跨着轻松快步跑遍法兰西，
那时候没有人敬仰上帝，

①奥尔良公爵，路易十四死后，于1715—1723年为法国摄政王。
②里舍列公爵，法国元帅。
③新的雅典，指当时巴黎。
④阿尔基维德是古雅典统帅。

除了忏悔，没有不能干的事。[①]

易卜拉欣的到来，他的外貌、学识和天赋都在巴黎引起广泛的注意。女士们都想在自己家里见到这个沙皇的黑人[②]，争先恐后地笼络他。摄政王常常邀请他参加自己家里的快乐的晚会。他常常出席有名流在座的晚宴，会晤过风华正茂的伏尔泰、老态龙钟的肖里叶、谈笑风生的孟德斯鸠和丰特内勒。凡是舞会、庆祝会、首场演出，他从不放过。他投身于洪流中，倾注了青春与天性的全部热情。但是使易卜拉欣害怕的，不单是他想到总有一天要放弃这种逍遥自在、纵情玩乐的生活，回到彼得堡宫中去过那种枯燥乏味的日子，还有更结实的绳索将他捆在巴黎，年轻的非洲人堕入了情网。

D伯爵夫人虽然已不是蓓蕾初放的年纪，但依然光艳照人。十七岁那年，她一出寄宿学校就嫁给一个她还没有爱上的人，那人后来也从不操心此事。传说她有好几个情人，但是依照上流社会宽容的法则，她享有很好的名声，因为不能说她有什么可笑的和不堪入耳的奇闻怪事。她家里的陈设是最时髦的。巴黎的名流倩女常在她家里聚会。把易卜拉欣介绍给她的是年轻的梅维尔，大家都认为梅维尔是她最新的情人，他也想方设法给人这样的感觉。

伯爵夫人接待易卜拉欣很有礼貌，但并不特别注意。这使他感到快慰。一般人都把年轻的黑人看作怪物，把他围住，纷纷向

①原文为法文，引自伏尔泰的长诗《奥尔良少女》。

②原文为法文。

他问候,向他提许多问题,这种好奇心虽然表面看似好心关照,却常常伤害他的自尊心。女人的垂青,几乎是我们孜孜以求的唯一目标,却不仅不能使他心里高兴,而且会使他痛苦和气愤。他觉得,女人都把他看作一种稀有的兽类,一种特别的、奇异的、偶然来到人世上的、与人类毫无共同之处的生物。他甚至羡慕那些没有人理会的人,把他们的默默无闻看作幸福。

他想到上帝没有为他造就一副谈情说爱的外表,所以他并不过分自负,不奢求满足自尊心,这样倒使他在和女人交往中具有一种罕见的魅力。他谈吐朴实而庄重;伯爵夫人喜欢起他来,因为她早就讨厌了法国俏皮话那种没完没了的戏谑和微妙的暗示。易卜拉欣常常到她家里来。她渐渐看惯了这个年轻黑人的外貌,甚至开始发现在她的客厅里许多扑了粉的假发之间晃悠着的这个黑黑的鬈发的头有些可爱之处(易卜拉欣头部受伤,扎着绷带,没有戴假发)。他二十七岁,身材又高又匀称,不止一个美人儿凝神看着他,不是出于单纯的好奇心,更多的是赞赏的心情,然而抱有成见的易卜拉欣或者根本不留意,或者认为她们不过是卖弄风情。可是当他的目光和伯爵夫人的目光相遇时,他的不信任感就会消失。她的眼睛里流露着那样亲切的厚意,她对他的态度那样朴实,那样随便,使人不可能怀疑她有什么卖弄风情或嘲笑之意。

他还没有想到爱情,然而每天见见伯爵夫人,已成为他必不可少的事。他到处寻找机会跟她见面,每次见到她,他都觉得是上天意外的恩赐。伯爵夫人比他自己更早地猜度出他的感情。不管怎么说,没有任何希冀和要求的爱情比起种种处心积虑的勾引更能打动女人的心。有易卜拉欣在场,伯爵夫人注视着他的一举一动,倾听着他的一言一语;没有他在场,伯爵夫人就心事重重,像往常那样慵懒无神……梅维尔首先发现他们这种相爱相恋,并且向易卜拉欣祝贺。没有什么比旁人鼓励性的说法更能煽动爱情的火焰了。爱情眼瞎,连自己也信不过,一遇到什么支撑,便急忙抓住不放。梅维尔的话唤醒了易卜拉欣。在这之前他从未想到有可能占有这个可爱的女人;希望突然照亮了他的心;他神魂颠倒地热恋起来。他的狂热使伯爵夫人心慌意乱,就想扑灭他的爱火,又是友好的规劝,又是理智的忠告,结果全然无用,而且她自己也渐渐无力抵抗了。不检点的奖赏很快就接连而来。终于,她也沉醉于自己唤醒的爱情,再也无法抵抗爱情的力量,而委身于如醉如狂的易卜拉欣……

什么事也瞒不过上流社会的睽睽众目。很快大家都知道了伯爵夫人新的艳事。有几位夫人对她的选择感到惊愕,许多女士却觉得这是很自然的事。有些人在笑,有些人认为她太不检点。易拉欣和伯爵夫人刚刚陶醉在热恋中,什么也没有注意,但不久他们就听到男人们一语双关的玩笑话和女人们尖酸刻薄的议论。在这之前,易卜拉欣态度庄重而冷淡,没有人对他进行类似的攻击;现在受到攻击,他无法忍受,却不知道怎样反击。伯爵夫人一向受到上流社会的尊敬,无法冷静地看着自己成为众人议论耻笑的目标。她有时含泪向易卜拉欣诉苦,有时狠狠地责备他,有时恳求他不要袒护她,因为争吵无益,倒是有可能把她完全毁了。

一种新的情况使她的处境更复杂了。不检点的爱情的后果显露出来了。安慰，劝告，出主意，什么办法都试过，全都没有用。伯爵夫人看到身败名裂是不可避免的，于是怀着绝望的心情等待那一天到来。

伯爵夫人怀孕的事很快地传了开去，大家更起劲地议论起来。多愁善感的太太们吓得不住地唉声叹气；男人们打赌，看伯爵夫人会生个什么：孩子是白的还是黑的。各种各样的讽刺挖苦纷纷落到她丈夫头上，在全巴黎只有他一个人什么也不知道，什么也不怀疑。

决定命运的时刻渐渐近了。伯爵夫人的状况很可怕。易卜拉欣每天都在她身边。他看到，她的精力和体力越来越差，她的眼泪、她的恐惧却每分钟都在增添。终于她感觉到初起的阵痛，急忙张罗起来，并想方设法把伯爵支开。医生来了。他们两天前就和一个穷苦女人谈妥，要她把新生的婴儿让出来，并派了专人去接那个婴儿。易卜拉欣待在书房里，就在不幸的伯爵夫人的卧室旁边。他连气也不敢喘，倾听着她低沉的呻吟、使女的低语和医生的吩咐。她折腾了很久。她每一声呻吟都使他揪心裂肺；每一阵无声的间歇都使他心惊胆战……忽然他听到微弱的婴儿啼哭声，再也压制不住狂喜的心情，就朝伯爵夫人卧室里奔去，看到一个黑黑的婴儿躺在床上靠脚的一头。易卜拉欣走到他跟前。他的心猛烈跳动着。他用颤抖的手为儿子祝福。伯爵夫人虚弱无力地笑了笑，并且把一只软弱无力的手伸给他……但是医生担心产妇会过分激动，便把易卜拉欣从床前拉开。婴儿被放到带盖的篮子里，从秘密楼梯送出去。另一个婴儿被接来，放在产妇卧室的摇篮里。易卜拉欣多少有些放心了，就上车走了。只等伯爵回来。他很晚才回来,知道夫人生产很顺利,非常高兴。这样一来,那些等着看热闹的人都大失所望,只能说说坏话解闷儿了。

一切都恢复常态。但易卜拉欣感觉到,他的人生道路应该改变一下了,他和伯爵夫人的私情或早或晚会传到伯爵的耳朵里。到那时候不管怎样,伯爵夫人都会身败名裂。他热烈地爱着她,她爱他也很热烈。但伯爵夫人又任性又轻佻。她已经不是第一次恋爱了。她心中最温柔的感情会被厌恶和仇恨取代。易卜拉欣已经预见到冷淡时刻会到来。至今他还没看到有人嫉妒,但他已经有了可怕的预感。他想象,离别之苦应该不像失恋之苦那样难受,所以已经有意中断这种不幸的私情,离开巴黎回俄国去,彼得大帝和一种模模糊糊的责任感早就在召唤他了。

第二章

美人儿恋情总有冷淡时，
欢乐也会有尽头日，
头脑不尽是肤浅轻浮，
我也不是事事如意……
想求清白却尝尽苦楚。
我听见，热闹的官场在召唤！
——杰尔查文

一天又一天，一个月又一个月过去，热恋中的易卜拉欣下不了决心丢下迷恋着他的女人。伯爵夫人和他越来越难分难舍。他们的儿子在一个很远的省份由人抚养。上流社会的流言蜚语渐渐平息，这对情人开始享受到较多的安宁，默默记着已经过去的暴风雨，尽量不去想将来的事。

有一天，易卜拉欣站在奥尔良公爵家门口。公爵从他身旁走过，站下来，交给他一封信，叫他有空时看看。这是彼得大帝的信。皇帝猜测不出他不肯回国的真正原因，就给公爵写信说，不管怎样，他不想强迫易卜拉欣，回不回俄国由他自己决定，但是在任何情况下他都不会丢开他收养的这个教子不管。这封信深深打动了易卜拉欣的心。从这一刻起，他的命运就决定了。第二天，他就把立即回俄国的打算对公爵说了。“你考虑考虑再定吧，”公爵对他说，“俄国不是您的祖国，我以为，您也不必再去看您那炎热的故乡，您在法国已经住了很久，已经不习惯半开化的俄国的气候和生活方式。您不是天生的彼得的臣民。请您相信我，他既然宽宏大量，任您去留，您就利用这个机会吧。您就留在法国，您是为法国流过血的，您可以相信，在这里，您的功劳和才干不会埋没的。”易卜拉欣衷心感谢公爵的好意，但他主意已定。“很遗憾，”公爵对他说，“不过，您也是对的。”他答应他退职，并且给俄国皇帝写了一封信，把一切都说了说。

易卜拉欣很快就做好起程的准备。在动身前夕，他像往常一样，在伯爵夫人家度过一个晚上。她什么也不知道，易卜拉欣没有勇气对她说。伯爵夫人心情又安宁又快活。她好几次把他叫到跟前，取笑他那种心事重重的样子。晚饭后，大家都走了。客厅里就剩下伯爵夫人、她丈夫和易卜拉欣。可怜的易卜拉欣什么也不要，只希望能单独和她待一会儿，但是伯爵坐在炉边，神情那样安详，看样子无法把他支出去。三个人都默默无言。“晚安。”[①]终于伯爵夫人说。易卜拉欣的心紧紧缩在一起，突然感觉到分离的真正可怕。他一动不动地站着。“晚安，先生。”[②]伯爵夫人又说了一遍。他还是没有动……终于他两眼发黑，头脑发晕，他好不容易走出房

①原文为法文。

②原文为法文。

间。一回到家里，他几乎在昏沉状态中写了如下一封信：

我走了，亲爱的列奥诺拉，我永远离开你了。我给你写信，因为我没有力量用别的办法向你说明。

我的幸福不能延续下去了。我曾经不顾命运和天然差异享受过这种幸福。你应该不再爱我，迷梦应该消散了。我常常想到这一点，甚至在我似乎忘掉这一切的时刻，在偎依在你脚下沉醉于你那火热的自我牺牲、你那无限柔情的时刻……肤浅的上流社会实际上无情地在摧残空谈中所允许的事：上流社会那冷酷的嘲笑或早或晚会制服你，浇灭你心中的火焰，到末了你会因为自己的爱情抬不起头来……到那时我怎么办呢？不！那还不如死，还不如在那样可怕的时刻来临之前离开你……

我最珍视的是你的安宁：当上流社会的眼睛都对着我们的时候，你是不可能得到安宁的。你就回想一下你所忍受的一切、对自尊心的种种伤害、担惊受怕的痛苦，回想一下我们的儿子出生时的可怕情形吧。你就想想：我能不能让你继续遭受这样的风浪和危险呀？为什么拼命要把一个如此可爱、如此美貌的女子的命运同一个黑人、一个勉强可以称为人的可怜的造物的苦难命运联结在一起呢？

别了，列奥诺拉，别了，亲爱的，我唯一的朋友。离开你，也就是告别我一生最初的也是最后的欢乐。我没有祖国，也没有亲人。我就要到凄凉的俄国去，在那里，冷冷清清就是我的欢乐。今后我将投身艰巨的事业，即使不能消解，至少也能冲淡回忆往日欢乐与幸福时的痛苦……别了，列奥诺拉，——我送出这封信，就算是离开你的怀抱了。别了，祝你幸福，——有时你也想想这个可怜的黑人，想想你忠心的易卜拉欣吧。

就在这天夜里，他动身去俄国。

旅途中并不像他所预料的那样可怕。他的想象战胜了现实。离巴黎越远，他永远抛开的一切越是生动和真切地出现在他的脑际。

他不觉来到俄国国境。秋天眼看要到了。尽管道路很坏，车夫还是把马车赶得像风一样快，动身后第十七天的早晨，他就来到红村，当时的大道从这里经过。

离彼得堡只有二十八俄里了。趁车夫在套车，易卜拉欣走进驿站的小屋。角落里有一个身材魁梧的人，身穿绿袍，嘴里衔着陶制烟斗，两肘撑在桌上，在看汉堡的报纸。他听见有人进来，抬起头来。“哎呀！是易卜拉欣吗？”他叫起来，一面站起身，“你好呀，孩子!”易卜拉欣认出是皇帝，高兴得本想扑上去，可还是恭恭敬敬地站住了。皇帝走到跟前，抱住他，吻了吻他的头。“我得到通报，知道你来了，”皇帝说，“所以来迎接你。昨天我就在这儿等你了。”易卜拉欣无法用言语表达自己的感激之情。“你叫你的马车跟在咱们后面，”皇帝又说，“你跟我坐一辆车，到我那里去。”皇帝专用马车来到门前。皇帝和易卜拉欣上了马车，马车飞驰起来。过了一个半小时，他们便来到彼得堡。易卜拉欣怀着好奇的心情观看着新建的京城，这京城是奉圣旨在沼泽地上兴建的。一道道光秃秃的堤坝，一条条没有堤岸的运河，一座座木桥，到处都显示出人力对大自然势力刚刚取得的胜利。房屋似乎都是匆匆建成的。除了涅瓦河,全城还没有什么雄伟壮观之处。涅瓦河还没有砌起花岗石堤岸,但已经停满了战舰和商船。皇帝的马车停在一座名为御花园的宫殿门前。在台阶上迎接皇帝的是一个三十五六岁的美貌妇人,身穿最时新的巴黎服装。皇帝吻了吻她的嘴唇,就把易卜拉欣拉过来,对她说:"卡静卡[①],你认出我的教子了吗?请你还像以前那样对他多多关照。"叶卡捷琳娜用明亮的黑眼睛看了看他,亲切地把手伸给他。她身后站着两个年轻美女,高高的,亭亭玉立,像玫瑰一般鲜艳,这时恭恭敬敬地走到皇帝跟前。"丽莎,"皇帝对其中一个说,"你还记得在奥拉宁包姆偷我的苹果给你吃的小黑人吗?就是他,你就认识认识他吧。"公主笑起来,脸红了红。大家朝膳厅里走去。御膳已准备好了。皇帝和一家人坐下来吃饭,也请易卜拉欣一起吃。在吃饭的时候,皇帝和他谈起各种各样的事情,向他询问西班牙战争、法国内政和摄政王的情况,他很喜欢摄政王,虽然对他也多有微词。易卜拉欣一向善于观察和判断。皇帝对他的回答十分满意。他想起易卜拉欣小时候的一些事,说起这些往事,神情那样和善,那样快活,谁也不会想到这个亲切而好客的主人就是波尔塔瓦大战的英雄,雄才大略和雷厉风行的俄罗斯改革者。

饭后,皇帝按照俄国人的习惯休息去了。易卜拉欣留下来,陪着皇后和两位公主。他尽量满足她们的好奇心,向她们描述巴黎的生活方式、那里的节庆日和别致的服饰。这时皇帝的几个亲信人物已经聚集在皇宫里。易卜拉欣认出气宇不凡的缅希科夫

①卡静卡,叶卡捷琳娜爱称。

公爵。这位公爵一看到在和皇后说话的黑人,便高傲地侧眼看了看他。易卜拉欣还认出皇帝的敢于直言的谋士雅科夫·多尔戈鲁基;还有学识渊博、被大家誉为俄国的浮士德的布鲁斯;还有他过去的友伴、年轻的拉古津斯基;另外还有几位来向皇帝禀报和听候圣谕的大臣。

大约过了两个小时,皇帝走了出来。“现在咱们看看,你是不是忘记了你以前做的事情,”他对易卜拉欣说,“你带上石板,跟我来。”皇帝躲进车工间,办理国务。他依次处理了布鲁斯、多尔戈鲁基公爵、警察总监杰维叶尔的事,向易卜拉欣口授了几道命令和决定。易卜拉欣见他头脑又清楚又敏捷,处事又果断又灵活,而且在各方面都具有才能,不能不感到惊讶。国务处理完毕,皇帝掏出一个小本子,看看今天该办的事是否都办了。后来,在他走出车工间的时候,对易卜拉欣说:“已经不早了,我想,你已经累了,你就像以前那样,在这儿过夜吧。明天我来叫醒你。”

只剩了一个人之后,易卜拉欣好不容易才回过神来。他在彼得堡了,他又看到这个伟大人物了,他在他身边度过了自己的幼年,当时还不知道他的价值。他几乎带着悔过的心情在心中承认,自从离别以来,伯爵夫人第一次不是他一整天唯一的思念。他看出来,他今后的生活方式、活动和日常公务会使他打起精神,使他那因为爱情、闲散和苦闷而疲惫不堪的心灵振奋起来。想到要和这个伟大人物并肩奋斗,和他一起改变一个伟大民族的命运,他心中第一次唤起崇高的自豪感。他就怀着这样的心情躺到为他准备好的行军床上,很快就进入熟悉的梦境,飞到遥远的巴黎,进入可爱的伯爵夫人的怀抱。

第三章

像天上行云，我们的思想
不断地变换轻浮的花样，
今天爱着的，明天就恨起来。
——丘赫尔别凯

第二天，皇帝依照自己的诺言把易卜拉欣唤醒，并且封他为普列奥布拉任斯基团炮兵连的中尉，皇帝本人就在这个连担任过上尉。朝中大臣们将易卜拉欣团团围住，各自想方设法讨好这位新的宠臣。目空一切的缅希科夫公爵亲热地和他握了握手，舍列梅捷夫向他问起巴黎的一些熟人，戈洛温就请他去吃饭。其余的人也都学戈洛温的样，这样一来，易卜拉欣受到的邀请至少可以排满一个月。

易卜拉欣过着单调然而繁忙的日子，因为繁忙，也就不觉得寂寞了。他对皇帝越来越依恋，越来越了解他那高尚的心灵。观察这个伟大人物的思想，是一门最引人入胜的学问。易卜拉欣常常看到，皇帝在参政院同布图尔林和多尔戈鲁基争论，研究重要的立法问题，在海军委员会极力主张建立强大的俄国海军；还常常看到他和费奥凡、加弗里尔·布任斯基以及科皮耶维奇在一起的情形，看到他在休息的时候研究外国政论著作的译文，或者去访问商人的工厂、手工业者的作坊和学者的书房。易卜拉欣觉得俄罗斯很像一个巨大的工厂，里面只有机器在运转，里面每一个劳动者都遵守一定的操作规程，干着自己的活儿。他认为自己也应该在自己的车床旁劳动，尽可能少留恋巴黎欢乐的生活。他难以驱除的是另一种甜蜜的回忆，那就是他常常想到伯爵夫人，想象她必然愤恨，她会流泪，苦闷……但有时一种可怕的念头会使他难受得喘不过气来，那就是想到上流社会的浪漫，新的艳事，另一个幸运儿……他就浑身打哆嗦，他这个非洲人的血管里就会冒起妒火，热泪就要顺着他的黑脸往下流。

有一天早晨，他正坐在堆满公文的办公室里，突然听到用法语说的一声响亮的问候。他急忙转过身来，他走后还留在巴黎上流社会旋涡中的青年人科尔萨科夫快快活活地叫嚷着把他抱住。“我刚刚到，”科尔萨科夫说，“就径直跑到你这儿来了。所有咱们巴黎的熟人都向你问候，对你不在巴黎感到惋惜。伯爵夫人叫我一定要让你回去，这是她给你的信。”易卜拉欣打着哆嗦把信抓过来，看着那熟悉的笔迹，简直不敢相信自己的眼睛。“我真高兴，你在这蛮荒的彼得堡还没有寂寞而死！”科尔萨科夫又说，“这儿的人都在做什么，忙什么呀？谁给你做衣服呀？是不是有戏看，至少有歌剧吧？”易卜拉欣心不在焉地回答说：“皇帝这会儿大概在造船厂干活儿呢。”科尔萨科夫笑起来。“我看出来，”他说，“这会儿你顾不上和我说话儿，咱们另外找个时间好好谈谈吧，现在我去见见皇帝。”他说着，向后一转，就跑出了房间。

易卜拉欣剩了一个人之后，连忙把信拆开。伯爵夫人怀着万种柔情抱怨他，责备他虚情假意和不信任她。她写道：“你说，你最珍视的是我的安宁。易卜拉欣呀！如果这是真话，你会让我突如其来地知道你离开的事而落入那样可怕的境地吗？你是怕我拦阻你。你要相信，尽管我爱你，可是为了你的幸福，为了你视为天职的事业，我是能够牺牲我的爱情的。”伯爵夫人在信的结尾情真意切地保证始终不渝地爱他，恳求他如果没有希望重新相会的话，至少有时候给她写写信。

易卜拉欣反反复复把信看了有二十遍，如痴如醉地吻着那一行行无比珍贵的文字。他迫不及待地想听到有关伯爵夫人的什么情形，就准备到海军委员会去，希望在那里再遇到科尔萨科夫。可是这时候门开了，科尔萨科夫又走了进来。他已经见过皇帝，而且像他往常一样，显得非常得意。“咱们私下里说说，”[①]他对易卜拉欣说，“皇帝是个顶怪的人；你信不信，我见到他的时候，他穿着一件粗布小褂，在一条新船的桅杆上呢，我也只好带着报告爬上去。我站在绳梯上，没有足够的地方向他恭恭敬敬地行礼请安，我生平没有遇到过这种情形，简直不知如何是好。皇帝看完报告后，把我从头到脚打量了一遍，想必是对我的服装的时髦和讲究感到惊喜，至少他笑了笑，并且叫我去参加今天的舞会。可是我在彼得堡完全成了一个外国人，在国外六年，已经完全忘记了这里的风俗习惯，请你做我的老师，跟我一起去，把我给大家介绍一下吧。”易卜拉欣答应了，接着就连忙把话头转向他更

①原文为法文。

关心的事情。“哦,伯爵夫人怎么样?”“伯爵夫人吗?你一走,不用说,开头她非常伤心,后来自然渐渐好些了,而且找到了一个新的情人,你知道是谁吗?长腿的R侯爵。你干吗把你那黑人的白眼睛瞪得老大?是不是觉得这都非常奇怪?难道你不知道,长期悲伤不符合人的天性,尤其是女人的天性?这事儿你就好好想想吧,我走了,一路上累了,要休息休息。别忘了陪我去参加舞会。”

易卜拉欣心中充满什么样的感情?嫉妒?狂怒?绝望?都不是,而是心灰意冷。他一遍又一遍地对自己说:“这是我预料中的,这是必然的事。”然后他打开伯爵夫人的信,又看了一遍,就耷拉下头,痛哭起来。他哭了很久。哭了一阵子,心里轻松一些了。他看了看钟,知道该走了。易卜拉欣倒是很不想去,但参加舞会是分内的事,皇帝严格要求他的亲信都要到场。他换好衣服,便乘马车去邀科尔萨科夫。

科尔萨科夫穿着睡衣坐着,在读一本法文书。“还早呢,”他看到易卜拉欣,就对他说。“行了,”易卜拉欣回答说,“已经五点半了,咱们要迟到了,快换衣服,咱们就走。”科尔萨科夫忙活起来,使劲打铃叫人。仆人们一齐跑了来,他匆匆忙忙换起衣服。一名法国仆人给他拿来红后跟的皮鞋、浅蓝色丝绒裤、绣有亮片的玫瑰色长袍;仆人在前厅里急忙往假发上扑了粉,给他送过来。科尔萨科夫把假发套在剪得整整齐齐的头上,要来佩剑和手套,对着镜子转来转去照了十来遍,这才对易卜拉欣说,他准备好了。侍仆给他递过熊皮外套,他们便上了车去冬宫。

科尔萨科夫问了易卜拉欣许多问题:彼得堡的头号美人儿是

谁？谁跳舞跳得最好？现在最风行的是什么舞？易卜拉欣很勉强地回答着他的问题。他们说着话儿，不觉来到皇宫门前。草地上已经停着许许多多长雪橇、老式大马车和镶金轿车。台阶旁边成堆的车夫身穿号衣，留着大胡子，成群的侍仆镶金挂银，头戴羽毛，手执锤形杖，还有骠骑兵、少年侍从，还有背着主人的皮袄和手笼、行动笨拙的跟班。按照当时贵族的观念，这都是必不可少的随从人员。他们一看到易卜拉欣，都小声议论起来。“黑人，黑人，皇家的黑人!”易卜拉欣急忙领着科尔萨科夫从这一群五颜六色的仆从中穿过。宫廷仆役给他们打开大门，他们便进入大厅。科尔萨科夫呆住了……大厅里点着无数蜡烛，烛光在团团烟气中显得模模糊糊，成群的佩戴蓝色绶带的达官贵人、公使、外国商人、穿绿军服的近卫军军官、穿夹克衫和条纹裤的造船技师，在不停的管乐声中前前后后走动着。女士们靠墙坐着，年轻女子一个个花枝招展。她们衣服上的金银光彩夺目，华丽的筒裙之上是她们那亭亭玉立的腰肢，耳朵上、长长的鬈发和脖子上的钻石闪闪放光。她们快活地向左向右转着身子，等待男子邀请，等待舞会开场。上了年纪的太太们想方设法巧妙地使时新的衣服式样与追求古雅风貌相结合：那束发帽做得像娜塔利亚·基里洛芙娜皇后的貂皮帽，圆裾长衣和大披肩却有点儿像萨拉方和背心。看样子，她们参加这类洋式玩乐，惊讶多于高兴，她们带着恼恨的心情斜睨着那些荷兰商船船长的妻子和女儿，那些女子穿着条纹棉布裙和红色女褂，一面织袜子，一面谈笑，像在家里一样。科尔萨科夫不知怎样才好。一名仆役看见新的客人来到，便用托盘端着一瓶啤酒和几个杯子走到他们面前。“这是什么鬼名堂。”[1]科尔萨科夫小声问易卜拉欣。易卜拉欣忍不住笑了笑。这时光彩照人的皇后和两位花枝招展的公主从一层层客人中走过，彬彬有礼地同客人说着话儿。皇帝在另一个宫室里。科尔萨科夫想见皇帝，好不容易穿过不断走动的人群走进去。里面坐的大部分是外国人，一个个神气活现地吸着陶制烟斗，端着陶制酒杯。几张桌子上都摆着一瓶瓶啤酒和葡萄酒，一杯杯甜酒，还有皮烟袋和棋盘。皇帝和一位宽肩膀的英国船长坐在一张桌子旁边下跳棋。他们亲热地相互吐着一口一口的烟气，皇帝被对方出人意料的一着棋难住，不论科尔萨科夫在他身边怎样转来转去，他都没有发觉。就在这时候，一位胖胖的先生，胸前戴着老大的花束，急匆匆走进来，大声宣布舞会开始，随即就走了出去，许多客人跟着他走出去，其中也有科尔萨科夫。

一个意想不到的场面使他大吃一惊。在凄怆的乐曲声中，女士们和男子们面对面站成两行，从舞厅的一头，一直排到另一头。男子们低低地鞠躬，女士们更低地行屈膝礼，先是面对面鞠躬行礼，然后向右转，然后向左转，然后又面对面，又向右、向左转，这样不断重复。科尔萨科夫看着这种别出心裁的消磨时间的花样儿，瞪大了眼睛，咬着嘴唇。鞠躬和行屈膝礼持续了有半个钟头，终于相互行礼完毕，佩戴花束的先生宣布仪式舞结束，吩咐乐队奏美女艾舞曲。科尔萨科夫很高兴，就想露一手儿。他在年轻的女宾中特别看中了一个。那女子十六岁上下，衣着华丽而雅致，坐在一个上了年纪、神态庄重而威严的男子身边。科尔萨科

①原文为法文。

夫急忙跑过去,邀请她和他跳舞。那年轻女子慌乱不安地望着他,似乎不知道怎样回答他。坐在她身旁的男子眉头皱得更紧了。科尔萨科夫等待她作决定,可是那位佩戴花束的先生这时走到他跟前,把他拉到大厅中央,郑重地对他说:“先生,你犯规了:第一,你走到这位年轻的小姐面前,没有向她行三次请安礼;第二,你竟然主动邀请她跳舞,而在跳美女艾舞时,这个权利是属于女士的,不是属于男子,因此你必须受重罚,也就是要满饮**一大鹰杯**。”科尔萨科夫越发感到惊讶了。转眼间宾客们把他团团围住,闹哄哄地要他立刻饮下罚酒。皇帝听到笑声和叫嚷声,从另一个房间里走出来,因为他最喜欢参与这种处罚。人群给他让开一条路,他走到圈子里来,犯规的人站在圈子里,舞会提调端着一大杯马利瓦西亚葡萄酒站在他面前。提调劝犯规的科尔萨科夫自动饮下罚酒,他不肯饮。“啊哈,”皇帝一看到科尔萨科夫,就说,“给逮住了,伙计,请吧,先生,连眉头也不要皱,喝下去。”没有办法,这个穿戴讲究的可怜的犯规人一口气喝干一大杯酒,把杯子还给提调。“你听我说,科尔萨科夫,”皇帝对他说,“你穿的丝绒裤子,就连我都没有穿过,我可是比你富有得多。这是挥霍,你小心点儿,别让我骂你。”科尔萨科夫听了这番教训,就想走出圈子,可是他打了个趔趄,差点儿跌倒,惹得皇帝和快活的人群捧腹大笑。这个插曲不仅没有破坏主要节目的和谐和趣味性,倒是使气氛更加生动活泼。男子们更带劲儿地用靴子沙沙地蹭起地面,鞠起躬,女士们更带劲儿地行起屈膝礼,喀碰起鞋后跟,完全不顾舞曲的节奏了。科尔萨科夫已经无法跟大家一起玩乐了。他所选中的那位小姐,听从她父亲加弗里拉·阿法纳西耶维奇的吩咐,走到易卜拉欣跟前,垂下一双蓝眼睛,羞答答地把手伸给他。易卜拉欣和她跳过美女艾舞,便把她送回原来的位子。然后,他找到科尔萨科夫,搀着他出了大厅,扶他坐上马车,送他回家。在路上科尔萨科夫起初还含含糊糊地嘟哝着:“该死的舞会! ……该死的大鹰杯! ……”但一会儿就沉沉睡去,至于他怎样回到家里,别人怎样给他脱衣服,扶他上床,他就不知道了。第二天他醒来,只觉得头痛,还模模糊糊记得那一遍又一遍鞠躬、行屈膝礼,一团团烟气,还有佩戴花束的先生和大鹰杯。

第四章

我们的祖先吃饭不着急，
慢慢将长柄勺传来传去，
冒着泡的啤酒和葡萄酒，
在一个个银杯里慢慢晃悠。
——《鲁斯兰与柳德米拉》[①]

现在我应该向厚意的读者介绍一下加弗里拉·阿法纳西耶维奇·尔热夫斯基了。他出身世代贵族，家产豪富，好客，喜欢鹰猎，仆役不计其数。总之，他是地道的俄国贵族，按照他的说法，不能容忍德国精神，竭力在家庭生活中保持他所喜欢的古风。

他的女儿十七岁。她在婴儿时就丧母。她受的教育是旧式的，也就是由保姆、奶妈、女伴和使女包围着，用金线绣花，却不识字。她的父亲尽管厌恶一切洋玩意儿，但女儿想向一个住在他们家的被俘的瑞典军官学德国舞蹈，他却不能反对。这位劳苦功高的舞蹈教师有五十岁，右腿在纳尔瓦城下被子弹打穿，因此跳

①普希金的长诗。

美女艾舞和库兰特舞不是太灵活，可是左腿却能极其熟练和轻盈地跳出最难的舞步。女学生没有辜负他的一番苦心教导。娜塔利亚·加弗里洛芙娜的优美舞姿在舞会上是出了名的，这也是使科尔萨科夫犯规的部分原因。第二天，科尔萨科夫就登门向加弗里拉·阿法纳西耶维奇道歉；但是高傲的贵族不喜欢这个花花公子的机灵和时髦穿戴，而且很俏皮地把他叫作“法国猴儿”。

这一天是喜庆日子。加弗里拉·阿法纳西耶维奇在等待几个亲戚和朋友。在古色古香的大厅里，一张长桌上摆满了酒菜。客人们带着妻子和女儿纷纷来到。因为皇帝三令五申，并且以身作则，这些深居家中的家眷才被解放出来。娜塔利亚小姐端来银托盘，上面摆了一个个金杯，向每个客人敬酒，每个客人都把自己的一杯喝干了，只是可惜，古时候在这种场合下能得到一吻的，现在已经不行了。大家纷纷入席。坐在首席、紧靠着主人的，是他的岳父鲍里斯·阿列克谢耶维奇·雷科夫公爵，是一位七十岁的贵族；其余的客人，按照辈分，也就是遵照古时论资排辈的良好传统，一一就座——男子们坐在一边，女眷们坐在另一边。照例坐在末位的是身穿旧式背心、头戴双角女帽的夫人的贴身女仆，还有一个满脸皱纹、举止拘谨的三十岁矮小女人，再就是身穿蓝色旧军装的瑞典俘虏。餐桌上菜肴极其丰盛，周围有许多家仆在忙活着，其中最显眼的是管家。管家目光严厉，大腹便便，指挥若定，神态自是与众不同。宴会开始的若干分钟时间里，大家的注意力全部集中于我国古代名厨的杰作，没有人说话，只能听到碟子声和不停的调羹声。终于，主人看到应该让客人们愉快地说说笑笑了，便转过身去，问道：“叶基莫芙娜在哪儿？叫她上这儿来。”几名仆人正准备四出寻找，但就在这时候，一个涂脂抹粉、头戴鲜花、衣绣金线、穿着筒式花缎裙、袒胸露臂的老妇唱着跳着走了进来。她一来到，大家就乐了。

“你好呀，叶基莫芙娜，”雷科夫公爵说，“日子过得怎么样？”

“一切顺遂，老哥：又跳舞，又唱歌，就等求婚的来。”

“你上哪儿去了，傻瓜？”主人问道。

“我在打扮呢，老哥，为了贵客，为了过节，遵照皇帝圣谕，遵照老爷旨意，打扮成德国人的样子，好让大家笑破肚子。”

这几句话一说，顿时响起一阵哄堂大笑，于是小丑走到主人椅子后面，站到她应该站的地方。

“这小丑尽在胡扯，不过她扯的也是实话，”主人衷心尊敬的大姐达吉雅娜·阿法纳西耶芙娜说，“真的，如今的打扮只能让大家笑笑。要是你们这些老爷们儿都剃光胡子，穿起紧身长衣，那对于女人的奇装异服，也就没什么好议论的了，真的，可惜那些萨拉方、姑娘们的饰带和头巾，都不见了。看看如今的美人儿，真是又可笑又可怜：头发乱蓬蓬的，像毛毡一般，还涂上油，撒上法国面粉；腰束得细细的，差一点儿就断；衬裙还用箍撑着：在马车里要侧着身子坐，进门要弯腰。不论站着，坐着，喘气，都难受死了，我的美人儿呀！”

“哎呀，达吉雅娜·阿法纳西萨芙娜呀，”说话的是基里拉·彼特罗维奇·T，前梁赞省省长，他在梁赞省挣得三千农奴和一个年轻的妻子，其中免不了罪过，“依我看，妻子想穿什么就穿什么：穿得臃肿不堪也好，穿得像中国皇帝也好，只要不是每个月都定做新衣服，把原来还崭新的衣服扔掉。以前，奶奶的萨拉方常常给孙女做嫁妆,可是如今的筒裙,你瞧吧,今天还穿在太太身上,明天就在丫头身上了。有什么办法呢?俄国贵族非破产不可!糟糕呀,糟糕透了!"他说到这里,叹了一口气,看了看他的玛丽亚·伊里尼奇娜,看样子,不论是颂扬古风,还是反对新风气,她一点都不喜欢。其余一些美人儿也和她一样不高兴,但都没有说话,因为当时认为谦恭是年轻女子必不可少的美德。

"这又怪谁呢?"加弗里拉·阿法纳西耶维奇倒了一杯酸汤之后,说,"不是怪我们自己吗?年轻娘儿们胡闹,我们却由着她们胡闹。"

"要是我们管不了,那我们有什么办法?"基里拉·彼得罗维奇不以为然地说,"有人倒是乐于把妻子关在绣房里,可是有些人却敲着鼓要娘儿们去参加舞会;丈夫要的是鞭子,妻子要的却是衣裳。哎呀,舞会呀,舞会,真够受呀!准是因为我们罪孽深重,上帝拿舞会来惩罚我们。"

玛丽亚·伊里尼奇娜坐不住了,她的舌头一个劲儿地发痒;终于她憋不住了,朝丈夫转过身去,酸酸地笑着问他:"参加舞会有什么不好?"

"不好的就是,自从兴办舞会以后,丈夫管不住妻子了,"恼火起来的丈夫回答说,"做妻子的都忘记了使徒的话:**做妻子的当顺服自己的丈夫**。她们不是忙活家务,而是忙着更换新衣服;不是想方设法服侍好丈夫,而是想方设法去讨那些浪荡军官喜欢。再说,太太呀,一位俄国贵夫人或者小姐跟那些德国烟鬼还有他们的女佣在一起,又成何体统?深夜跟年轻男子在一起跳舞说笑,这种事儿谁听说过?要是跟亲戚在一起,倒也罢了,却偏偏要跟外人,跟不相识的人呀。”

“这话不假,确实堪忧,”加弗里拉·阿法纳西耶维奇皱起眉头说,“说实话,我也很不喜欢跳舞会:要么会碰上醉汉,要么自己被人灌醉,让醉汉们开心;要么会有哪个浪荡子来作弄你女儿。如今年轻人都被惯坏了,简直不像话。就比如,在上次跳舞会上,已故的叶弗格拉甫·谢尔盖耶维奇·科尔萨科夫的儿子找我女儿跳舞,弄得哄闹了好一阵子,连我都脸红了。到第二天,我一看,有马车直冲进院子里来了。我心想,一定是贵客来了,——莫不是亚力山大·达尼洛维奇公爵?才不是呢,是小科尔萨科夫!想必是不肯把车停在大门外,不肯花力气走到台阶前——什么都不管,就冲进来了!一个劲儿地行礼,一个劲儿地说起话来!……小丑叶基莫芙娜模仿他的样子模仿得才有意思呢。正好,小丑,你就学学那个“外国猴儿”的样儿吧。”

小丑叶基莫芙娜拿起一个盘子的盖子,把盖子当帽子夹在胳肢窝里,就装模作样地表演起来,又喀碰脚后跟,又转着圈儿鞠躬,嘴里不住地说着:“先生……小姐……舞会……对不起……”又是很长时间的一阵哄堂大笑,客人们都很开心。

“活像科尔萨科夫,”等到哄笑声渐渐小了,雷科夫老公爵擦着笑出来的眼泪说,“要我不客气地说吗?他并不是第一个,也不是最后一个从德国回到神圣俄罗斯的小丑。我们的孩子们在那里能学些什么呢?喀碰脚后跟,说说天晓得是一些什么样的话,不尊敬长辈,再就是追逐人家的老婆。在外国留学的所有年轻人当中,不客气地说,只有皇帝收养的黑人还像人样儿。”

“当然,”加弗里拉·阿法纳西耶维奇说,“他是一个稳重的正派人，不是轻浮之辈……这又是什么人的雪橇冲进大门到院子里来了？难道又是那个外国猴儿？你们这些畜生，怎么还在这儿发愣？”他对仆人们说，“快去，别叫他进来，还要教训教训他……”

“老爷子，你不是说梦话吧？”小丑叶基莫芙娜打断他的话，“要么你是瞎了眼，这是皇帝的雪橇，皇帝驾到了。”

加甫里拉·阿法纳西耶维奇急忙站了起来，大家一齐涌到窗口，看到的果然是皇帝。皇帝扶着一名近侍的肩膀，登上台阶。大家慌了手脚。主人急忙跑去迎接皇帝，仆人们像傻子似的四处跑来跑去，客人们吓慌了神，有的人甚至在寻思怎样快点儿跑回家去。突然前厅里响起皇帝那洪钟一般的声音，顿时鸦雀无声，皇帝在喜出望外的主人陪同下走了进来。“诸位先生，你们都好啊。”皇帝满面春风地说。大家都深深地鞠躬。皇帝那敏锐的目光在人群中搜寻到主人的妙龄女儿，他叫她过来。娜塔利亚·加弗里洛芙娜很勇敢地走了过来，可是她的脸不仅红到耳朵，甚至红到肩膀。“你越发出挑得漂亮了。”皇帝对她说，并且按照自己的习惯，吻了吻她的头，然后，转身对客人们说：“怎么样？我打扰你们了。你们在吃饭呀；诸位还坐下吧；加弗里拉·阿法纳西耶维奇，也给我来一杯茴香伏特加。”主人跑到很气派的总管跟前，从他手里夺过托盘，亲自斟了满满一金杯，恭恭敬敬地端给皇帝。皇帝喝干了，吃了一点小甜面包，再一次请客人们继续用餐。大家各自回到原位子，只有那位矮女人和太太的亲信女仆不敢留在有皇帝在场的宴席上。皇帝挨着主人坐下来，要了一份汤。御前近侍递给他一把镶了象牙的木匙、一把餐刀和一把绿色骨柄的叉子，因为皇帝有自己的专用餐具。一分钟之前有说有笑热热闹闹的宴会,这时在寂静和拘谨中进行着了。主人由于尊敬和高兴,什么也没有吃。客人们也很拘束,都毕恭毕敬地听着皇帝用德语和那个瑞典俘虏谈1701年战争的事。皇帝好几次向小丑叶基莫芙娜问话,小丑回答时神气又羞怯又冷漠(我要顺便说说),这完全不能证明她天生愚蠢。终于宴会结束。皇帝站起来,所有的客人也都站起来。“加弗里拉·阿法纳西耶维奇!”他对主人说,“我要单独和你谈谈。”于是他挽住他的手,来到客厅里,随手把门关上。客人们都留在餐厅里,小声议论着这次意外的圣驾来临,担心自己会有什么失分寸之处,很快就一个接一个走掉了,也没有感谢主人的盛情款待。主人的岳父、女儿、姐姐悄没声儿地把客人们送到门口,便待在餐厅里,等待皇帝出来。

第五章

我一定会给你找个妻子，

要么我就不是磨坊主。

——摘自阿勃列西莫夫[1]

的歌剧《磨坊主》

过了半个钟头，门开了，皇帝走了出来。他郑重其事地点了点头，回答过雷科夫、达吉雅娜·阿法纳西耶芙娜和娜塔利亚的三鞠躬，便径直往前厅走去。主人把红皮袄递给他，把他送到门廊里，在台阶上又一次感谢他的光临，皇帝便走了。

加弗里拉·阿法纳西耶维奇回到餐厅里，显得心事很重。他气嘟嘟地吩咐仆人快点把餐桌收拾好，叫女儿回自己的闺房去，对姐姐和岳父说，有事要和他们谈谈，就带他们来到自己的卧室，饭后他通常都是在这里休息的。老公爵躺到橡木床上，达吉雅娜·阿法纳西耶芙娜坐到老式花缎圈椅上，把小板凳拉过来垫脚。加弗里拉·阿法纳西耶维奇把所有的门都关上，坐到老公爵

①阿勃列西莫夫（1742—1783），俄国作家。

脚边，小声说起来：

“皇帝圣驾来临原来是有事的，你们猜，他和我谈什么事？”

“我们怎么知道呀，好兄弟，”达吉雅娜·阿法纳西耶芙娜说。

“莫不是皇帝要你去管辖哪一个省？”岳父说，“早该这样了。也许是派你去做使节？怎么样，因为现在派到外国去的不光是一些显要官员，也有名门贵族。”

“不是，”女婿皱起眉头回答说，“我是个老派的人，如今用不着我们这些人，虽然一个正教的俄罗斯贵族也许还抵得上如今那些要员、卖煎饼的小贩和异教徒，——不过那是另一回事儿了。”

“好兄弟，”达吉雅娜·阿法纳西耶芙娜说，“那他跟你谈了这么久，到底谈的是什么呀？莫不是有什么祸事临头了？上帝保佑吧！”

“祸事倒不是祸事，可是说实话，我本来想从长计议的。”

“到底什么事儿呀，好兄弟？怎么一回事儿呀？”

“是娜塔莎的事：皇帝来给她做媒了。”

“谢天谢地，”达吉雅娜·阿法纳西耶芙娜画了个十字，说，“姑娘该出嫁了。有道是，媒人好，新郎哥儿就错不了，——他们自会相亲相爱，而且不胜荣耀。不过，皇帝给她说的到底是一个什么人呀？”

“哼，”加弗里拉·阿法纳西耶维奇哼哧了一声，“说的是一个什么人？是的，是的，是一个什么人。”

“到底是什么人呀？”已经开始打瞌睡的老公爵又说了一遍。

“你们猜猜吧。”加弗里拉·阿法纳西耶维奇说。

“我的好兄弟呀，”老姐姐说，“我们怎么能猜得到呀？宫廷里想求婚的人还少吗？人人都希望娶你的娜塔莎。是多尔戈鲁基吗？”

“不是，不是多尔戈鲁基。”

“去他的吧，他太骄傲了。是舍因，或者特罗耶库罗夫吗？”

“不是，两个都不是。”

“我也不喜欢他们两个：都太轻浮，德国气味太重。哦，那么，是米洛斯拉夫斯基吗？”

“不，不是他。”

“也去他的吧，有钱倒有钱，可是很蠢。怎么样？是叶列茨基吗？是里沃夫吗？不是吗？难道是拉古津斯基？随你便吧，我不费这份脑筋了。皇帝给娜塔莎说的到底是谁呀？”

“是黑人易卜拉欣。”

老姐姐“啊呀”一声，把两手一挓挲。老公爵把头从枕头上抬了抬，惊讶地重复了一遍：“是黑人易卜拉欣！”

“我的好兄弟呀！”老姐姐带着哭腔说，“可别把你的好孩子毁了，不要让娜塔莎落到那黑鬼的魔爪里。”

“可是怎么能回绝皇帝呢？”加弗里拉·阿法纳西耶维奇不以为然地说，“他可是会对我们，对我们整个家族恩宠有加呀。”

“怎么能把娜塔莎，把我的好外孙女嫁给那个买来的黑人呀？”老公爵睡意尽失，叫了起来。

“他出身也不是平民，”加弗里拉·阿法纳西耶维奇说，“他是黑人苏丹的儿子。是异教徒把他掳走，在皇城拍卖，我们的公使救了他，把他献给皇帝的。这个黑人的大哥还带了可观的赎金到俄国来过呢……”

“加弗里拉·阿法纳西耶维奇我的好兄弟呀，”老姐姐打断他的话说，“我们听说过鲍瓦·科罗列维奇和叶鲁斯兰·拉扎列维奇的故事啦。你还是给我们讲讲，你是怎样回答皇帝提亲的吧。”

“我说，这事由您做主，我们自应百事顺从。”

这时门外咚的一声。加弗里拉·阿法纳西耶维奇走过去开门，但他觉得打不开，便使劲一推，门开了，只见娜塔莎昏倒在血糊糊的地上。

皇帝和她父亲关起门谈话的时候，她心里就紧张起来。她预感到，事情与她有关。等到父亲把她支开，说有事要同她姑妈和外祖父谈谈，她再也控制不住她那女孩子的好奇心，便轻手轻脚地穿过几间内房，来到父亲卧室门口，一字不漏地听到了这一番可怕的话。一听到父亲最后两句话，可怜的姑娘就昏了过去，跌倒下去，一头撞在装着她的嫁妆的铁皮箱子上。

仆人们纷纷跑来，抬起娜塔莎，送到她的闺房里，放到床上。过了一阵子，她苏醒过来，睁开眼睛，却不认得父亲，也不认得姑妈了。她发起高烧，不住地说胡话，老是说皇帝的黑人和结婚的事儿——突然她用悲伤而尖厉的声音叫起来：“瓦列里安，亲爱的瓦列里安，我的命根子！救救我吧！他们来了，他们来了！……”达吉雅娜·阿法纳西耶芙娜焦急地看了看弟弟，弟弟脸色煞白，咬紧嘴唇，一声不响地走出女儿的闺房。他回到老公爵跟前，老公爵因为没有力气上楼，仍然在楼下。

“娜塔莎怎么样？”他问道。

“不好，”忧心忡忡的父亲说，“比我想到的还要糟，她在昏迷中不住地念叨瓦列里安呢。”

“这个瓦列里安是什么人?”老人家惶惶不安地问,“是不是那个孤儿,你收养的那个弓箭手的儿子?”

“就是他,”加弗里拉·阿法纳西耶维奇回答说,“算我倒霉,他父亲在叛乱的时候救过我的命,所以我一时鬼迷心窍,把这个该死的狼崽子收养在家。两年前,我答应他的要求,把他送进军团,娜塔莎和他分手的时候大哭了一场,他也呆呆地站着,像块石头。我当时就觉得这事儿可疑,这事儿我也对姐姐说过。但是从那以后,娜塔莎没有提起过他,他也音信全无。我以为她已经把他忘了,可是看来她并没有忘。反正已经定了:她要嫁给黑人。”

老公爵没有表示反对,因为反对也没有用。他回家了。达吉雅娜·阿法纳西耶芙娜还守在娜塔莎床前。加弗里拉·阿法纳西耶维奇派人去请医生之后,就回自己房里去了。家里顿时变得静悄悄,冷清清的。

突如其来的提亲,也使易卜拉欣感到惊讶,其惊讶程度至少和加弗里拉·阿法纳西耶维奇一样。事情是这样的:皇帝在和易卜拉欣处理公务的时候,对他说:

“伙计,我发现你有些灰心丧气;你照实对我说说,你有什么事不称心?”易卜拉欣一再地对皇帝说,他样样都很满意,再不希望什么了。

“好吧,”皇帝说,“既然你是无缘无故地苦恼,那我知道怎样让你快乐起来。”

公务处理完毕,皇帝问易卜拉欣:

“上次舞会上和你跳美女艾舞的那个姑娘,你喜欢吗?”

“她很可爱,皇帝,看样子,那姑娘很庄重,也很贤良。”

“那我让你和她更接近接近。你想娶她为妻子吗？”

“皇帝，我吗？……”

“你听我说，易卜拉欣，你是一个孤苦伶仃的人，无亲无故，除了我，所有的人都把你当作外人。要是我一下子死了，今后你怎么办呢？我可怜的黑人呀！趁现在还不晚，你必须找到可靠的立足之地，要建立新的关系作为依靠，要和俄国贵族结亲。”

“皇帝，我有陛下的眷顾和恩宠，已经够幸福了。但愿皇帝和恩人健康长寿，除此之外，我别无他愿；至于结婚的事，年轻的姑娘和她家里的人会答应吗？我的相貌……”

“你的相貌！胡说什么！你不是很英俊吗？年轻的姑娘应该听从父母之命，要是我亲自去给你做媒，那咱们就看看，老加弗里拉·尔热夫斯基怎么说？”说着，皇帝就吩咐把雪橇赶过来，就出门去了；剩了易卜拉欣一个人，他沉思起来。

“娶亲！”黑人想道，“怎么不可以呢？难道就因为我出生在北纬十五度附近，就注定要过独身生活，不能享受人间欢乐，不能尽一个人的神圣责任吗？我不可能有希望被人爱：胡说八道！难道能够相信爱情吗？难道在女人的轻佻的心中有爱情吗？我永远挣脱了沉醉的迷梦，选择了另外的、更为现实的憧憬。皇帝说得对，我必须使今后的一生得到保障。和尔热夫斯基家小姐结婚，我就能和高傲的俄国贵族结合在一起了，我在我新的祖国里就不再是外来人了。我不要求妻子爱我，只要她忠实，我就满意了，我要永远对她信任，温柔体贴，就能换得她的情谊。”

易卜拉欣仍然像自己往常一样，很想着手料理公务，但是他的思绪太乱了。他便放下公务，到涅瓦河边去走走。忽然他听到皇帝的声音，回头一看，就看到皇帝下了雪橇，满面春风地朝他走来。“伙计，全办妥了，”皇帝挽住他的手，说，“我把你的婚事定下来了。明天你就去见你的岳父。不过你要注意，要使他那贵族高傲劲儿得到满足：在大门外下雪橇，步行进院子，和他谈谈他的功劳、他的名望，他就会对你大加赞赏了。”他晃动着手杖，又说下去：“现在你带我去找达尼雷奇那个滑头家伙，他又玩花样儿，我要和他算算账。”

易卜拉欣衷心谢过皇帝像慈父一般对他关怀，把他带到缅希科夫公爵那巍峨的宫殿里，然后就回家了。

第六章

玻璃神龛前的神灯静静地燃着，神龛里祖传圣像上的金银饰片闪闪放光。在不断颤动的灯火的微弱光照下，可以看到放下帐幔的床铺和一张摆满贴着标签的药瓶的小桌。一个使女坐在炉边纺纱，只有纺锤轻轻的转动声打破闺房的寂静。

“谁在这儿？”一个微弱的声音问道。使女立刻站起来，走到床前，轻轻撩起帐幔。

“天快亮了吗？”娜塔莎问道。

“这会儿已经是中午了。”使女回答说。

“我的天啊，怎么这样黑呀？”

“窗帘全放下了，小姐。”

“快给我穿起衣服。”

“不行，小姐，医生不让起床。”

“难道我病了？很久了吗？”

“可不是，已经两个礼拜了。”

“真的吗？可是我觉得好像昨天才躺下的……”

娜塔莎不说话了，她竭力集中纷乱的思绪。她好像出过什么事儿，但究竟什么事儿呢？她想不起来了。使女一直站在她面前，等候她吩咐。这时楼下响起一阵低沉的响动声。

“怎么一回事儿？”小姐问道。

“家里人刚吃完饭，”使女回答说，“站起来离开餐桌了。达吉雅娜·阿法纳西耶芙娜这就要到这儿来了。”

娜塔莎似乎高兴起来，她摆了摆软弱无力的手。使女放下帐幔，又坐下去纺纱。

过了几分钟，门口探进一个戴着白色宽边束发帽、系深色带子的头，小声问：

“娜塔莎怎么样？”

“是你吗？姑妈。”病人小声说。于是达吉雅娜·阿法纳西耶芙娜急忙向她走来。

“小姐醒过来了。”使女说着，小心翼翼地把一张圈椅拉过来。

老姑妈含着眼泪吻了吻侄女那苍白无神的脸，就挨着她坐下来。身穿黑色长衣、头戴学者式假发的德国医生随后也走了进来，按了按娜塔莎的脉，就用拉丁语说，然后也用俄语说，危险过去了。他要来纸和墨水，开了一张新的处方，就走了。老姑妈也站起身来，又吻了吻娜塔莎，立刻就到楼下去向弟弟报告好消息。

皇帝的黑教子正坐在客厅里，身穿制服，腰挂佩剑，帽子拿在手里，恭恭敬敬地和加弗里拉·阿法纳西耶维奇说着话儿。科尔萨科夫伸直身子躺在羽绒沙发上，心不在焉地听他们说话，一边在逗弄一条战功赫赫的猎狗。逗弄猎狗厌了，他便走到镜子前面，镜子往往是他闲得无聊时的避难所。于是他在镜子里看到达吉雅娜·阿法纳西耶芙娜在门外悄悄地向弟弟打手势。

“叫您呢，加弗里拉·阿法纳西耶维奇。”科尔萨科夫转过身来，打断易卜拉欣的话，对加弗里拉·阿法纳西耶维奇说。加弗里拉·阿法纳西耶维奇立即朝姐姐走去，随手把门带上。

“我对你的耐心真感到惊讶，”科尔萨科夫对易卜拉欣说，“整整一个钟头，你听他胡吹雷科夫和尔热夫斯基家族的古老，还要说一些冠冕堂皇的话附和他！要是我，才不理睬[1]这个吹牛的老家伙和他的一家，包括娜塔利亚·加弗里洛芙娜。她又扭扭捏捏，又装病，弱不禁风[2]……你说说心里话，你当真爱上这个装模作样的小妞儿[3]了吗？你听我说，易卜拉欣，这一次你就听听我的劝告吧。真的，别看我这样子，我实际上要高明些。丢开这种怪念头吧。可别结婚。我看，你要找的那个小妞儿对你一点好感也没有。世界上什么事情没有呀？比如说，我的长相当然也不错，但我有过一些情妇，她们的丈夫的长相实在一点也不比我差。你自己也……记得咱们在巴黎的朋友，那位D伯爵吧？女人的贞节是靠不住的，谁把这事儿看得马虎些，谁就幸福！可是你呀！……你就凭你这种火爆、深沉和多疑的性子，凭你的扁鼻子、厚嘴唇，凭这一身硬扎扎的毛，硬往结婚的火坑里跳吗？……”

“谢谢你的忠告，”易卜拉欣冷冷地打断他的话，“不过你要知道，有一句俗话：摇别人的孩子不是自己的事……”

①原文为法文。
②原文为法文。
③原文为法文。

“当心，易卜拉欣，”科尔萨科夫笑着回答说，“你可不要当真用事实证明这话。”

这时另一个房间里的谈话越来越激烈了。

“你会送掉她的命的，”老姐姐说，“她受不了他那副模样。”

“可是你想想吧，”固执的弟弟不以为然地说，“他以未婚夫身份到这儿来，已经有两个礼拜了，至今还没有见过未婚妻呢。到末了他会以为她的病完全是装出来的，以为只是我们想方设法拖延时间，好把他摆脱掉。再说，皇帝会怎么说呢？就这样他已经三次派人来问过娜塔莎的病情了。随你怎样吧，我可是不想顶撞他。”

“我的天呀，”达吉雅娜·阿法纳西耶芙娜说，“这可怜的孩子今后怎么办呀？至少你让我先去说说，叫她对这种来访有所准备。”加弗里拉·阿法纳西耶维奇同意了，便回到客厅里。

“谢天谢地，”他对易卜拉欣说，“危险过去了。娜塔莎好多了，要不是不好意思把伊凡·叶弗格拉福维奇这位贵客一个人丢在这儿，我就可以带你上楼去看看你的未婚妻了。”

科尔萨科夫向加弗里拉·阿法纳西耶维奇表示祝贺，叫他不必介意，并且一再地说，他有事要去办，并且不让主人送他，就朝前厅里跑去。

与此同时，达吉雅娜·阿法纳西耶芙娜也忙活起来，好让病人做些准备，迎接可怕的客人到来。她一进闺房，就气喘吁吁地在床边坐下来，拉住娜塔莎的手，可是一句话还没有说出口，房门便开了。娜塔莎问：“是谁来了？”老姑妈呆住了，连话也说不出来。加弗里拉·阿法纳西耶维奇拉开帐幔，冷眼看了看病人，问她怎么样。病人想对他笑笑，可是没有笑出来。她看到父亲严厉的目光，吃了一惊，心里惴惴不安起来。这时她觉得似乎有一个人站在她的床头。她使劲儿抬了抬头，突然认出皇帝的黑人。于是她想起了一切，今后种种可怕的情景顿时一下子出现在她的眼前。但是她本性软弱，没有表现出明显的震动。娜塔莎又把头放到枕头上，闭上眼睛……她的心跳得非常难受。达吉雅娜·阿法纳西耶芙娜对弟弟打了个手势，表示病人想睡觉，于是大家轻手轻脚地走出闺房，只有使女又坐下来纺纱。

可怜的美人儿睁开眼睛，看到床边已经没有人了，就叫使女过来，叫她去找那个矮女人。但就在这时候，那个圆滚滚的老矮子像球一样滚到她的床前。刚才燕子（矮女子叫燕子）拼命迈着两条短腿，跟着加弗里拉·阿法纳西耶维奇和易卜拉欣上了楼，躲在门后头，没有改变她那女性天生的好奇心。娜塔莎一看到她，就把使女支出去，矮女人就在她床前小板凳上坐下来。

从来没有一个如此矮小的身体能容纳如此之多的精神活动。她什么事都管，什么事都知道，什么事都操心。她善于耍弄手腕，曲意逢迎，深得主子们的欢心和她一手控制的全家的痛恨。加弗里拉·阿法纳西耶维奇常常听她的告密、谗言和琐碎的要求；达吉雅娜·阿法纳西耶芙娜常常征求她的意见，听从她的主意；娜塔莎对她无限依恋，不论有什么想法，一个十六岁的心有什么活动，都要对她说说。

“你知道吗，燕子，”她说，“我爹要把我嫁给黑人呢。”

矮女人长叹一声，她那皱巴巴的脸皱得更厉害了。

“难道没有希望了吗？”娜塔莎又说，“难道我爹就不心疼我吗？”

矮女人摇了摇包发帽。

“外公和姑姑也不为我说说话吗?”

“不会的,小姐。就在你生病的时候,那黑人已经把他们都迷惑住了。老爷喜欢他都喜欢疯了,老公爵天天只念叨他一个人,达吉雅娜·阿法纳西耶芙娜就说:可惜他是个黑人,要不然这样的女婿可是难找呀!”

“我的天呀,我的天啊!”可怜的娜塔莎叫了起来。

“不要难过,我们的美人儿,”矮女人吻着她那软弱无力的手说,“就算你一定要嫁给黑人,那你今后仍然可以随自己心意行事。如今不像古时候,男人不能把女人关在家里。听说这个黑人很有钱,你们家里会有用不完的金银,日子会过得非常快活……”

“可怜瓦列里安呀!”娜塔莎说,可是说得声音非常低,矮女人只能猜到,却听不清楚。

“就是了,小姐呀,”她神秘地压低声音说,“你要是少想想那个弓箭手的儿子,就不会在发烧说胡话的时候说起他,你爹也就不会生气了。”

“怎么?”娜塔莎吓了一跳,说,“我说胡话说起瓦列里安,我爹听见,我爹生气了!”

“糟就糟在这儿呀,”矮女人回答说,“这样一来,你要是求他不要把你嫁给黑人,他就以为这都是因为瓦列里安了。没办法呀!你还是听你爹的话,该怎么办就怎么办吧。”

娜塔莎一句反驳的话也没有说。一想到父亲已经知道了她的心事,她的思想受到强烈的震动。她只剩下一个希望:在完成这可恨的婚事之前,她先死掉。她有了这个主意,就安下心来。她那软弱而可悲的性格,就使她向自己的命运低头了。

第七章

在加弗里拉·阿法纳西耶维奇家里，从门廊里往右走，有一个只开一个小窗的小小房间。里面放着一张普通的床，床上铺着毛毯，床前有一张云杉木小桌，小桌上点着蜡烛，放着一本摊开的乐谱。墙上挂着一件旧的蓝色军服和一顶同样旧的三角军帽。军帽上方，有三只钉子钉着一张通俗版画，画的是骑在马上的查理十二世。在这个简朴的小房间里回荡着笛声。一个人住在这里面的被俘的舞蹈教师，头戴睡帽，身穿蓝布睡衣，为了排遣冬日黄昏的枯寂，吹奏着一支支使他回忆起欢乐的少年时代的瑞典古曲。瑞典人这样吹奏了整整两个小时，这才把长笛拆开，装进匣子，便脱起衣服。

就在这时候，他的门上的插销开了，一个穿军服的英俊而魁梧的年轻人走进屋里来。

惊讶的瑞典人慌忙站起来。

"你不认得我了，古斯塔夫·阿达梅奇？"进来的年轻人用激动的声音说，"你不记得那个男孩子吗，你还教他瑞典操枪法，跟他一起用玩具炮射击，差一点把这个房间烧掉？”

古斯塔夫·阿达梅奇凝神注视着……

“哎呀呀，”终于他叫起来，把他抱住，“你豪（好），你飞（回）来很旧（久）了吗？请错（坐）吧，你狼当（浪荡）够啦，咱们来豪豪（好好）了了（聊聊）……”

…………[1]

①本章只留下这一部分草稿。

别尔金小说集

普罗斯塔科娃夫人：

我的老爷子呀，他从小就爱听故事。

斯科季宁：

米特罗方就像我。

——《纨绔少年》

《别尔金小说集》是普希金写完的第一组散文作品。写于1830年秋天，即普希金创作丰收的“波尔金诺的秋天”。全称是：《已故的伊凡·彼得罗维奇·别尔金小说集》。写作次序和时间是：《棺材店老板》，9月9日；《驿站长》，9月14日；《小姐扮村姑》，9月20日；《一枪》，10月14日；《暴风雪》，10月20日。后来普希金把次序调整后，于1831年10月以《别尔金小说集》为名出版单行本。但在1834年再版时就署名普希金了。

出版者前记

我们在筹备出版现在呈献在公众之前的这本伊·彼·别尔金小说集的时候，就想附一篇已故作者的短篇小传，多少满足我国文学爱好者应有的好奇心。为此我们曾经去找过玛丽亚·亚力山大罗芙娜·特拉菲林娜，她是伊凡·彼得罗维奇·别尔金的近亲和遗产继承人；可是，非常遗憾，她无法向我们提供有关作者的任何材料，因为她根本不认识他。她劝我们向一位可敬的人物求教，他是伊凡·彼得罗维奇的故友。我们遵照她的意见写了一封信，便收到如下一封令人满意的回信。我们不加任何修饰和注释，将这封回信刊出，作为高尚的见解和感人的友情的珍贵纪念，同时也可以作为一种十分可靠的传记材料。

某某先生台鉴：

阁下本月十五日大函已于本月二十三日奉悉。贵函中要我详告已故挚友和乡邻伊凡·彼得罗维奇·别尔金之生卒年月、职务、家庭状况以及事业和性情，我十分乐意满足阁下的愿望。现将我与他交谈中以及亲眼观察中所能记忆者奉告阁下。

伊凡·彼得罗维奇·别尔金1798年生于戈留辛诺村，其父母都是正直、高尚的人。其亡父彼得·伊凡诺维奇·别尔金准少校娶特拉菲林家的彼拉盖雅·加弗里洛芙娜小姐为妻。他不算富有，但生活节俭，在经营家产方面是一个很精明的人。他们的儿子受到的初等教育，受之于一个乡村教会执事。也许多亏这位可敬的先生，他养成阅读和学习俄罗斯文学的兴趣。1815年他进入步兵轻骑兵团（其番号我记不得了），直到1823年他都在这个团里服役。他的父母几乎同时去世，因此他不得不退伍，回到戈留辛诺村自己的领地上。

伊凡·彼得罗维奇掌管家产以后，因为缺乏经验，心肠又软，很快就放弃管理，放松了他的亡父建立起来的严格的规章制度。他把办事认真、精明能干的村长撤掉，因为他的农民对村长不满意（这是他们的习惯），叫一个年老的女管家掌管村里事，她因为善于讲故事博得他的信任。这个蠢老婆子连二十卢布和五十卢布的钞票都分不清；她是所有农民的干亲家，他们一点也不怕她。他们选出的村长一味地姑息纵容他们，和他们狼狈为奸，迫使伊凡·彼得罗维奇取消劳役制，建立一种非常轻的代役租制。但就是这样，农民还是利用他的软弱，第一年就要求大加优待，以后几年有三分之二的代役租缴的是胡桃、越桔之类的东西，而且有的还欠租不缴。

我作为伊凡·彼得罗维奇亡父的好友，认为有责任对他的儿子提出忠告，并且一再表示愿意帮助恢复原来被他废弃的旧章法。为此，我有一次到他那里去，要来账簿，把浑蛋村长叫了来，就当着伊凡·彼得罗维奇的面查起账来。这位少东家开头看着我查账是全神贯注的；但是等到从账上看出近两年农民人数增加，家禽和家畜数却大为减少时，伊凡·彼得罗维奇却觉得查出这一点结果就足够了，再往下就不听我的了；等到我一再追查，严厉质问，使得浑蛋村长惊慌失措，张口结舌时，我听见伊凡·彼得罗维奇在椅子上鼾声大作，这使我非常恼火。从此我再也不去过问他的家业经营之事，也和他本人一样，将他的事交给上帝去管了。

不过，这丝毫无损我们的友情，因为我深切同情他的软心肠，原谅他的马虎懒散，马虎懒散是我们贵族青年的通病。我倒是从心底喜欢伊凡·彼得罗维奇，实在不能不喜欢如此和善和诚实的年轻人。伊凡·彼得罗维奇也非常敬重我这个长者，衷心信赖我。直到去世，他几乎每天都和我见面，珍视我很普通的言谈，虽然我们不论在习惯上，还是在思想方法和性格上，彼此都有很大的差异。

伊凡·彼得罗维奇过的是极其节俭的生活，在各方面都很有节制。我从来没有看见他喝醉过（这在我们这地方可以说是闻所未闻的奇迹），他对女性非常爱慕，可是他真像少女一般羞怯[①]。

除了大函中提到的几篇小说，伊凡·彼得罗维奇还留下许多手稿，其中一部分在我处，还有一部分被女管家派了种种家庭用场。比如，去年冬天她的厢房所有窗户上糊的纸，就是他未完成的长篇小说第一部的手稿。至于上面提到的几篇小说，大概是他最初的试作。这几篇小说，正如伊凡·彼得罗维奇自己说的，大都是真人真事，是他从各种各样的人嘴里听来的[②]。不过，其中的人名几乎都是他虚构的，村庄名字则来自我们当地的一些村庄，因此有的地方也提到我的村子。这并不是出于什么恶意，只是由于缺乏想象力。

1828年秋，伊凡·彼得罗维奇患感冒发烧，转为热病，尽管本县一位相当高明、尤其善于治鸡眼之类痼疾的医生百般努力，他还是不治身亡。他死在我的怀里，终年三十岁，安葬于戈留辛诺村教堂墓地，紧靠着他父母的坟墓。

伊凡·彼得罗维奇中等身材，灰眼睛，淡褐色头发，直鼻梁，一张脸又白又瘦。

尊敬的先生，关于故友和乡邻的生活方式、事业、性格

---

①有一段趣事，我们认为是题外话，就没有写出来，不过，可以告诉读者诸君，此事在伊凡·彼得罗维奇·别尔金没有什么不体面之处。

——普希金原注

②确实，在别尔金先生的手稿里，每篇小说之前都由作者亲笔写着：我是从某人(职衔或称号以及姓名的第一个字母)处听来的。现为好奇的读者摘抄如下：《驿站长》的故事是听九等文官A.Г.Н.说的；《一枪》的故事是听И.Л.П.中校说的；《棺材店老板》是Б.В.说的；《暴风雪》和《小姐》是К.И.Т.姑娘说的。

——普希金原注

和外貌，我能记起的尽在于此了。但如阁下认为敝人信中所述有可用之处，恳请万勿提及敝人名字，因为，虽然我非常尊敬和爱戴写作者，但我认为博取作家称号是不必要的，在我这样的年纪也是不相宜的。谨致衷心的敬意。

1830年11月16日

于涅纳拉多沃村

我们理应尊重作者可敬的朋友的意愿，对他为我们提供这些材料表示深切的谢意，并且希望读者诸君珍视其中的真诚和善意。

亚·普

一　枪

我们开枪决斗。

——巴拉丁斯基[1]

我发誓在决斗中把他打死

(他开了枪,我还可以开枪)。

——《野营之夜》[2]

一

我们驻扎在某某小镇上。谁都知道军官生活是怎样的。早上出操,练骑术;吃午饭在团长家里或犹太饭馆里;晚上就喝潘趣酒,打牌。这个镇上既没有经常宴客之家,又没有一个未婚姑娘,

①巴拉丁斯基(1800—1844),俄国诗人。

②《野营之夜》,俄国作家别斯土舍夫·马尔林斯基(1797—1837)的小说。

我们总是轮流在各人的寓所聚会，在寓所里，除了穿军服的，什么也看不见。

常跟我们在一伙儿的只有一个不是军人。他有三十五六岁，因此我们把他看作老头儿。他是见过世面的，因此在很多方面胜过我们。此外，他常常郁郁寡欢，脾气暴躁，说话刻薄，对我们年轻人的思想也有很大的影响。他的遭际充满神秘意味。他像俄国人，名字却是外国名字。以前他当过骠骑兵，很得赏识；谁也不知道为什么他要退伍，住到这个可怜的小镇上来，在这儿他日子过得贫困，花起钱来却大手大脚。他出门总是步行，穿的是黑色旧礼服，可是经常宴请我们团的军官。虽然他请客只有两三道菜，而且是一个退伍士兵做的，可是香槟酒却像河水一样流淌。谁也不知道他有多少财产，有多少收入，谁也不敢问他这些事。他有不少书，大多数是军事书，再就是小说。他很乐意把书给人家看，从来不讨还。可是他借别人的书也从来不归还。他主要的日常活动是练习手枪射击。他的房间的四壁被打得千疮百孔，像蜂窝一样。他收藏的许多手枪，是他所住的陋室里仅有的装饰品。他的枪法之娴熟是令人难以置信的，如果他提出把梨子放在谁的帽子上，开枪把梨子打掉，我们团里谁都会毫不犹豫地把头伸过去。我们常常谈到决斗的事，西尔维奥（我就这样直呼其名）从来不插嘴谈这事儿。问他是不是决斗过，他只冷冷地回答说决斗过，却不肯细说，显然，问他这类事儿，他很不快活。我们认为，准是有人成为他那很厉害的枪法的不幸的牺牲品，他在良心上一直很难受。我们却从来没有怀疑他会有什么胆怯之类的事。有一种人，单看其外貌就不会产生这类的怀疑。有一件意外事使我们大家都惊讶不解。

有一天，我们十来个军官在西尔维奥那里吃饭。喝酒像往常一样，也就是喝了很多。饭后我们劝主人做庄家和我们打牌。他推辞了很久，因为他几乎从来不打牌；后来他终于叫人把牌拿来，把五十个金币扔在桌上，就坐下来发牌。我们围着他坐下来，就赌起来。西尔维奥有个习惯，赌起钱来绝对不说话，从来不争论，也不解释。要是下赌注的人算错了账，他就马上把少算的钱付清，或者把多余的钱记下。我们都知道他的脾性，所以由着他怎么办。可是我们当中有一位军官，是不久前才调来的，他也在这儿赌钱，因为心不在焉，不该折角却折了角[①]。西尔维奥拿起粉笔，按照自己的习惯，也把数目加上。那位军官以为他弄错了，就向他解释起来。西尔维奥一声不响地继续发牌。那军官失去耐性，拿起刷子，把他认为不必记的数字擦掉。西尔维奥拿起粉笔，重新记上。那军官因为喝了酒，输了钱，又受到同伴们讥笑，来了火气，觉得自己受到极大的侮辱，盛怒之下抓起桌上的铜烛台，向西尔维奥掷去，幸亏西尔维奥躲开了这一击。我们都慌了。西尔维奥气得脸色煞白，站起身来，两眼闪闪有光地说："先生，请您出去，您得感谢上帝，幸亏这事儿发生在我家里。"

我们认定此事必有后果，料定这个新伙伴必死无疑。这位军官说过，不论坐庄的先生想怎样，他都乐意奉陪，便走了出去。又继续赌了几分钟，可是我们觉得主人已无心赌下去，就一个个放下牌，各自回住处，一路上谈论很快就要出现的空缺。

第二天，我们在练马场上已经在问，那个倒霉的中尉是否还

①折角表示赌注加倍。

活着,他却来了;我们就问他,这事儿怎么样了。他回答说,还没有得到西尔维奥的任何消息。这使我们感到奇怪。我们去看西尔维奥,见他正在院子里打枪,一枪又一枪打在贴在大门上的一张爱司牌上。他和往常一样招待我们,只字不提昨天的事。三天过去了,中尉依然活着。我们一再惊奇地问:难道西尔维奥不决斗了? 西尔维奥没有决斗。他听了轻描淡写的解释就满意了,跟中尉言归于好了。

此事严重损害他在青年人当中的威望。缺乏勇气是青年人最不能原谅的,因为青年人往往把勇敢看作人类最高的品德,只要勇敢,任何缺点都可以原谅。不过,后来大家对这事渐渐淡忘了。西尔维奥重新获得了先前的威望。

只有我无法再跟他亲近了。我生来就有一种浪漫主义思想,在这之前我最仰慕的就是这个人,我觉得他的一生是个谜,他就是一部神秘小说中的主人公。他也很喜欢我,至少他对我另眼看待,对我不说他平时爱说的那些尖酸刻薄话,跟我无话不谈,态度诚恳,而且格外愉快。可是在那个不祥的夜晚以后,我就认为他已经名声扫地,自己败坏了名声,无法挽回了;我总是摆脱不掉这种想法,所以很难像以前那样对待他了;看着他,我都觉得害臊。西尔维奥是个非常精明和老练的人,不可能看不出这一点,也不可能猜不出其中原因。他似乎因此很伤心;至少有两次我发现他想向我解释解释;但是我避开了,他也就不再找我了。从那以后,我只有在和同事们一块儿的时候才跟他见面,再也没有像以前那样推心置腹地交谈了。

乡村或小城镇的人有一些见惯了的情形,漫不经心的京城人是不会知道的。比如邮日里等待邮件的情形:每个星期二和星期五,我们团的办公室里就挤满了军官,有的等钱,有的等信,有的等报纸。邮件一般都是当场拆开,消息互相交流,办公室里呈现出一派活泼热闹的气氛。西尔维奥的来信都是寄到我们团里,来信时一般他都在场。有一次,他接到一封信,就迫不及待地把信拆开。他匆匆地看着信,眼睛就放起光来。军官们都忙着看自己的信,一点都没有注意到。"诸位,"西尔维奥对大家说,"由于某种情况,我必须尽快离开这里,今天夜里我就动身,希望诸位赏光,到我家最后吃一顿饭。我也恭候您来,"他转身对着我,又说,"一定要来。"他说过这话,就匆匆走了出去。我们商量好到西尔维奥那里聚一聚,就各自回住处了。

我在约定的时间来到西尔维奥家里,看到全团的军官几乎都在他这里了。他所有的东西都已经收拾好,只剩下光秃秃、弹痕累累的四壁。我们纷纷就座;主人心情特别好,他的快活心情很快就感染了大家;不时响起瓶塞啪啪声,酒杯冒着泡沫,一个劲儿嗞嗞响着,我们衷心地祝愿他一路平安,万事如意。大家离开饭桌的时候已经是黄昏将尽了。大家各自去拿帽子,西尔维奥便和大家道别,就在我也准备走的时候,他拉住我的手,把我留下。"我要和您谈谈。"他小声说。我就留下了。

客人都走了,只剩下我们两个人。我们面对面坐下来,一声不响地抽起烟斗。西尔维奥心事重重,他那种快活得要发狂的劲儿连影子也没有了。他那苍白的脸阴沉沉的,两眼闪闪放光,口里吐着一阵阵浓烟,那样子活像一个恶魔。过了几分钟,西尔维奥打破沉默。

“也许咱们今后再也不能见面了，”他对我说，“在分手之前我想跟您推心置腹地谈谈。你可能看出来，我很少看重别人对我的看法，但我很喜欢您，所以就觉得，要是您心中保留着不应该有的看法，那我是很难过的。”

他停下话头，往抽完的烟斗里装起烟丝；我垂下眼睛，没有说话。

“您一定觉得奇怪，我没有向那个蛮不讲理的醉鬼提出决斗，”他又说下去，“您一定认为，我应该拿起武器，他的生命在我手里，我几乎没有什么生命危险。我也尽可以把我的克制说成是宽宏大量，可是我不想说谎。假如我能惩罚他，而自己不冒任何生命危险的话，那我怎么也不会放过他的。”

我惊愕地望着西尔维奥。听到他这番坦率的自白，我简直呆住了。西尔维奥又说下去：

“就是这样啊：我没有权利让自己冒死的危险。六年前我挨过一记耳光，我的仇人还活着呢。”

这话激起我强烈的好奇心。

“您没有跟他决斗吗？”我问道，“准是有什么情况使你们分开了？”

“我跟他决斗过，”西尔维奥回答说，“这就是我们那次决斗的纪念。”

西尔维奥站起来，从一个大纸盒里拿出一顶镶金边、带金流苏的红帽（就是法国人所谓的警察帽）；他把帽子戴到头上，那帽子在离额头一俄寸处被打了一个洞。

“您知道，”西尔维奥又说下去，“我在骠骑兵团服过役。我的脾性您是知道的：我逞强惯了，从小就喜欢这样。在我们那时候，打架闹事是一种时髦风气。我在军队里是头号捣蛋鬼。我们吹嘘自己的酒量，我的酒量胜过了杰尼斯·达维多夫[①]歌颂过的赫赫有名的布尔佐夫。决斗在我们团里是家常便饭，每次决斗都有我，不是当证人，就是当事人。同伴们都崇拜我，时常调换的团长们却把我看作除不掉的祸害。

“我正安静地（或者可以说，很不安静地）享受着盛名之下的快乐，这时有一个出身名门而又有钱的青年（我不想说出他的名字）调到我们团里。我生来没有遇见过这样光彩夺目的幸运儿！要知道，他又年轻，又聪明、漂亮，快活得发疯，大胆得毫无顾忌，名声那样响亮，钱不计其数，永远花不完，您想想吧，他会在我们当中产生什么样的影响！我的首座地位动摇了。他受到我的名声吸引，本想跟我交朋友，可是我对他非常冷淡，他也就毫不惋惜地跟我疏远了。我恨透了他。他在团里和女人当中获得的成功使我完全陷于绝望。我便找机会跟他争吵。我说俏皮话，他也用俏皮话回敬，他的俏皮话往往更使我感到意外，比我更俏皮，当然也就好笑得多，因为他是在开玩笑，我却是在发泄仇恨。后来有一次，在一位波兰地主家的舞会上，我看见他得到所有太太小姐们的青睐，尤其是那女主人，原来跟我有过私情的，我便对着他的耳朵说了一句直截了当的粗话。他勃然大怒，打了我一记耳光。我们都跑过去拿马刀，太太小姐们都吓昏了。很多人把我们拉开，于是当天夜里我们就出去决斗。

“那是在拂晓时候。我和我的三个证人站在约定的地方。我

①杰尼斯·达维多夫（1784—1839），俄国诗人。

急不可耐地等待着我的对手。春日的朝阳升上来,气温也渐渐回升。我老远看到了他。他身穿军服,腰挂马刀,在一个证人陪伴下徒步走来。我们迎着他走去。他手拿军帽来到跟前,军帽里装满樱桃。证人们给我们量出十二步距离。应该是我先开枪,可是我由于愤怒,激动得厉害,没有把握打得准,为了有时间让自己冷静一下,我让他先开枪。我的对手不同意。我们就拈阄。他这个永远的幸运儿这次也走运,拈到第一号。他瞄好了,开枪打穿了我的军帽。轮到我开枪了。他的生命终于在我手里了。我凝神注视着他,很想在他脸上找到哪怕是一点点慌张的表情……他站在我的枪口下,从帽子里挑选着一个个熟透的樱桃,不停地吐着核儿,一个个核儿直飞到我的脚下。我见他毫不在乎,真是气疯了。我心想,他根本不把生死看成一回事儿,我打死他又有什么意思呢?我脑子里闪过一个狠毒的念头。我把手枪放下。"看样子,您现在还没有工夫死,"我对他说,"您快去吃早饭吧,我不想打扰您。""您一点也没有打扰我,"他不以为然地说,"快请开枪吧。不过,悉听尊便,您这一枪可以留着,我随时愿意奉陪。"我便对证人们声明,今天我不想开枪了,决斗就这样结束。

"我退了伍,就来到这个小镇上。从那个时候起,我没有一天不想着报仇。现在时候到了……"

西尔维奥从口袋里掏出早晨收到的那封信,递给我看。一个人(看样子是他委托的人)从莫斯科给他来信说,**那个人**不久就要和一个年轻美貌的姑娘结婚了。

"您可以猜到,**那个人**是谁,"西尔维奥说,"我这就去莫斯科。咱们就看看,他在要结婚的时候对生死是不是还那样不在乎，像以前那样吃着樱桃等待死亡？”

西尔维奥在说这话的时候站起身来，把自己的军帽往地上一扔，就在房间里前前后后踱了起来，就像一只笼中的老虎。我一动不动地听他说着；我非常激动，心中涌起种种奇怪的、互相矛盾的感情。

一名仆人走进来报告说，马车已套好。西尔维奥紧紧握住我的手，我们相互吻别。他上了马车，车上装了两只皮箱，一只装的是手枪，另一只装的是他的日用物品。我们又一次道别，马车飞驰而去。

二

过了几年，家境败落，我不得不迁到某县一个贫穷的村子。我在操持家业的同时，常常暗暗思念我以前那种热热闹闹、无忧无虑的日子。我最难以习惯的是冷冷清清消磨秋日和冬日的黄昏。午饭以前，我和村长聊聊，出去看看干活儿的，到新的作坊去走走，还可以马马虎虎把时间打发过去；可是等到天渐渐黑下来，我就一点也不知道该往哪儿去了。我从橱子底下和储藏室里找出来的有限的几本书，早已读得滚瓜烂熟。凡是女管家基里洛芙娜能记得的故事，我也不知听过多少遍了。听娘儿们唱歌，只能引我惆怅。我想喝喝不怎么甜的甜酒，可是喝了就头痛。而且说实话，我也怕自己会因为**无聊得要命成为酒鬼**，也就是成为**要命的酒鬼**，这种事儿我在我们县里见得多了。我没有什么亲近的乡邻，附近只有两三个**要命的**酒鬼，他们谈起话来不是打嗝儿就是唉声叹气。我一个人冷冷清清呆在家里，比跟他们在一起还要好受些。

在离我家四俄里的地方，有一处很富庶的庄园，是一位伯爵夫人的，但庄园里只是住着一个管家。伯爵夫人只是到自己的庄园来过一次，是在出嫁的第一年，而且只住了不到一个月。不过在我来过冷清日子的第二年春天，就传来消息说，伯爵夫人要和她丈夫到乡下来消夏。果然，他们六月初就来了。

对于乡下人来说，一个有钱的乡邻的到来是一件划时代的大事。地主们和仆人们在来前两个月就纷纷议论，走后还要议论三年。至于我，我得承认，听说要来一位年轻美貌的乡邻自然非常兴奋。我急不可待地要见见她，因此在她来后的第一个礼拜天午饭后，便去某村，以最近的乡邻的身份和最恭顺的仆人的态度拜访他们。

仆人把我带进伯爵的书房，就进去通报。宽敞的书房布置得极其豪华。靠墙是一排书橱，每个书橱上都有一座青铜胸像；大理石壁炉上方有一面很大的镜子；地板上蒙了绿呢子，并且铺了地毯。我住惯了寒碜的小屋，对豪华的陈设已不习惯，并且已经很久没见过别人的富有，因此有点儿胆怯，而且有些惴惴不安地恭候着伯爵，就像外省的求见人等候大臣接见。门开了，走进来一个男子，三十二三岁，非常英俊。这位伯爵大大方方、和蔼可亲地走到我跟前；我竭力鼓起勇气，正要做自我介绍，他却抢先了。我们坐下来。他言谈随便而亲切，很快就使我不再感到拘谨。我已经渐渐恢复常态，突然伯爵夫人走了进来，这使我比先前更局促不安了。她果然是国色天香。伯爵把我介绍了一下；我很想显得大方些，但越是想摆出潇洒不拘的样子，越是觉得不自然。他们为了让我有时间恢复常态和习惯于新交，就自己交谈起来，把我看作亲密的乡邻，不拘礼节。这时我便在书房里前前后后走动起来，浏览起书籍和绘画。我在绘画方面不是行家，但有一幅画引起我的注意。这幅画画的是瑞士风景，但使我惊异的不是其画技，而是这画被两颗子弹打穿，一颗打在另一颗上。

“真是好枪法。”我对伯爵说。

“是的，”他回答说，“枪法是好极了。您的枪法也很好吧？”他接着问道。

“也不错，”终于接触到我熟悉的话题，我高兴起来，就回答说，“三十步内打纸牌不会失手，当然，要用熟悉的手枪。”

“真的吗？”伯爵夫人带着非常注意的神气说，“你呢，伙计，你能在三十步内打中纸牌吗？”

“咱们什么时候试试看吧，”伯爵回答说，“当年我的枪法也不错，可是我已经有四年没有摸过手枪了。”

“噢，”我说，“要是这样的话，我可以打赌，阁下在二十步以内也打不中纸牌：打枪就要天天练习，这我是有切身体会的。在我们团里我算是一名高手了。有一次，我整整一个月没有摸过手枪，因为我的枪拿去修理了。您猜怎么样，先生？后来我第一次拿起枪射击，在二十五步距离打一个瓶子，一连四次都没有打中。我们有一位骑兵大尉，爱说俏皮话，喜欢说笑，他当时在场，就对我说：老弟，看样子，你不忍心打瓶子。是的，阁下，不能忽视这种训练。要不然很快就荒疏了。我遇到过一位高手，每天午饭前他至少要打三枪。这在他已经成了习惯，就像饭前一杯酒一样。”

伯爵和夫人见我说得来了劲儿，也高兴起来。

“他的枪法究竟怎样？”伯爵问道。

“阁下，您听我说。比如，有时候，他看见墙上落了一只苍蝇，您觉得好笑吗，夫人？……真的，千真万确……他一看见苍蝇，就喊：‘库兹卡，把手枪拿来！’库兹卡就把装好子弹的手枪拿给他。他砰的一枪，就把苍蝇打进墙里去！”

“这太了不起了！”伯爵说，“他叫什么名字？”

“阁下，他叫西尔维奥。”

“西尔维奥！”伯爵腾地跳起来，叫道，“您认识西尔维奥？”

“阁下，我怎么不认识。我们是朋友呢。我们团里都把他当作自己哥们儿。可是我已经有五年没有听到他的消息了。这么看，阁下，大概您也认识他了？”

“认识，很熟悉。他有没有对您说过……恐怕不会；我想，不会的；他没有对您说过一件很离奇的事吧？”

“阁下，是不是他在舞会上被一个花花公子打耳光的事？”

“他对您说过那个花花公子的名字吗？”

“没有，阁下，他没有说过……哎呀，阁下！”我猜到是怎么一回事儿，就又说，“请原谅……我一点也不知道……难道就是您吗？”

“就是我，”伯爵带着很难过的神气说，“这一幅被打穿的画就是我们最后一次见面的纪念……”

“哎呀，亲爱的，”伯爵夫人说，“行行好，不要说吧，我怕听这些。”

“不,”伯爵不以为然地说,“我要原原本本地说说,他知道我得罪了他的朋友,也应该让他知道西尔维奥怎样向我报了仇。”

伯爵把椅子向我挪近了一些,于是我怀着极大的好奇心听了下面的故事。

“五年前我结的婚。第一个月,也就是蜜月,就是在这儿,在这个村子里度过的。在这座房子里我度过一生最美好的时刻,也有过一件最不堪回首的往事。

“有一天黄昏时候,我们俩一起骑马出去兜风,我妻子的马不知为什么发起性子,她怕了,就把缰绳交给我,自己徒步回家,我就骑马先走了。回到院子里,我看见有一辆旅行马车,仆人告诉我,有一个人坐在我的书房里,他不肯说出自己的名字,只是说找我有事情。我走进这个房间,在黑暗中看到有一个人风尘仆仆,满脸胡子,他就站在这壁炉旁边。我走到他跟前,竭力回想此人的面貌。‘你不认识我了吗,伯爵?’他用打战的声音说。‘西尔维奥!’我叫起来,说实话,当时我觉得浑身的汗毛一下子都竖起来了。‘正是我,’他接着说,‘轮到我开枪了,我就是来开这一枪的,你准备好了吗?’他侧面口袋里露出一支手枪。我量了十二步,便站到那边角落里,要求他趁我妻子还没有回来,快点儿开枪。他迟迟不肯开枪,要把蜡烛点起来。我叫人把蜡烛点着了。我把门关上,吩咐不准任何人进来,就又请他开枪。他掏出手枪。瞄好了……我数着时间……我想着她……可怕的一分钟过去了!西尔维奥把手放下来。‘可惜,’他说,‘我的手枪里装的不是樱桃核儿……子弹很沉。我总觉得,咱们不是在决斗,而是在杀人,我不习惯开枪打不拿武器的人。咱们重新来吧,还是拈阄,看谁该先开枪。'我的头在发晕……好像我老半天没有同意……最后我们还是又装了一支手枪,卷了两个纸卷儿,他把纸卷儿放进当年被我打穿的那顶军帽。我又拈到第一号。'伯爵,你真是走运极了。'他冷笑说,那一笑我是永远忘不了的。我不明白我当时是怎么一回事儿,他怎么会迫使我那样做的……反正我开了枪,就打在这幅画上。(伯爵用手指着那幅被打穿的画,他的脸红得像一团火;伯爵夫人的脸比手帕还要白;我不禁啊呀了一声。)

"我开了枪,"伯爵又说下去,"谢天谢地,这一枪打空了,于是西尔维奥……说实话,那时他非常可怕……他对我瞄准了。突然门开了,玛莎跑进来,尖叫着扑过来搂住我的脖子。她一来,我一下子又打起精神。'亲爱的,'我对她说,'难道你没看出来,我们是闹着玩儿的?你怎么吓成这个样子!快去喝杯水,再到我们这儿来,我给你介绍介绍这位老朋友和同事。'玛莎还是不相信。'请问,我丈夫说的是实话吗?'她转身对可怕的西尔维奥说,'你们真是闹着玩儿吗?''夫人,他总是爱闹着玩儿。'西尔维奥回答她说,'有一回他闹着玩儿,打了我一记耳光,还闹着玩儿,把我的军帽打了个窟窿,现在又闹着玩儿,对我开了一枪,没有打中,现在该我来闹着玩儿了……'他说着,就想对准我……就当着她的面!玛莎扑倒在他的脚下。'起来,玛莎,这太丢脸!'我发疯似地叫起来,'先生,您不要再嘲弄一个可怜的女人了吧!您究竟开枪不开枪?''我不开枪了。'西尔维奥回答说,'我已经满意了,因为我看到了你惊慌,看到你胆怯了。我迫使你向我开了枪,这在我就够了。你会记住我的。我把你交给你的良心吧。'于是他就往外走,可是在门口又站了下来,回头看了看被我打穿的这幅画,几乎没瞄准就朝这画开了一枪,便走了。我妻子昏倒在地上。仆人们不敢拦他,都带着恐怖的神气望着他。不等我回过神来,他已经走到台阶上,叫车夫把车赶过来,就坐上车走了。"

伯爵不说话了。就这样我知道了故事的结局,其开端曾经使我非常震动。后来我再也没有遇到这故事的主人公。据说,在亚历山大·伊普西兰蒂[1]起义的时候,西尔维奥率领过一支民族独立运动部队,在斯库列尼战役中牺牲了。

①亚历山大·伊普西兰蒂(1792—1828),希腊民族独立运动领袖。

暴风雪

马儿蹚着深深的积雪，
在起伏的丘冈上奔跑……
猛抬头，只见那边厢
孤零零一座神庙。
……
蓦地里狂风骤起；
转眼间大雪纷飞；
乌鸦盘旋在雪橇上方，
翅膀划出嗖嗖声响；
不祥的叫声令人悲伤！
马儿抖动纷乱的鬣毛，
撩起四蹄奔走慌忙，
前途茫茫难辨方向……

——茹科夫斯基[①]

①茹科夫斯基(1783—1852)，俄国诗人。

1811年底，在那值得我们纪念的时代[①]，善良的加夫里拉·加夫里洛维奇住在自己的涅纳拉得庄上。他殷勤好客，附近都闻名。附近的人时常到他家来大喝大嚼，陪他的太太玩玩小牌，也有人是为了要看他的女儿玛丽亚·加夫里洛芙娜，一个亭亭玉立、面色白净的十七岁少女。她算得上是一个富有的待嫁姑娘，所以很多人想娶她，或者想把她说给自己的儿子。

玛丽亚·加夫里洛芙娜受法国小说影响很深，所以容易怀春。她所选中的对象是一个在乡下度假期的贫寒的陆军准尉。不用说，这位青年人也同样地对她钟情。姑娘的父母发觉了两人卿卿我我的情形，再不许姑娘同他接近，而且从此对他冷眼相待，他在他们面前，连个卸任的陪审官都不如了。

我们这对恋人便靠书信互通情意，并且每天都在松林里或者在古老的教堂旁边幽会。他们在那里海誓山盟，悲叹命运的不幸，并且做过种种打算。他们这样通信，幽会，日复一日，便自然而然地生出这样的念头：既然我们彼此离开了就活不下去，而狠心的父母又不让我们如愿以偿，我们就不能背着他们行事吗？这个绝妙的主意当然先是由男方想出来的，但也正中这位喜欢浪漫遐想的小姐下怀。

冬天来了，他们不再幽会，但是书信来往却更勤了。弗拉基米尔·尼古拉耶维奇在每封信中都要求她嫁给他，同他秘密结婚，躲开一段时期，然后投到双亲的脚下，双亲看到这对恋人如此坚贞不渝，又如此不幸，铁石心肠也要感动，一定会对他们说：“孩

①1812年俄国开始了卫国战争。这里指的就是这一时代。后文中不少情节都是涉及这次战争的。

子们,回到我们怀抱里来吧!”

玛丽亚·加夫里洛芙娜踌躇了很久,多少个私奔的计划订好又推翻。最后她终于同意。到约定的那一天,她不吃晚饭,装作头痛,躲到自己的闺房里去。她的使女也参与了这项密谋。她们两人必须走后门到花园里去,到时候会有雪橇在花园外面接她们,坐上雪橇,出涅纳拉得庄,行五俄里,便到扎得林村,径奔教堂,弗拉基米尔就在教堂里等她们。

在出奔的前一天夜里,玛丽亚·加夫里洛芙娜一夜没睡。她收拾行装,包捆衣裳,写了一封长信给自己的闺友——一位多情的小姐;又写了一封给自己的双亲。她向父母告别的信写得情恳意切,说自己走这一步实出于无奈,怪只怪自己做了感情的俘虏,信的末尾说,她认为此生最幸福的时刻是有朝一日能够允许她跪倒在至亲至爱的双亲脚下。两封信她都盖上了刻着两颗燃烧的心和典雅的签名的图拉[①]印章。天快亮的时候,她才倒在床上,迷迷糊糊睡去,但她不时地为噩梦所惊醒。一会儿她梦见自己刚刚坐上雪橇前去结婚,父亲赶来阻止她,抓住她在雪地里风驰电掣地拖了一阵,又将她扔进一个黑咕隆咚的无底洞……她提心吊胆地飞快向下坠去;一会儿她又梦见弗拉基米尔躺在草地上,脸色惨白,浑身是血,他已奄奄一息,声音凄厉地在哀求她赶快同他结婚……还有其他许多荒诞的、毫无来由的幻象在她的脑海里一个一个地闪过。她终于起了床,脸色比平时更苍白,而且真的头痛起来。父亲和母亲看出她不对劲儿,又担心,又体贴,不停地问:“你怎么啦,玛丽亚?你病了吗,玛丽亚?”这一切都叫她心如刀

①图拉,俄国城市,以铸造印章出名。

割。她想要父母放心,想装出高高兴兴的样子,但是装也装不出来。黄昏来临,她想到这是在自己家里度过的最后一天了,不禁心酸起来。她没精打采,心中暗自向所有的人和身边的一切物件道别。晚餐摆上来,她的心剧烈地跳动起来。她声音颤抖地说,晚饭她不想吃了,便起身要回闺房。父母吻她,而且一如往常地祝她晚安,这时候她差点儿哭出来。她回到房里,朝安乐椅上一倒,潸然泪下。侍女劝她镇定些,打起精神。一切都准备停当。再过半小时玛丽亚就要永远离开家门,离开自己的闺房,永远同幽静的闺阁生活告别了……外面刮起了暴风雪,风在怒吼,百叶窗摇摇晃晃,劈劈啪啪直响。她觉得这一切都十分可怕,是不祥之兆。不久,一切都安静下来,家里人都睡了。玛丽亚裹起披肩,穿好暖和的外衣,提起自己的首饰匣,来到后门台阶上。使女提了两个包袱跟在她后面。她们走下台阶,来到花园里。暴风雪还在一个劲儿地吼叫着,狂风迎面吹来,仿佛极力在劝阻姑娘不要做此不轨之事。她们顶风冒雪穿过了花园,一辆雪橇已在路边等候。马匹冻得不停地弹动着四蹄,弗拉基米尔的车夫在雪橇前面走动着,不让马随意乱动。他扶小姐和使女上了雪橇,放好包袱和首饰匣,提起缰绳,马就飞奔起来。我们且把小姐寄托给命运去照顾,寄托于车夫捷列什卡驾车的本领,回头来看看我们那位多情郎。

弗拉基米尔这一整天都在奔走忙碌。早上他去找了扎得林村的神父,好容易同他谈妥,然后到邻近的地主当中去找证婚人。他找的第一个人是四十岁的退役骑兵少尉德拉文,德拉文欣然同意了。并且他说,这种冒险事过去实在不稀罕,他们当骠骑兵的，常有人干这种事寻开心。他留弗拉基米尔吃午饭，并且劝他说，另外两个证婚人不必再到外面去找了。果然，刚吃过午饭，就来了两个人：一个是留着大胡子、穿着马刺的土地丈量员什米得，另一个是县警察局长的儿子，一个刚加入枪骑兵的十六七岁少年。他们不但答应了弗拉基米尔的请求，而且还向他发誓：愿为他赴汤蹈火，万死不辞。弗拉基米尔欣喜若狂地拥抱了他们，这才回家准备行动。

天色早已黑了下来。弗拉基米尔找来老实可靠的捷列什卡，向他做了详尽而周密的交代，让他驾着自己的三马雪橇到涅纳拉得村去了；自己又让人备好一辆一匹马拉的小雪橇，不用车夫，一个人驾着径奔扎得林村，一两个小时之后玛丽亚也要到扎得林村来的。这条路他是熟悉的，而且总共不过二十分钟的路程。

但是弗拉基米尔刚刚出了村子，来到田野上，就刮起了大风，接着起了暴风雪，他就什么也看不见了。刹那间道路就被雪埋住，周围的一切消失在黑暗、昏黄的一片混沌世界中。在这混沌之中，飞舞着一簇簇白色的雪团，天和地已经融成一体。弗拉基米尔闯到了野地里，拼命地挣扎，再也回不到大路上。马在到处瞎闯，一会儿撞到雪堆上，一会儿陷进深坑里；雪橇有时来个底朝天。弗拉基米尔只希望不要迷失方向。但是他觉得好像大半个小时过去了，还没走到扎得林村前的树林子。又走了十来分钟，还是看不到树林。弗拉基米尔又闯到了沟壑纵横的一个去处。暴风雪不见休歇，空中还是模糊一团，马已经走累了，弗拉基米尔也已汗流如注，尽管他常常陷进齐腰深的雪里。

弗拉基米尔终于发现走的方向不对头。他停下来，思索、回想、考虑，最后断定应当取道向右。他就驱马向右。马儿疲乏无力地朝前走着。他在路上已经走了一个多小时。扎得林村应该不远了。但是，他走啊，走啊，田野简直没有个尽头。前面是过不完的雪堆和深坑，雪橇时常翻身，他得不时地将雪橇抬起。时间一分一分地过去，弗拉基米尔开始真的着急了。

终于看到一边出现了黑乎乎的一片。弗拉基米尔驱马朝那边走去。走近一看，原来是一座树林。他心想，谢天谢地，现在可是快要到了。他贴着林边走去，指望一下子就能走上熟悉的大路或者绕过树林，树林后面就是扎得林村了。他很快就摸到大路，走进了黑暗的树林。好在冬天的树林不是那么密匝匝的了，风到了树林里面也不那么任意跋扈了。道路是平坦的，马有了劲头儿，弗拉基米尔也不着急了。

但是，走啊，走啊，还是看不到扎得林村，树林没有个尽头。弗拉基米尔惊惶地发现，原来他走进的是一座陌生的树林。他完全绝望了。他拼命鞭打马匹；可怜的牲口本是要快跑的，但很快地就跑跑歇歇，过了十几分钟就完全换成了慢步，懊丧的弗拉基米尔再鞭打也没有用了。

树林渐渐地越来越稀，弗拉基米尔终于走出了树林，可还是见不到扎得林村的影子。估计已是半夜。他眼里淌出了泪水。他赶着马往前瞎闯。风雪已停息，乌云散去，面前展开一片平原，平原上铺了一层波浪似的白毯。夜色十分明朗。他看到不远处有一个四五户人家的小村子。弗拉基米尔便驱马向村子走去。来到村边一户人家房前，他跳下雪橇，跑到窗前敲了起来。过了几分钟，窗板掀了起来，有一个老头子探出自己的白胡子。“什么事？""扎得林村离这里远不远？""你是问扎得林村远不远？""是的，是的，远不远？""不远，只有十几俄里。"弗拉基米尔听到这一回答，抓住自己的头发，一动也不动，像是被判了死刑。

"你从哪里来的？"老头儿接着问道。弗拉基米尔没有心思回答他的问话，只是说："老人家，你能不能弄两匹马，将我送到扎得林村？"老头儿回答说："我到哪里弄马去？""那你能不能找个人给我带带路？我可以出钱，要多少给多少。""那你等一下，我叫我儿子去，他可以送你。"老头子一面说，一面放下窗板。弗拉基米尔就等了起来。不到一分钟，他又敲起窗子。窗板掀了起来，白胡子又出现了。"干什么？""你儿子怎样啦？""马上就出来，正在穿鞋呢。你是不是冻坏了？进屋来烤把火吧！""谢谢，快点儿叫你儿子出来吧。"

大门吱呀一响，走出来一个青年汉子。他手执木棒走在前面，一会儿指路，一会儿在雪堆丛中找路。弗拉基米尔问他："什么时候啦？"青年汉子说："快天亮了。"弗拉基米尔就一句话也不讲了。

当他们到达扎得林村的时候，雄鸡在齐声高唱，天大亮了。教堂的门紧闭着。弗拉基米尔将带路的汉子打发走了，便进院子去找神父。院子里看不到他的三马雪橇。等待着他的是什么消息呀！

不过我们还是再回过头来看看涅纳拉得庄上那善良的一家，不知这一家情形怎样了。

这一家倒是平安无事。

两位老人家起了身，来到客厅里。加夫里拉·加夫里洛维奇戴着小圆帽，穿着厚绒布小袄；夫人普拉斯柯维娅·彼得洛芙娜穿着棉寝衣。端来茶饮之后，加夫里拉·加夫里洛维奇就派一个使女到玛丽亚房里去，看看小姐身体怎样，夜里睡眠如何。使女回来禀报说，小姐昨夜睡得不好，不过这会儿还好，马上就要到客厅里来了。果然，门开了，玛丽亚·加夫里洛芙娜走上前来向爸爸和妈妈请安。

"头痛好些吗，玛丽亚？"加夫里拉·加夫里洛维奇问。"好些了，爸爸。"玛丽亚回答。"玛丽亚，你昨天大概煤气中毒了吧？"夫人问。"也许是的，妈妈。"玛丽亚回答。

白天过得平平安安，但是到夜里玛丽亚就病了。派人到城里去请医生。第二天傍晚医生来时，病人正在说胡话。她害的是严重的热病，可怜的病人在死亡线上一直挣扎了两个星期。

家里人都不知道她有过一次未遂的私奔，她在出奔前夜写的两封信已经烧毁。那位使女怕老爷和夫人生气，一点口风也没有露。神父、退役的骑兵少尉、大胡子丈量员和小枪骑兵都很谨慎，自然是不会讲的。车夫捷列什卡从来就不多嘴多舌，即使喝醉了也是如此。就这样，这项秘密便被六七个同谋者保守住了。但是玛丽亚小姐却在不停的胡言乱语中一股劲儿地泄露自己的秘密。不过她的话说得没头没脑，就连寸步不离床前的妈妈，也只能理解为这样的意思：女儿非常痴心地爱上了弗拉基米尔·尼古拉耶维奇，大概恋爱就是她致病的原因。她同丈夫及几位邻居一再商量，最后大家一致认为，这显然是玛丽亚小姐命中注定了的，天配的姻缘是拆不散的，贫寒不是罪过，孩子不是和财产过日子，而是和人过日子，等等。当我们很难找出什么话为自己辩解的时候，说几句显示美德的现成话往往特别管用。

这时小姐的病情渐渐好转。弗拉基米尔很久不到加夫里拉·加夫里洛维奇家里来了。他很怕遭到以往的冷遇。于是这对夫妇决定派人去找他，将意外的喜讯告诉他：婚事他们答应了。但是，回答盛情邀请的竟是一封半似清醒、半似疯癫的信，这使这位涅纳拉得庄的庄主和夫人大为惊愕！他的信中说，他的脚再也不会跨进他们的家门，请他们忘记他这个只希望一死了事的不幸者。几天之后，他们便听说弗拉基米尔回军队去了。这是在1812年。

这件事家里很久不敢对尚未完全复原的玛丽亚讲。她也从不提起弗拉基米尔。过了几个月之后，她在波罗金诺战役立功和重伤者名单中看到了他的名字，因而晕厥过去，家里人担心她的热病又要复发了。不过还算好，她晕厥了一阵就没事了。

另一桩不幸的事紧跟着就来了：加夫里拉·加夫里洛维奇去世了，玛丽亚·加夫里洛芙娜成了全部遗产的继承人。但是遗产并不能安慰她，她真心地分担着可怜的妈妈的悲伤，发誓永远不离开妈妈，她同妈妈一起离开了涅纳拉得庄这个最易睹物伤情的地方，迁到另一处庄子上。

这位可爱而有钱的待字小姐来到这里，又被求婚者包围了，但是谁也休想得到她的青睐。妈妈有时劝她自己挑一个意中人，这时玛丽亚便摇摇头，沉思起来。弗拉基米尔已经不在人世，他在法国人入城的前夜死于莫斯科。玛丽亚十分珍视和怀念他过去的一切，至少她珍藏着一见就可以思及其人的许多什物：他过去读过的书，他画的图画，他为她抄写的乐谱和诗歌。附近的人知道了这件事，对她的坚贞一致表示惊异，全都十分好奇地等待着，看是哪位英雄到头来能征服这位贞洁的女圣人矢志守节的心。

这时战争胜利了。我们的军队从国外凯旋。人们纷纷上前欢迎。乐队奏着凯旋的歌曲：Vive Henr-Quatre[①]、提罗尔的华尔兹舞曲和喜剧《乔孔达》中的咏叹调。军官们出征时几乎还是少年，经过战斗的洗礼，长成了结实的汉子，如今归来，个个胸前挂满了勋章。士兵们愉快地交谈着，不时地夹杂着几个法国和德国词儿。真是令人难忘的时刻！到处在庆贺，到处在狂欢！一提到“祖国”这个字眼，俄国人的心跳动得多么剧烈！团聚的眼泪是多么甜蜜！这时我们多么一致地认为民族自豪感同爱戴皇上完全不能分开！那真是皇上最荣耀的时刻！

我们的妇女，我们俄罗斯的妇女当时的表现是十分感人的。她们平时那种冷若冰霜的态度不见了。当她们迎接凯旋的战士，高呼“乌拉”的时候，她们那种欣喜若狂的神态是令人心醉的。

花头巾也抛上了天空。

当时的军官哪一个不承认，他们所得到的最好、最珍贵的奖赏来自俄罗斯妇女？

在这举国欢腾的日子里，玛丽亚·加夫里洛芙娜同母亲一起住在外省，没有看到两大京都[②]庆祝我军凯旋的盛况。但是在县城和在乡下，群众的欢迎热情也许更为浓烈。军官来到县城或者

①法文：《亨利四世万岁》。

②指莫斯科与彼得堡。

乡下，才是他真正得意之时：打扮齐整的情郎遇上了他，必定要受到姑娘的冷落。

我们上面已经说过，尽管玛丽亚·加夫里洛芙娜冷若冰霜，可是一直被追求者包围着。但是当负伤的骠骑兵上校布尔明出现在她家中的时候，众多的包围者就都该后退了。布尔明年纪在二十六岁上下，纽扣上挂着一枚乔治十字勋章，像当地小姐们说的那样，他的面色显得迷人的苍白。他是回自己庄子上度假的，他的庄子就紧靠着玛丽亚·加夫里洛芙娜的庄子。玛丽亚·加夫里洛芙娜对他完全另眼相看。只要布尔明一来，她平时那种郁郁寡欢的神情就平添了生气。切莫说她向布尔明暗送秋波。可是虽然这样，假使有哪个诗人留意她的行动，准会说：

这不是爱情，又是什么？……[1]

布尔明的确是一个十分可爱的青年。他恰恰有着女子们所喜欢的一切禀赋：温文尔雅，目光炯炯有神，从不死盯活缠，而且天性愉快，言谈风趣。他同玛丽亚·加夫里洛芙娜在一起时显得十分洒脱，丝毫也不拘束；但不论她说什么，做什么，他的思想和目光都时时追随着她。他看样子很文静，很老实，但是据传说，他以前是个放荡不羁的浪子，不过这并没有影响玛丽亚·加夫里洛芙娜对他的看法，她和一般年轻的小姐、太太一样，并不讨厌调皮的性格，因为调皮往往意味着大胆和热情。

但是除了这一切……除了他的温柔，除了他那讨人喜欢的谈吐，除了他那迷人的苍白面色，除了他那扎了绷带的手，这位青年

①意大利诗人彼特拉克(1304—1374)的十四行诗中的一句。

骠骑兵的不露心迹，最能挑动她的好奇心和情思。她不能不承认，她很喜欢他；大概他凭自己的聪明和经验，也可以看出她对他另眼相看。那么究竟为什么她至今还没有看到他拜倒在自己脚下，还没有听到他表白爱情？是什么在作梗？是胆怯？一个人爱得太真挚，往往会胆怯的。也许是高傲，是情场老手故弄玄虚？她觉得简直是一个谜。她反复思量后，这才断定：胆怯是其唯一的原因。于是她决定给他鼓鼓勇气，比如说，多送一些秋波，必要时，还可以加一点儿柔情。她在设计着一个十分惊人的结局，焦急地等待着浪漫的求爱时刻的到来。秘密，不论是什么性质的，总能使女人心里觉得不快。她的战略行动收到了预期的效果，至少布尔明的心事更重了，他那一双乌黑的眼睛盯住玛丽亚·加夫里洛芙娜时已是火辣辣的了，这一切都使人感到关键性的时刻即在眼前。邻里乡亲们议论着结婚的事，认为这桩婚事已成定局：善良的普拉斯柯维娅·彼得洛芙娜十分高兴，认为女儿终于找到了十分般配的女婿。

这一天，老太太一个人坐在客厅里用纸牌算卦，布尔明走了进来，一进门就问玛丽亚·加夫里洛芙娜在哪里。老太太回答说："她在花园里，去找她吧，我在这里等你们。"布尔明去了，老太太在胸前划了个十字，心想：大概今天事情可以定下来了！

布尔明在池塘边找到了玛丽亚小姐。她坐在柳荫下，手里拿着一本书，穿着白色连衣裙，俨然是小说中的女主人公。闲聊了几句之后，玛丽亚·加夫里洛芙娜故意不再多谈，这样一来，两个人更加拘谨不安，除非猛然地、果敢地倾吐爱情，才能改变这种窘迫气氛。果然不出所料，布尔明感到自己已经面临缴械投降的境地，于是说，他很早就想找机会向她表白心意，现在就请耐心听一听吧。玛丽亚·加夫里洛芙娜合上书，垂下眼睛，表示愿意听。

“我爱您，”布尔明说，“我爱您爱得很热烈……”（玛丽亚·加夫里洛芙娜脸红了，头垂得更低了。）“我自己很不谨慎，随心所欲，养成了一种甜美的习惯，天天要看到您，要听您讲话……”（玛丽亚·加夫里洛芙娜记得这是圣·普乐[①]的第一封情书中的话。）“现在想反抗我的命运已经迟了。从今以后，回忆您的一切，您那美丽绝伦的形象，将是我一生的痛苦和慰藉；但是，我还必须履行一项极为沉痛的义务，宣布一个可怕的秘密和在我们中间树立起不可逾越的障碍……”“障碍本来就一直存在，”玛丽亚·加夫里洛芙娜连忙抢先说，“我永远不可能成为您的妻子……”“我知道，”他轻轻地说，“我知道您过去爱过一个人，但是他已去世，您悼念了整整三年……善良的、亲爱的玛丽亚·加夫里洛芙娜！您千万不要剥夺我最后一点安慰，就是说，我有一个想法，认为您本来是可以给我幸福的，假如不是……您别说了，看在上帝面上，您别说了。您使我的心都碎了。的确，我知道，我感觉到，您本来可以成为我的妻子，但是，我这个人最最不幸……我结过婚了！”

玛丽亚·加夫里洛芙娜惊愕地看了他一眼。

“我结过婚了，”布尔明接着说下去，“我结婚已有三年多了，而且，我还不知道我的妻子是谁，不知道她在哪里，不知道今后能不能同她见面！”

“您说什么？”玛丽亚·加夫里洛芙娜惊叫起来，“真够怪的

①圣·普乐，法国启蒙思想家、作家卢梭（1712—1778）的小说《新爱洛绮丝》中的男主人公。

了！您接着说吧，您说完了，我也说说……不过还是请您先说。”

“那是在1812年初，”布尔明说，“我急着要到维尔纳去，我们的部队驻扎在那里。有一天天色已晚，我来到一个驿站，并吩咐快点儿套雪橇，突然刮起了凶猛的暴风雪，站长和车夫都劝我等暴风雪过了再走。我听从了他们的劝告，但是不知怎么我觉得非常焦躁不安，好像有什么人推着我上路。这时暴风雪正刮得十分凶猛，可是我按捺不住心中的焦躁，重新吩咐套好雪橇，向暴风雪中驰去。车夫想起要顺着河走，这样我们可以少走三俄里的路。河的两岸全被雪盖住了。到了应该拐上大路的地方，车夫也没有发觉，错过去了。这样一来，我们就走到完全陌生的地方去了。这时依然风狂雪猛，我发现前面有灯火，便吩咐朝灯火奔去。我们来到一个村子，露出灯光的去处原来是一座木结构教堂。教堂的大门敞开着，院子里停着几辆雪橇。教堂台阶上有几个人在来回踱着。‘这里来！这里来!’几个声音一齐叫起来。我吩咐车夫赶着雪橇进了教堂。‘怎么搞的，你为什么这会儿才到?’有一个人冲我说，‘新娘都晕过去了，神父束手无策，我们都打算回去了。快下来吧!’我不声不响地跳下雪橇，走进教堂。教堂里点了两三支蜡烛，光线十分微弱。有一位少女坐在教堂中黑暗处的一张长椅上，旁边有一个姑娘在揉她的太阳穴。姑娘说:‘谢天谢地，您总算到了。您差点儿把小姐急死了!’一位老神父走到我跟前问道:‘可以开始吧?’‘开始吧，开始吧，神父！’我随口回答说。几个人将小姐搀扶起来。我觉得这位小姐长得真不坏……我当时不知为什么那样轻佻，实在是不可饶恕……我同她并排站到读经台前。神父忙了起来。三个男子和一个使女搀扶着新娘，一心一意地在照料她。正式结婚仪式完毕。我又听到喊:‘新郎新娘接吻!’我的妻子将她那苍白的面孔转过来对着我。我正想吻她……她叫了起来:‘啊,不是他! 不是他!’接着便晕倒在地上。几个证婚人一齐大惊失色地盯住我。我转身走出教堂,也没有人拦阻我,我跳上雪橇,说:‘走!’”

“我的天!”玛丽亚·加夫里洛芙娜叫了起来,“那么您不知道您那可怜的妻子后来怎么样了?”

“不知道,”布尔明回答说,“我不知道我结婚的那个村子叫什么名字,不记得是从哪一个驿站去的。那时候我没有将这种有罪的恶作剧看得有多么了不起,所以,出了教堂不远我就睡着了,到第二天早晨醒来的时候,已经是在第三个驿站了。当时跟随我的一个听差后来死于军中,所以我再也没有希望找到那位被我如此残酷地戏弄过、而如今又如此残酷地报复我的小姐。”

“天啊,天啊!”玛丽亚小姐握住他的手说,“原来那就是您哪! 难道您认不出我了吗?”

布尔明脸色煞白……跪倒在她的脚下。

棺材店老板

我们不是天天都看到棺材，
这不断衰老的世界的白发吗？
——杰尔查文

棺材店老板阿得里扬·普罗霍罗夫家的最后一批家什装上殡葬车，两匹瘦马第四次拉着车从巴斯曼街向尼基塔街走去，棺材店老板就是往那儿搬家。他关起店门，在大门上贴了一张房屋将出卖和出租的启事，便往新居走去。上了年纪的棺材店老板走近他早已想得着了魔，终于花了一笔可观的款子买下的那座黄色小房时，他很奇怪地感觉到，心里并不高兴。一跨进新居的门槛，看到自己的新居里乱七八糟，他就怀念起他那破旧的小屋，他在那里面住了十八年，一切都收拾得井井有条。于是他骂起两个女儿和女仆，说她们太磨蹭，并且亲自动手帮忙。不一会儿，便收拾得有了头绪。带神像的神龛、装餐具的橱子、桌子、沙发和床都摆到后房里一定的地方。在厨房里和客厅里摆的是老板的制作品：各种颜色和不同尺寸的棺材，一个个装了丧帽、丧服和火炬的柜子。大门上方挂起一块招牌，上面画着很富态的爱神，手里拿着头朝下的火炬，招牌上写着："此处出售和包钉白坯和上漆棺木，并出租和修理旧棺木。"姑娘们到自己房里去了。阿得里扬把家里巡视一遍，便在窗前坐下来，吩咐烧茶。

渊博的读者都知道，莎士比亚和瓦尔特·司各特都把掘墓者写成快活而风趣的人物，用这种反事实的写法为的是更能震动我们的思想。我们却要尊重事实，不能效法他们，不能不承认，这位棺材店老板的性情完全符合他那不见笑脸的行当。阿得里扬·普罗霍罗夫平时总是阴沉着脸，心事重重。只有在他看到自己的女儿不干活却在窗口观看过往行人，需要数落她们时，或者是向那些遇到不幸(有时也是高兴事儿)而需要他的产品的人要高价的时候，他才开口说话。此时，阿得里扬坐在窗前，喝着第七杯茶，像自己往常一样愁思苦想。他想的是一个礼拜前安葬退伍旅长时在城门口遇到的那场倾盆大雨。那场雨使很多丧服缩了水，很多丧帽变了形。他看出，势必要有一笔花费，因为他老早储存的丧服已所剩无几。他指望从年迈的女商人特留欣娜身上捞回损失，那个女商人重病已有一年了。可是特留欣娜一直卧病在拉兹古里。阿得里扬担心她的继承人不顾自己的诺言，懒得派人跑这样远的路来找他，而与附近的承包人谈妥这笔生意。

他的思绪突然被三声秘密会社式的叩门声所打断。"谁呀？"棺材店老板问道。门开了，一个人走了进来，并且满面春风地走到棺材店老板跟前。一眼就可以看出，这是一个德国手艺人。"请原谅,亲爱的邻居,”来人用俄语说,这样的俄语直到如今我们听了也不能不发笑,“请原谅,我打搅您了……我是想快点儿跟您认识。我是鞋匠,我叫戈特里普·舒尔茨,住在街对面,在对着您家窗户的那座房子里。明天我要庆祝我的银婚,我请您和您的女儿赏光到我家里吃饭。”这一邀请被愉快地接受了。棺材店老板就请鞋匠坐下喝茶,因为戈特里普·舒尔茨性格直爽,不一会儿,他们就谈得很投机了。“您的生意怎么样?”阿得里扬问道。“哎嘿嘿,”舒尔茨回答说,“马马虎虎,还算可以。不过,我的货当然不如您的:活人可以不要鞋子,死人可不能不要棺材。”“这倒是实话,”阿得里扬说,“不过嘛,要是活人没有钱买鞋子,请别生气,那他也可以光着脚走路,可是穷人死了,却可以白得一口棺材。”他们就这样又谈了一阵子,终于,鞋匠起身向棺材店老板告辞,并且又把请吃饭的话说了一遍。

第二天,中午十二点整,棺材店老板和他的两个女儿出了新居的便门,朝邻居家走去。在此种场合下,我不想按照当今小说家通常的做法,来描写阿得里扬·普罗霍罗夫的俄罗斯式长袍以及阿库里娜和达莉亚的欧洲式打扮。不过我认为不妨说一说,两位姑娘戴起黄色女帽,穿起红色皮鞋,这都是她们在隆重场合才穿戴的。

鞋匠狭小的房子里挤满了客人,大都是德国手艺人,还有他们的妻子和学徒。只有一名岗警是俄国官场人员,那就是芬兰人尤尔科,尽管他职位卑微,主人对他却另眼相看。他就像波戈列尔斯基笔下那个邮差一样,忠诚老实地在这个岗位上干了二十五年。1812年的大火烧毁古都,也把他的黄色岗亭烧成灰烬。可是刚刚把敌人赶走，在原来的地方又出现了一条带陶立克式白色圆柱的浅灰色新岗亭，尤尔科又手提板斧，身穿粗呢制服在周围走来走去了。住在尼基塔城门附近的德国人大都认识尤尔科，其中有的人有时还在他那儿过夜，从礼拜天住到礼拜一。阿得里扬马上跟他结识了，因为或早或迟还是会用得着这个人的，而且等客人们一入席，他们就坐在一起了。舒尔茨夫妇和十七岁的女儿洛蒂欣陪客人吃饭，又招待客人，又帮厨子上菜。啤酒不停地倒着。尤尔科吃起来一个顶四个。阿得里扬也不含糊，他的两个女儿却很拘谨。用德语说话说得越来越热闹了。突然主人要大家注意，便一面开着用树脂封住的瓶塞，一面大声用俄语说："为我的贤良的路易莎的健康干杯！"汽酒冒起泡沫。主人亲热地吻了吻四十岁的妻子那红润的脸颊，客人们也闹哄哄地为贤良的路易莎的健康干了一杯。"为敬爱的客人们的健康干杯！"主人一面开着另一瓶酒，一面高声说。于是客人们向他道谢，又干了一杯。接着就开始一遍又一遍地祝酒：为一个一个客人的健康干杯，为莫斯科和整整一打德国小城干杯，为所有的行业和单独为每个行业干杯，为师傅们和学徒们的健康干杯。阿得里扬很起劲儿地喝着，喝得快活起来，也举杯祝酒，开起玩笑。突然，客人中一个胖胖的面包师举起酒杯，高声说："为我们所效劳的人，为我们的主顾的健康干杯！"这一提议也像所有的提议一样，大家一齐高高兴兴地接受了。客人们开始相互敬酒，裁缝向鞋匠敬酒，鞋匠向裁缝敬酒，面包师向他们两个人敬酒，大家都向面包师敬酒，就这样敬来敬去。正在大家相互敬酒的时候，尤尔科转身对坐在旁边的棺材店老板大声叫道："怎么样？老兄，为你的死人的健康干一杯!”大家哈哈大笑起来,棺材店老板却认为自己受了侮辱,皱起了眉头。谁也没有注意这一点,客人们继续喝酒。大家离席的时候,晚祷的钟声已经响起了。

客人们很晚才散去,大部分人都有醉意。胖胖的面包师和脸红得像红山羊皮封面的装订工搀扶着尤尔科,把他送回岗亭去,因为他们在这种情况下还没有忘记一句俄罗斯谚语:好心会有好报。棺材店老板回到家里,醉醺醺,气嘟嘟的。“真是岂有此理,”他想着想着说出声来,“我这一行当有什么不如人家的?难道棺材匠是刽子手的兄弟?那些异教徒有什么好笑的?难道棺材匠是圣诞节的小丑?我本来还想把他们请到我的新居来,好好儿吃一顿饭呢,哼,休想!我还不如请请我的主顾,请请那些信正教的死人呢!”“我的爷呀,你怎么啦?”这时正帮他脱鞋的女仆说,“你这是瞎说什么呀?快画十字吧!要请死人到新房子里来呢!这多可怕呀!”“真的,我一定要请,”阿得里扬说下去,“明天就请。请赏光吧,我的恩人们,明天晚上我家举办宴会,我要尽我的所有招待你们。”棺材店老板说过这话就往床上一倒,一会儿就打起鼾来。

天还没有亮,阿得里扬就被人唤醒了。女商人特留欣娜就在这天夜里去世了。她的管家派人骑马来给阿得里扬报信。棺材店老板为此赏给来人十戈比银币和酒钱。他匆匆穿好衣服,雇了一辆马车就到拉兹古里去了。死者大门口已经站着几名警察,还有几个商人在这里走来走去,就像乌鸦闻到了死尸味道。死者躺在灵床上,脸黄得像蜡一样,但尸体尚未腐烂变形。一些亲戚、乡邻和仆人拥挤在死者身旁。所有的窗户都开着,点着不少蜡烛。

神父在念祈祷文。阿得里扬走到特留欣娜的侄儿，一个穿着新式礼服的年轻商人跟前，对他说，棺材、蜡烛、棺罩和其他丧葬用品全部齐备，即刻送到。这位继承人漫不经心地谢过他，并且说不想还价，一切希望他凭良心来办。棺材店老板又像往常一样赌咒发誓，说一分钱也不多要；心照不宣地和管家交换了一下眼色，就回去张罗了。一整天他乘马车在拉兹古里和尼基塔城门之间来来回回跑着，直到傍晚才把一切办妥，把马车打发掉，步行回家。这是一个月明之夜。棺材店老板顺利地走到尼基塔城门边。我们已经熟悉的尤尔科在耶稣升天教堂旁边把他喊住，一认出是棺材店老板，就向他道晚安。这时已是深夜。棺材店老板已经快到家的时候，模模糊糊地看到，有一个人走到他家门口，推开门就进去了。“这是怎么一回事儿？”阿得里扬想道，“又是谁有事找我了？莫不是小偷到我家里来了？要么是我两个傻丫头的情人？绝不是什么好事！”棺材店老板已经想求助于自己的朋友尤尔科了。就在这时候，又有一个人来到门口，正要进去，可是一看到主人跑来，就站下来，并且摘下三角帽。阿得里扬觉得此人有些面熟，但匆忙间来不及仔细辨认。他气喘吁吁地说：“欢迎您光临，就请进去吧。”那人用低沉的声音回答说：“不必客气，大哥。请你在前面走，给客人们带路！”阿得里扬也没有工夫谦让。门是开着的，他登上楼梯，那人便跟在后面。阿得里扬觉得，他的几个房间里都有人在走动。“真是他妈的怪事儿！”他想道，于是急忙走进去……他一进去，两条腿就发软了。满房间都是死人。月光从窗户里射进来，照亮了他们那蜡黄和发青的脸、瘪进去的嘴巴、无神而半闭的眼睛和伸得高高的鼻子……阿得里扬胆战心惊地认出他们都是由他操办入葬的人，认出跟他一起进来的客人就是下大雨时入葬的那位旅长。他们这些男男女女把棺材店老板围住，向他行礼和问候，只有一个穷汉子，是不久前免费安葬的，感到惭愧，还因为穿得破烂觉得不好意思，没有走过来，老老实实站在角落里。其余的人都穿得非常体面。女的都戴着包发帽，还有缎带；当官的都穿着制服，但是没有刮胡子；商人都穿着很讲究的长袍。“你瞧，普罗霍罗夫，”旅长代表这气味相投的一伙儿说，“我们都应邀来到了，只有那些完全腐烂，只剩了骨头架子的，实在力不从心，待在家里，不过也有一个忍不住，他实在太想到你家来了……”这时有一副小小的骷髅从人群中挤过来，走到阿得里扬跟前。他的头骨对棺材店老板亲热地笑着。他身上有的地方挂着一块块淡绿、大红呢子和破烂麻布片，就像挂在杆子上似的，他的腿骨在肥大的靴筒中撞来撞去，就像石杵在石臼中捣来捣去。“你不认得我啦，普罗霍罗夫，”骷髅说，“你还记得那个退伍的近卫军中士彼得·彼得罗维奇·库里尔金吗？你就是在1799年把第一口棺材卖给我的，并且是拿松木的充橡木的。”死人说着，就张开两条臂骨来拥抱他，但是他使足劲儿叫起来，一把推开。彼得·彼得罗维奇摇晃了一下，倒在地上，就完全散了架。死人中间响起一阵愤怒的咕哝声，一齐维护起同伴的尊严，钉住阿得里扬又骂又要动武；可怜的主人被他们吵得耳朵都聋了，而且差点儿被挤死，他再也支持不住，一下子跌倒在退伍近卫军中士的骨头堆上，失去了知觉。

太阳早就晒到棺材店老板睡觉的床铺。他终于睁开眼睛，看到女仆在跟前烧茶炊。阿得里扬想起昨夜的事犹有余悸。特留欣娜、旅长和库里尔金中士隐隐浮现在他的脑际。他默默地等待着女仆开口跟他说话，向他报告昨夜种种意外事的后果。

“你睡得好沉呀，老爷子，阿得里扬·普罗霍罗夫，”阿克西尼娅说着，把晨衣递给他，“有一个做裁缝的邻居来找过你，此地一个岗警也跑来找你，说今天是他的命名日，可是你睡得很香，我们就没有把你叫醒。”

“故世的特留欣娜家里有人来找过我吗？”

“故世的特留欣娜？难道她已经死了吗？”

“你好糊涂！昨天我操办她的丧事，你不是做帮手的吗？”

“你怎么啦，老爷子？你是疯啦，还是昨天喝醉酒没有醒？昨天哪里办过什么丧事？你在德国佬家里喝了一整天酒，回到家醉醺醺的，就往床上一倒，一直睡到这时候，午祷钟这就要响了。”

“真的吗？”棺材店老板高兴地说。

“千真万确。”女仆回答说。

“哦，既然这样，就快点儿把茶端给我，再把我女儿叫来。”

驿站长

微末的小吏，
驿站的皇帝。
——维亚泽姆斯基公爵

谁没有咒骂过驿站长，谁没有跟他们争吵过？谁没有在盛怒之下向他们要那倒霉的簿子，好把自己受欺、受气、受怠慢的意见记上去，虽然记也无用？谁不把他们看作人间败类，像已故的那些书吏或者至少像穆罗姆强盗一样？不过，如果我们实事求是，尽量设身处地为他们想一想，对他们的评价也许会宽容得多。驿站长是什么样的人呢？这十四等小官是不折不扣的第十四等受难者，凭自己的头衔只能免除挨打，而且未必每次都有这样的幸运（这要看诸位读者的良心了）。维亚泽姆斯基公爵谑称的这号儿皇帝的职责是什么呢？难道不是不折不扣的苦役吗？真是日日夜夜不得安宁。旅客常常把寂寞的旅途中积累的烦恼一股恼儿发泄到驿站长的头上。天气恶劣,道路泥泞,车夫执拗,马拉不动车——全怪驿站长。旅客一走进他的寒碜的小屋,就像对仇人一样盯着他。他要是能很快地把不速之客打发走,算是幸运,但要是碰上没有马呢?……天啊!又是骂,又是吓唬,劈头盖脸而来!不管下雨、泥泞,他都得挨门挨户去跑;在暴风雨中,在严寒日子里,他都要跑到门廊里,哪怕暂时躲一躲盛怒的旅客的叫嚷和推搡,喘一口气。要是将军来了,战战兢兢的驿站长就得把最后两辆三套马车,其中包括信差专用车,一齐交给他。将军走了,连谢谢也不说一声。过了五分钟,又响起来车的铃声!……信差把驿马使用证往他的桌上一扔!……我们要是好好想想这一切,就不会气愤,我们心中会充满深切的同情。我还要再说几句:二十年来我跑遍俄罗斯的东西南北,几乎所有的驿道我都走过,几代车夫我都熟悉,很少有驿站长我不认识,很少有驿站长没有跟我打过交道。我已将旅途所见不少趣事汇集起来,希望在不长时间内出版。现在我只想说说,大家对驿站长这种人的看法是极其错误的。这些被人说尽坏话的驿站长一般都是非常和善的人,天生乐于助人,善于与人相处,荣誉地位之心淡薄,也不怎样贪财。从他们的言谈中(过往的先生们偏偏瞧不起他们的言谈)可以听出许多有趣和有益的东西。至于我呢,说实话,我宁愿听他们说话,也不愿听哪一位因公路过的六等文官的高论。

不难猜想,在驿站长这一类可敬的人当中有我的朋友。确实,其中有一位是很值得我怀念的。当年因为有些情形,我们曾经非常接近,现在我就想把他的事对厚意的读者说说。

在1816年5月,我因事经过某省,走的是如今已经湮没的大道。我官卑职微，只能搭乘驿车，付两匹马的使用费。因此驿站长们都对我很不客气，我往往要费九牛二虎之力，才能争得我认为应该得到的待遇。我年轻气盛，每当站长把为我准备的马套到官老爷的轿车上时，我非常恼恨站长的卑劣和低三下四。在省长的宴会上，看到精明的仆役绕过我去给别人送菜，我也很久不能习惯。现在我觉得这都是很正常的了。确实，如果不按照官敬官这一通行的准则行事，而推行另外的准则，比如聪明人敬重聪明人的准则，那我们会怎么样呢？岂不乱了套吗？仆役先给谁上菜呢？不过，咱们还是言归正传吧。

那一天很热。在离某驿站三俄里时，下起蒙蒙小雨，过了一会儿就变成瓢泼大雨，淋得我浑身湿透。我赶到驿站，头一件事就是快点儿换衣服，再就是要一杯热茶。“喂，杜尼娅！”站长喊道，“把茶炊拿来，再去拿些鲜奶油来。”话音一落，从里间走出一个十四五岁的小姑娘，朝过道里跑去。她的美貌使我吃了一惊。“这是你的女儿吗？”我问站长。“是小女，”他带着非常得意的神气回答说，“这孩子很聪明，很灵巧，完全像去世的妈妈。”他说过，就动手登记我的驿马使用证，我就欣赏起他那简陋而整洁的房间里张贴的一些图画。这些图画的是一个浪子回头的故事。第一幅画的是一位头戴睡帽、身穿晨衣的慈祥老人在送一个不安分的青年，那青年急不可待地在接受老人的祝福和钱袋。第二幅用鲜明的笔法画出青年的放荡行为：他坐在桌旁，周围是一些不三不四的朋友和无耻的女人。再一幅画的是这个青年已穷困潦倒，穿着破衣烂衫，戴着三角帽，正在放猪，与猪争食，脸上露出深深的悲哀和悔恨神色。最后一幅画的是他回到父亲身边，慈祥的老人依然戴着睡帽，穿着晨衣，跑出来迎接儿子；回头的浪子跪在地上；在远景中，一名厨师正在宰杀一头肥牛犊，哥哥在问一名仆人，为什么这样高兴。在每一幅画下面，我都看到一首很得体的德文诗。所有这一切，也像那一盆盆的凤仙花，那床和花花绿绿的床罩，以及当时在我周围的其他一些东西，都还留在我的记忆中。就好像现在我还看到这位面色红润、精神抖擞的五十岁左右的主人，看到他那长长的绿色常礼服和缀在褪色缎带上的三枚奖章。

我还没有把原来的车夫打发走，杜尼娅已经端着茶炊回来了。这个骚妞儿第二眼就看出她给了我什么印象。她垂下那蓝蓝的大眼睛；我便和她说起话儿，她回答我的话一点也不羞怯，很像一个见过世面的大姑娘。我请她父亲喝一杯潘趣酒，递给杜尼娅一杯茶，我们三个人便聊了起来，好像已相识多年。

马早就套上车，可是我舍不得跟站长和他的女儿分手。终于我向他们告别，父亲祝我一路平安，女儿送我上马车。在过道里我停下来，请求她允许我吻一吻她；杜尼娅答应了……

自从那一回以后，

我可以数得出许许多多回吻，但没有一回给我留下如此长久、如此醉人的回忆。

过了几年，我又因事经过那条大道，到过原来一些地方。我想起老站长的女儿，一想到又要见到她，心里非常高兴。但是，我又想，也许老站长已经离任，想必，杜尼娅已经嫁人。我脑子里也闪过其中一个也许已死的念头，所以我怀着忧伤的预感乘车向某驿站奔去。

马车停在驿站的小屋旁。我一进小屋，立刻认出那几幅画着浪子回头故事的图画，桌子和床还在老地方，但窗台上已经没有花，而且周围一切都显得破旧和零乱。站长盖着棉袄在睡觉，我一进来，他惊醒了，欠起身来……这正是萨姆松·维林，可是他衰老得多厉害呀！就在他着手登记我的驿马使用证的时候，我看着他的白发，看着那很久未刮的脸上的深深的皱纹，看着他那驼背，实在不能不惊讶，怎么三四年的时间，一个精力充沛的男子会变成一个衰弱不堪的老头子。"你还认得我吗？"我问他，"咱们可是老相识呀。""也许是吧，"他愁眉苦脸地说，"这儿是一条大路，许多过路人到我这儿来过。""你的杜尼娅好吗？"我又问。老头子皱起眉头。"谁知道呢。"他回答说。"这么说，她出嫁了？"我说。老头子装作没听见我的问话，继续低声念着我的驿马使用证。我不再问他，就叫人给我送茶来，我不禁纳闷起来，很想知道究竟，就希望潘趣酒能够叫我这位老相识开口。

果然不错，我请老头子喝酒，他没有拒绝。我看出来，罗姆酒驱散了他的愁云。喝到第二杯，他的话就多起来。他记起了我，也许是装作记起了我，于是我从他嘴里听到一个故事，这故事当时使我很感兴趣，也使我很受震动。

"这么说，您认识我的杜尼娅了？"他说起来，"谁又不认识她呢？唉，杜尼娅呀，杜尼娅！这妞儿本来有多么好呀！以前，不管谁打这儿路过，都要夸奖她，没有一个人说她不好。太太们常常送她东西，有的送手帕，有的送耳环。过路的先生们常常有意地停下来，似乎是为了吃午饭或者吃晚饭，其实只是为了多看她几眼。常常有先生发起大脾气，可是一见她在场，气就消了，客客气气跟我说起话儿。先生，不知您是不是相信，那些传送急件的专差、特使一和她说起话儿就是半个小时。家里的事全靠她，收拾房间、洗衣烧饭，她什么都做得好好的。我这个老糊涂，对她也是看不够，喜欢不够，我怎么会不爱我的杜尼娅，怎么会不心疼我的孩子，她过的日子怎么会不好呢？可是不，灾难是躲也躲不掉的，在劫难逃呀。”于是他详详细细对我说起他的不幸事儿。

三年前，一个冬天的傍晚，站长正往一本登记簿上画格子线，女儿在里间缝衣服，来了一辆三套马车，一个头戴吉尔吉斯帽、身穿军大衣、裹着围巾的过路人走进屋里来要马。当时所有的马都派出去了。那过路人一听到这样说，就提高嗓门儿，扬起鞭子。可是见惯了这种场面的杜尼娅从里间跑出来，亲切地问过路人要不要吃点儿什么。杜尼娅的出现产生了和往常一样的效果。过路人的火气消了，他同意等候马，并且要吃晚饭。过路人摘下湿漉漉的毛皮帽，解下围巾，脱下军大衣，原来是一个年轻英俊、留着黑黑的小胡子的骠骑兵。他挨着站长坐下来，就高高兴兴地跟站长和他女儿说起话儿。晚饭送上来。这时有马回来了，站长吩咐，连喂也不要喂，立即把马套到过路人的车上去。可是等他回到屋里，就看到年轻人躺在长凳上，几乎昏迷不醒了。年轻人病了，头痛得厉害，走不成了……怎么办呀？站长把自己的床铺让给他，并且当即决定，如果病人不见好，第二天一早派人到城里去请医生。

第二天，骠骑兵病得更厉害了。他的仆人进城去请医生。杜尼娅将一块浸了醋的手帕裹在他的头上，坐在他的床前做针线活儿。病人在站长面前不住地呻吟，而且几乎不说一句话，不过他倒是喝了两杯咖啡，还一面呻吟着要了午饭。杜尼娅寸步不离地陪着他。他不时要水喝，杜尼娅冲了一大杯柠檬水端给他。病人喝得津津有味，而且每次把杯子还给杜尼娅，都用他那病弱无力的手握一握她的手，表示感谢。快到午饭时候，医生来了。他按了按病人的脉搏，用德语和他说了一会儿话，就用俄语说，病人需要的是绝对安静，过两天就可以上路了。骠骑兵付给他二十五卢布诊金，并且请他吃午饭，医生答应了，两个人都吃了不少，还喝了一瓶葡萄酒，分手时彼此都非常满意。

又过了一天，骠骑兵的病完全好了。他格外快活，不住地说笑，不是和杜尼娅开玩笑，就是和站长开玩笑，又吹口哨，又和过路旅客说话儿，登记他们的驿马使用证，一下子就使好心的站长喜欢得不得了，到第三天早晨站长就舍不得跟这位和蔼可亲的旅客分手了。这一天是礼拜天，杜尼娅打算去做礼拜。骠骑兵的马车套好了。他很大方地付过住宿费和酒食费，便向站长告别，也向杜尼娅告了别，又主动表示用车把她带到教堂去，因为教堂就在村口。杜尼娅犹豫不决地站着……“你怕什么？”父亲对她说，“这位先生又不是狼，不会把你吃掉，你就坐车到教堂去吧。”杜尼娅就上车挨着骠骑兵坐下，仆人跳上驭座，车夫打了一声呼哨，几匹马就飞跑起来。

可怜的站长简直不明白，他自己怎么会让杜尼娅跟骠骑兵一起坐上马车，他怎么会那样糊涂，当时他的头脑是怎么一回事儿。过了不到半个钟头，他心里觉得越来越不对劲儿，担心而且焦急起来，以至于再也忍不住，亲自朝教堂走去。他来到教堂前，看到人已经散了，可是杜尼娅既不在院子里，也不在教堂门口，他急忙走进教堂，神父正从祭坛后面往外走，执事吹灭蜡烛，还有两个老婆子在角落里祈祷，杜尼娅却不在教堂里。可怜的父亲硬着头皮问那个执事，杜尼娅是不是来做过礼拜。执事回答说，她没有来过。站长无精打采地朝家里走去。他只剩了一个希望：杜尼娅年轻喜欢玩儿，也许忽然想起要到下一站她的教母那里去逛逛。他心急如焚地等待着他让她坐上去的那辆三套马车回来。车夫一直没有回来。快到黄昏时候，车夫终于一个人醉醺醺地回来了，带回了一个要命的消息："杜尼娅跟着那个骠骑兵又从下一站往前走了。"

老头子受不了这一打击，他一下子倒在年轻的骗子昨天睡过的床上。这时站长思索着种种情况，猜测到骠骑兵的病是假装的。可怜的老头子害起沉重的热病，他被送进城里去看病，另外派了一个人暂时代理他的职务。给他看病的就是来给骠骑兵看病的那个医生。医生很有把握地对站长说，那个年轻人根本没有病，他当时就猜到他是别有用心，可是怕挨他的鞭子，就没有说出来。不管德国人说的是实话，还是吹嘘他有先见之明，可怜的病人听了都不会丝毫轻松些。驿站长等身体一康复，就向城里驿局长请了两个月的假，没有对任何人吐露过一点自己的打算，就步行去找自己的女儿。他从驿马使用证上知道，骠骑兵上尉明斯基是从斯摩棱斯克来，往彼得堡去的。给他赶过车的车夫说，杜尼娅一路上都在哭，虽然看样子她是自愿跟他走的。驿站长心想："也许我能把我那迷途的羔羊带回家的。"他就怀着这样的心思到了彼得堡，来到伊兹梅洛夫团的驻区，住在自己的老同事，一个退伍的军士家里,开始寻找自己的女儿。很快他就打听到,骠骑兵上尉明斯基就在彼得堡,住在杰姆特旅馆。站长打定主意去找他。

驿站长第二天清早就来到他的前室,请人向上尉先生通报,说有一个老兵要见他。勤务兵一面刷着上了楦头的靴子,一面对他说,先生在睡觉呢,十一点之前不会接见任何人。站长走了,到了规定的时间又转回来。明斯基穿着晨衣,戴着红色小帽,亲自走出来见他。“伙计,你有什么事?”他问道。老头子的心翻腾起来,泪水在眼睛里直转悠,他用打哆嗦的声音只说出:“您先生呀!……行行好吧!……”明斯基很快地抬眼朝他一看,脸唰地红了,他抓住老头子的手,把他拉进房里,把门关上。“先生呀!”老头子又说下去,“过去的事已经过去了,至少您把可怜的杜尼娅还给我呀。您已经拿她玩够了,不要白白地把她毁了呀。”“事已至此,无法回头了,”年轻人不知所措地说,“很对不起你,希望你能原谅我。不过你不要以为,我会扔掉杜尼娅,她会幸福的,我可以向你保证。你要她干什么呀?她很爱我,她已经不习惯过原来那种日子。不论你,不论她,都不会忘记这桩事儿了。”说过,把一卷东西往站长袖子里一塞,把门打开,站长自己也不记得怎样一下子就到了街上。

他一动不动地站了很久,终于他看见自己的袖口有一卷纸。他拿出来,展开来一看,是揉皱的几张五卢布和十卢布钞票。泪水又在他眼里滚动,这是愤怒的泪水!他把钞票揉成一团,扔在地上,用鞋后跟狠狠踩了几下,就走了……他走出几步,站了下来,想了想……又转回去……但钞票已经没有了。一个穿得很体面的年轻人，一看见他，便朝一辆马车跑去，急急忙忙上了车，喊了一声："走！……"站长没有去追他。他决定回家，回自己的驿站去，但想在走之前见见自己的杜尼娅，哪怕见一面也好。因此，过了两天，他又到明斯基那里去，但勤务兵冷冷地对他说，先生谁也不见，并且挺起胸脯把他从前室里拥出来，对着他的脸砰的一声把门关上。老头子站了一会儿，又站了一会儿，只好走了。

就在这一天黄昏时候，他在受难者福音大教堂做过祷告之后，正在铸造厂大街上走着。突然有一辆豪华的四轮马车从他面前飞驰而过，老头子认出车上是明斯基。马车停在一座三层楼房的大门口，那骠骑兵跑上台阶。老头子头脑里闪出一个很好的主意。他转身往回走，走到马车夫跟前，问道："伙计，这是什么人的马车？是明斯基的吧？"马车夫回答："正是，你有什么事？""是这样，你家先生让我送一封信给他的杜尼娅，可是我忘记他的杜尼娅住在哪儿了。""就住在这儿，在二楼。可是，伙计，你送信已经晚了，这会儿他本人已经在她那儿了。""没关系，"老头子怀着无比激动的心情说，"谢谢你的指点，我该办的事情还是要去办。"他说着，上了楼梯。

门紧闭着，他拉了拉铃，在焦急的等待中过了几秒钟。门锁当啷一响，门开了。"阿芙多济娅·萨姆松诺芙娜[①]住在这儿吗？"他问道。"在这儿，"一名年轻女仆回答说，"你找她有什么事？"老头子没有回答就走进大厅。"不行，不行！"女仆跟在他后面叫起来，"阿芙多济娅·萨姆松诺芙娜有客人。"老头子却不听这一套，继续往前走。前面两个房间黑黑的，第三个房间有灯光。他走到

①阿芙多济娅·萨姆松诺芙娜，杜尼娅的尊称。

一个敞开的门前，站住了。这个房间布置得十分豪华。明斯基心事重重地坐着。杜尼娅穿得花枝招展，坐在他的圈椅的扶手上，就像一个女骑手坐在自己的英国式马鞍上。她含情脉脉地看着明斯基，一面把他那乌黑的鬈发往自己亮闪闪的手指上缠绕。可怜的老站长呀！他从来没有觉得他的女儿有这样美，他不由地欣赏起她来。“谁呀？”她没有抬头，问道。他还是没有作声。杜尼娅没有听到回答，便抬起头来……就大叫一声，倒在地毯上。明斯基吓了一跳，急忙起来扶她，突然看见老站长在门口，便放下杜尼娅，走到他跟前，愤怒得浑身打着哆嗦。他咬牙切齿地对老站长说：“你想怎样？你干吗到处跟着我，像强盗一样？是不是想杀了我？滚出去!”他用一只强有力的手抓住老头子的衣领，把他推出来，推到楼梯上。

老头子回到自己的住处。朋友劝他上告，但老站长想了想，把手一挥，决定就此罢手。过了两天，他从彼得堡回到自己的驿站，又继续担任自己的职务。“自从杜尼娅走了，我一个人过日子，已经有两年多了，”最后他说，“她一点音信也没有。是死是活，谁也不知道。什么事儿都会有。被过路的浪荡子拐骗的，杜尼娅不是第一个，也不是最后一个，以后玩弄一阵子，就扔掉了。这种年纪轻轻的糊涂妞儿在彼得堡有很多，今天穿的是丝绒绸缎，到明天，你瞧吧，就跟下等的穷光蛋一起扫大街了。有时想到杜尼娅也许会在那里沦落，就不由地生出罪过念头，希望她还是死掉……”

这就是我的朋友老驿站长讲的故事，在讲述的过程中不止一次被眼泪所打断，他动情地用自己的衣襟擦着眼泪，就像德米特里耶夫的优美的叙事诗中那个动了真情的捷连季奇。他的眼泪或多或少是由他在讲述过程中喝的五杯潘趣酒引起的,但不管怎样,还是深深打动了我的心。我和他分手之后,很久都不能忘记老站长,很久都在想着可怜的杜尼娅……

不久前,我从某地路过,想起了我的这位朋友,我听说,他掌管的那个驿站已经撤销了。我问过一些人:“老站长还健在吗?”谁也不能给我满意的回答。我决定到我熟悉的地方去看看,就雇了几匹马,乘车到某村去。

这是在秋天。天空飘浮着一片片淡灰色浮云,冷风从收割尽庄稼的田野上吹来,卷走一棵棵树上的红叶和黄叶。夕阳西斜时候我来到村里,在驿站那所房子门前把马车停下。一进过道(可怜的杜尼娅当年就是在这儿吻我的),迎面走出一个胖娘们儿。她回答我的问话说,老站长去世已经有一年了,他的房子里现在住了一个酿酒的人,她就是酿酒人的老婆。我不禁怅然,可惜我白来一趟,可惜白花掉七卢布。“他是怎么死的?”我问酿酒人的老婆。“他是喝酒喝死的,先生。”她回答说。“他葬在哪儿?”“在村后,跟他的老伴儿在一起。”“能不能带我到他的坟地上去看看?”“怎么不能? 喂,万卡! 别玩猫了。带这位先生到坟地上去,让他看看老站长的坟。”

这话还未说完,一个衣衫褴褛、栗色头发的男孩子就跑到我跟前,领着我朝村后走去。

“你认识死去的站长吗?”在路上我问他。

“怎么不认识! 是他教会我做笛子呢。以前(愿他早升天国!)他从酒店里出来,我们总是跟在他后面叫:‘老爷爷,老爷爷！给点儿花生吧！'他就把花生分给我们吃。他常常跟我们一块玩儿。"

"有过路的人提起他吗？"

"如今过路的人很少，除非陪审员有时来一趟，可是也没工夫问死人的事。不过夏天来过一位太太，倒是问起老站长，还到他的坟上去过。"

"什么样的太太？"我很好奇地问。

"一位非常漂亮的太太呢，"小男孩回答说，"她坐的是六匹马拉的轿式马车，带着三个小少爷和一个奶妈，还有一条黑色哈巴狗。她一听说老站长死了，就哭了起来，对孩子们说：'你们乖乖地待在这儿，我到坟地上去一趟。'我本想带她去，可是那位太太说：'我自己认得路。'她给了我五卢布的银币，真是一个好心的太太呀！……"

我们来到坟地上。这地方光秃秃的，无遮无拦，竖着一个个木十字架，连一棵遮阴的小树也没有。我从来没有见过这样凄凉的坟地。

"这就是老站长的坟。"小男孩说着，跳上一个坟堆，那上面竖着一个带有铜圣像的黑色十字架。

"那位太太到这儿来过吗？"我问道。

"来过，"万卡回答说，"我老远望着她的。她倒在这儿，躺了很久。后来那位太太到村里去，把神父叫了来，给了他一些钱，就坐上车走了，给了我五卢布的银币呢——真是一个好太太!"

我也给小男孩一个五卢布银币，而且也不可惜跑这一趟，不惋惜那七个卢布了。

小姐扮村姑

杜申卡，不论怎样打扮，
你都美丽娇艳。

——波格丹诺维奇[①]

在我国一个边远的省里，有一座庄园，是伊凡·彼得罗维奇·别列斯托夫的。他年轻时曾在近卫军中服役，1797年退伍，来到自己的村子里，从此再没有出过远门。他娶了一位家境败落的贵族小姐为妻，就在他到离家很远的田野上去的时候，他的妻子难产而死。他很快从经营家业中得到乐趣。他按自己的设计建造了一所房子，开办了呢绒厂，扩大了收入，于是他便自命为附近一带最精明的人，关于这一点，那些常常带着家眷和狗来他家做客的乡邻们并不和他争论。他平时穿着绒布夹克衫，一到节日里就穿起家制的呢子常礼服。他亲自记开支账，除了《参政院公报》，

①波格丹诺维奇(1743—1803)，俄国诗人。

什么也不看。总的说,大家都是很喜欢他的,虽然都认为他很骄傲。跟他不和睦的只有格里高力·伊凡诺维奇·穆罗姆斯基,是他的近邻。这是一个地道的俄国贵族。他把大部分家产在莫斯科挥霍干净,而且就在这时候死了妻子,于是便回到自己最后一处田庄,在这里继续折腾,不过已经换了花样儿。他建造了一座英国式花园,把余下的一些收入几乎全花费到这方面。他的马夫都是英国骑士打扮。他为女儿请了英国女教师。他的土地也用英国方法耕种!

然而靠外国方法,
长不好俄国庄稼。[1]

而且,尽管他极力紧缩开支,他的收入却不见增加。他还在乡下发现了借新债的方法,因此他不能算一个愚蠢的人,因为他在全省的地主中首先想到把田产抵押给监护委员会,这种周转办法在当时看来是非常复杂、非常大胆的。在指责他的人当中,别列斯托夫反应最强烈。憎恨变革是他性格中的一个显著特点。他一谈起这位乡邻的英国热就恼火,而且常常找机会抨击他。他在让客人参观自己的家业的时候,客人一称赞他经营有方,他就回答说:“是呀,先生,”他总是带着挖苦的冷笑说,“我可是不像我的乡邻格里高力·伊凡诺维奇。咱们哪里有本事学英国式破产!咱们只要能用俄国办法吃饱就行了。”这一类的玩笑话经过乡邻们热心传播,添枝添叶,加油加醋,不断地传到格里高力·伊

①引自俄国剧作家沙霍夫斯科依(1777—1846)的讽刺剧《莫里哀!你那世上无可比拟的天才……》。

凡诺维奇耳朵里。这位英国迷就像我们的杂志撰稿人一样，最受不了别人的攻击。他常常气得发疯，把不怀好意的批评者叫作狗熊和乡巴佬。

别列斯托夫的儿子来到父亲庄园里的时候，这两家地主的关系就是这样。他在某大学受过教育，曾有意进军界服役，但父亲不同意。这位年轻人却觉得自己从文不会有什么出息。父子俩争执不下，于是年轻的阿列克赛暂时过起少爷生活，并且蓄起小胡子等待时机。

阿列克赛确实是一个很英俊的小伙子。假如他埋头于公文，那挺拔的身材永远不能穿上军装，不能骑在马上显显英姿，真是太可惜了。乡邻们看着他在打猎时骑在马上不择道路，跑在最前面的样子，总是异口同声地说，他的前途绝不止是一名循规蹈矩的科长。小姐们也喜欢看他，有的还看得出神，可是阿列克赛对她们不怎么感兴趣，她们却认为他冷漠的原因是他已经有了情人。确实，他的来信中就有一个通讯地址到处传说着，这通讯地址就是：**莫斯科，阿列克谢耶夫修道院对面，铜匠萨维里耶夫家，阿库莉娜·彼得罗芙娜·库里奇金娜惠转A.H.P.**。

那些没有在乡下待过的读者无法想象这些乡下小姐有多么迷人！她们是在清新的空气中，在自家果园的苹果树荫下成长和受教养的，从书本上汲取社会和人生的知识。冷清、自由和读书使她们更早地萌动情感和春心，那种炽情是漫不经心的城里美人儿不会有的。对乡下小姐来说，马车铃声已经是不寻常的事情，到附近城里去一趟便是一生中划时代的大事，客人的来访会留给她们长久的、有时是终生难忘的印象。当然，任何人都可以随便取笑她们的一些怪癖，但是肤浅的观察者的取笑无法抹杀她们的真正优点，其中主要是：**其性格有特点，有个性**（individualité）。按照让·保尔[①]的说法，没有个性，也就没有人的伟大了。京城里的女子也许会受到良好的教育，但上流社会的习惯会很快磨平她们的性格，使她们的心灵变得像她们的头饰一样千篇一律。说这话不是下结论，也不是指摘，但正如一位古代评论家所说的，我们的意见依然有效。[②]

不难想象，阿列克赛会在我们这些小姐的心目中产生什么样的印象。是他第一个以忧郁和失望的面孔出现在她们面前，第一个向她们诉说自己失去的欢乐和凋萎的青春；而且，他还戴着雕有死人头像的黑色戒指。这一切在这个省里特别新奇。小姐们想他都想疯了。

可是最迷恋他的还是那位英国迷的女儿丽莎。或者如格里高力·伊凡诺维奇平常叫她的，蓓西。他们的父亲互不往来，她还没有见过阿列克赛，可是附近的少女们天天谈的就是他。她今年十七岁。一双乌溜溜的眼睛使她那一张黑黑的、讨人喜欢的脸儿更加艳丽动人。她是独生女儿，因而也是一个娇生惯养的孩子。她活泼好动，常常淘气，使父亲很喜欢，却使杰克逊小姐伤透了脑筋。杰克逊小姐是一个古板的四十岁老姑娘，喜欢搽粉，还画眉毛，每年把《帕美拉》[③]读两遍。因此赚得两千卢布，就可以在**野蛮的俄国**过烦闷得要死的日子了。

---

①让·保尔（1763—1825），德国作家。

②原文为拉丁文。

③《帕美拉》，英国作家理查逊的小说。

服侍丽莎的使女叫娜斯佳,她比小姐大一两岁,可是也像小姐一样爱玩爱动。丽莎非常喜欢她,有什么心事都要对她说说,并且和她一起想想点子。总而言之,娜斯佳在普里鲁契诺村里是一个人物,比法国悲剧中任何一个心腹婢女都重要得多。

“请允许我今天出去串串门儿。”有一天娜斯佳在服侍小姐穿衣服的时候说。

“去吧,不过你要上哪儿去?”

“我要上杜基洛沃村,到别列斯托夫家去。他们家厨师娘子过命名日,昨天她来请我们去吃饭。”

“好哇!”丽莎说,“两家老爷在争吵,奴仆们却在互相请客。”

“我们可管不了老爷的事!”娜斯佳不以为然地说,“再说,我是您手下的人,又不是您爹手下的。您又没有和别列斯托夫少爷争吵过。两位老人家喜欢争吵,就让他们吵吧。”

“娜斯佳,你要想方设法见见别列斯托夫家的阿列克赛,回来好好给我说说,他长相怎样,他是一个什么样的人。”

娜斯佳答应了。丽莎一整天都焦急地在等待她回来。傍晚,娜斯佳回来了。

“哎呀,小姐,”她一面往房间里走,一面说,“我看见别列斯托夫少爷了,看了个够。一整天我们都在一块儿。”

“怎么回事儿?你说说,从头好好说说。”

“听我说,小姐,我们是一块儿去的,就是我,阿尼西娅·叶戈罗芙娜,涅妮拉,杜妮卡……”

“好啦,这我知道。后来呢?”

“听我说,小姐,我还是从头说起。我们是在快吃午饭的时候到的。屋子里的人满满的。有科尔宾诺村的，有扎哈里耶沃村的，有一个女管家带着几个女儿，有赫鲁宾诺村的……”

“好啦！别列斯托夫少爷呢？”

“不要急嘛，小姐。我们围着桌子坐下来，女管家坐首席，我挨着她坐下……她的几个女儿气死了，可是我才不睬她们呢……”

“哎呀，娜斯佳，你没完没了地讲这些不要紧的小事情，怎么不嫌烦呀！”

“瞧您多性急呀！等我们吃完了，离开饭桌……我们吃了有三个钟头呢，这顿饭真是好极了，夹心奶油冻就有蓝色的、红色的和条纹的……等我们吃完了，离开饭桌，就到花园里去玩捉人游戏，就在那儿见到了少爷。”

“噢，怎么样？听说他长得很英俊，是真的吗？”

“漂亮极了，可以说，是一个美男子，又高，又匀称，脸红红的……”

“真的吗？我还以为他的脸是苍白的呢。究竟怎么样？你觉得他怎样？很伤心，心事很重，是吗？”

“瞧您说的！像这样起劲儿的我还从来没有见过呢。他还跟我们一块儿玩捉人游戏呢。”

“跟你们玩捉人游戏！不会的！”

“就是的！他还想出花样儿呢！捉到了，就得吻一下！”

“我不信，娜斯佳，你骗人。”

“信不信由您，我不骗人。我差一点儿叫他捉住。他就这样跟我们玩了一整天。”

“那又是怎么一回事儿呀，据说，他有了情人，不管对谁，连看也不看？”

“那我不知道，小姐，他对我可是看了又看，对管家的女儿妲尼娅也是这样，对科尔宾诺村的巴莎也是的，而且，说起来也是罪过，他一个都不放过，真是一个坏家伙！”

“这就奇怪了！他们家的人是怎样说他的？”

“都说，少爷真是一个好少爷，又和善，又快活。就是有一样不好：太喜欢追逐女孩子了。可是，依我看，这也算不了什么，慢慢会稳重起来的。”

“我多么想见见他呀！”丽莎叹着气说。

“这有什么难的？杜基洛沃村离咱们不远，只有三俄里。您就到那里去走走，或者骑马去，一定会遇到他的。他天天一大早就带着猎枪出来打猎。”

“不行呀，这样不好。他会以为我是在追求他呢。再说，我们的父亲在争吵，所以我还是不能跟他结识……哦，娜斯佳！你明白吗？我可以打扮成农家姑娘！”

“真的，你就穿上粗布小褂和袍子，大着胆子到杜基洛沃村去，我可以向您担保，别列斯托夫少爷不会放过您的。”

“我说本地话也说得很好。哎呀，娜斯佳，亲爱的娜斯佳！多么妙的主意呀！”丽莎就怀着一定要实现自己快活的设想的决心躺下睡了。

到第二天，她就着手实行自己的计划，派人到集市上去买了粗麻布、毛蓝粗棉布和铜纽扣，娜斯佳帮她裁了小褂和袍子，把所有的女仆都叫了来缝衣服，快到黄昏时候，所有的衣服就都做好了。丽莎试了试新衣裳，对着镜子照了照，觉得自己从来没有这样可爱过。她一再演习自己的角色，一边走一边深深地鞠躬，然后像黏土做的猫似的，摇了几下头，又说农家的土话，又用袖子捂住脸笑，博得娜斯佳连声喝彩。只有一点她觉得很难：她光着脚试着在院子里走了走，草根土扎得她的嫩脚好痛，沙子和碎石子也硌得她受不了。娜斯佳马上就来帮忙：她量了量丽莎的脚，就跑到田野里去找放牲口的特罗菲姆，叫他照量好的尺寸编一双树皮鞋。到第二天，刚蒙蒙亮，丽莎就醒了。全家人都还在睡觉。娜斯佳就在大门口等候那个放牲口的了。一阵号角响起，村里的一群牲口从老爷家门口走过。特罗菲姆经过娜斯佳面前时递给她一双小小的花花绿绿的树皮鞋，她给他半个卢布的赏钱。丽莎悄没声儿地打扮成一个农家姑娘，小声关照过娜斯佳怎样应付杰克逊小姐，便从后面的台阶走出来，穿过菜园朝田野跑去。

朝霞在东方放射着明亮的光辉，一排排金色的云朵似乎在等候太阳，好像满朝文武在恭候皇上升殿。明朗的天空、清晨的新鲜空气、朝露、清风和小鸟的歌唱使丽莎心中充满孩子般的欢乐。她怕碰见熟人，似乎不是在走，而是在飞。快要走到父亲领地边界的一片树林时，丽莎放慢了脚步。她应该在这里等候阿列克赛。她的心不知为什么跳得很厉害。但是，伴随我们年轻人淘气而来的这种害怕心情，正是淘气的最有魅力之处。丽莎走进郁郁苍苍的树林。树林发出一阵阵低沉的簌簌声，迎接姑娘的来临。她的快活劲儿平息下来。她渐渐沉醉于甜蜜的幻想。她想着……可是谁又能说得清，一位十七岁的小姐在春日早晨五点多钟一个人在树林里想些什么呢？她就这样想起心事，在两边高大树木浓荫下的路上走着，突然有一条很漂亮的猎狗对她吠叫起来。丽莎吓了一跳，大叫起来。就在这时响起一个人的声音："老实点儿，斯波卡，过来[①]……"话音一落，从灌木丛中走出一个年轻猎人。"不要怕，好姑娘，"他对丽莎说，"我的狗不咬人。"丽莎一定下神来，立刻就很好地利用起这机会。"不行呀，少爷，"她装出又害怕又害羞的样子说，"我害怕呢，瞧，它多么凶呀，又要扑过来了。"阿列克赛（读者想必已经知道是他了）这时凝神注视着这个年轻的农家姑娘。"你要是害怕，我陪你走走，"他对她说，"我可以跟你一起走走吗？""谁能管你的事呀？"丽莎回答说，"随你的便，路是大家走的。""你是哪儿的？""我是普里鲁契诺村里的，是铁匠瓦西里家的，来采蘑菇呢（丽莎提着一只系了小绳子的篮子）。你呢，少爷？是不是杜基洛沃村的呀？""就是的，"阿列克赛回答说，"我是伺候少爷的。"阿列克赛很想把他们的关系拉平等了。可是丽莎看了他一眼，笑了起来。"你骗人，"她说，"你别把我当傻瓜。我看出来，你就是少爷。""你为什么这样想？""从各方面看出来。""究竟从哪些方面？""怎么会分不清少爷和仆人呢？你穿的衣服不像，说话也不像，连吆喝狗也不是用我们的话。"阿列克赛越来越喜欢丽莎了。他对漂亮的乡下姑娘一向不拘礼节，就想拥抱她；可是丽莎闪开了，并且一下子就摆出严肃和冷冰冰的神气，这虽然使阿列克赛觉得好笑，却也不敢再对她动手动脚了。"您要是想今后和我做朋友，"她神态庄重地说，"那就请您自重点儿。""是谁教你这一番道理的？"阿列克赛哈哈大笑起来，问道，"是不是我的熟人，你们小姐的使女娜斯佳？原来教

①原文为法文。

育是这样普及的!”丽莎觉得,再这样下去就要露马脚了,便立即改变态度。“你怎么想的呀?”她说,“难道我从来没去过老爷家里吗?也许我什么都听说过,什么都见过呢。可是,”她又说,“我只顾和你说话,就采不到什么蘑菇了。少爷,你走你的路吧,我要往别的地方去了。对不起……”丽莎就想走开,阿列克赛却拉住她的手。“你叫什么名字,好姑娘?”“阿库莉娜,”丽莎回答说,一面使劲从阿列克赛手里往外抽自己的手指,“放开我嘛,少爷,我该回家了。”“好吧,阿库莉娜,我的朋友,我一定要去拜访你爹,拜访铁匠瓦西里。”“你说什么呀?”丽莎急忙阻止他,“行行好,不要来吧。要是家里人知道我在树林里跟少爷两个人在一块儿说话儿,那我要倒霉的,我爹瓦西里铁匠准会把我打死。”“可是我想一定要和你再见见面呀。”“那我什么时候再到这儿来采蘑菇好了。”“究竟什么时候呀?”“那就明天吧。”“好一个阿库莉娜,我真想好好吻吻你呀,可是我不敢。那就明天吧,就在这个时候,是吗?”“是的,是的。”“你不是骗我吧?”“不骗你。”“你起誓。”“我对上帝发誓,一定来。”

两个年轻人分手了。丽莎走出树林,穿过田野,悄悄溜进花园,急忙跑进账房,娜斯佳就在这儿等她。她在这儿一面心不在焉地回答着急不可耐的心腹使女的问话,一面换好衣服,就来到客厅里。餐桌已经铺好,早餐已送上来,已经搽了粉、腰身束得像高脚杯的杰克逊小姐正在将面包切成薄片。父亲一再称赞女儿早起散步。“没有比清早起床更有益于身体的了。”他说。于是他举了几个从英国杂志上看到的长寿的例子,说明凡是活到一百多岁的人都不喝酒,不论冬天夏天都起得很早。丽莎没有听他的。

她反复回想着早晨见面的种种情景，回想着她扮的阿库莉娜和年轻猎人说的一番话，在良心上开始不安了。她一再为自己辩解，说他们说说话儿不是什么非分之事，说这种淘气不会有什么后果，可是没什么用处，良心的声音比理智的声音更洪亮。最使她不安的，是她已经答应明天再见面。她一度下决心不遵守自己神圣的誓言。可是阿列克赛如果等不到她，就会到村子里去找铁匠瓦西里的女儿，找真正的阿库莉娜那个胖胖的麻脸姑娘，那样一来，他就会猜到是她玩的轻佻的花样儿。丽莎一想到这里，就吓坏了，于是打定主意第二天早晨再扮成阿库莉娜到树林里去。

阿列克赛却高兴极了，整天都在想着新结识的姑娘；夜里，那黑黑的美人儿的倩影一再地在梦中出现。天刚蒙蒙亮，他已经穿戴好了。不等装好猎枪弹药，他已经带着忠心的猎狗来到田野里，朝约会的地方跑去。他急不可耐地等待了有半个小时，终于他看到灌木丛中闪过一个穿蓝袍子的身影，于是他急忙跑过去迎接可爱的阿库莉娜。她对他微微一笑，回答他那表示感激的兴奋劲儿，但阿列克赛立刻就看出她脸上有忧郁和不安的神气。他想知道原因。丽莎坦率地对他说，她觉得她的行动太轻浮，她很后悔，这一次她是不想失信，但这次见面是最后一次，她请求中止他们的交往，因为这种交往对他们不会有什么好的结果。这番话当然是用当地农家方言说的，但一个普通姑娘有这些想法和感触，是很不寻常的，阿列克赛很吃惊。他施展自己的口才，让阿库莉娜打消顾虑，他一再要她相信他没有什么非分之想，保证永远不会给她造成遗憾，一切都听从她的心意，恳求她不要使他失去唯一的快乐——跟她单独见面，哪怕隔一天一次，哪怕每礼拜两次也行。他是用真诚的爱情语言说的,而且这时候他也确实爱上她了。丽莎一声不响地听他说。“你要保证,”她终于说话了,“永远不到村子里去找我,也不要打听我的事儿。你还要保证,除了我和你约定的时间以外,不再找别的时间跟我见面。”阿列克赛正要对天起誓,她却笑着制止他。“我不要你起誓,”丽莎说,“只要你答应就行了。”然后他们就很亲热地说起话儿,一块儿在树林里散步,直到丽莎说该回家了,他们才分手。阿列克赛一个人留下来之后,就觉得怎么也不明白,为什么一个普通农家姑娘两次见面就牢牢抓住他的心。他和阿库莉娜的交往对他有一种新鲜的魅力,而且,虽然这个奇怪的农家姑娘定的规矩使他觉得难受,但他连想也没想到不遵守自己的诺言。这是因为,阿列克赛虽然戴着命运的戒指,虽然有过秘密通信和伤心的失意,他毕竟是一个善良而热诚的小伙子,有一颗纯洁的心,觉得纯洁无瑕是一种乐趣。

如果我听凭自己的心意信笔写下去,一定会详详细细描写这对年轻人的约会,描写他们彼此越来越倾心,越来越信任,描写他们的活动、他们的谈话;但我知道,大多数读者不愿和我分享这种快乐。这种详情细节一般都甜得腻人,因此我略去不写,只是简单地交代一下:不到两个月,我的阿列克赛已经爱得神魂颠倒,丽莎虽然比他含蓄些,心却不比他冷些。他俩都沉醉在眼前的幸福之中,很少考虑将来之事。

常常有结成终身伴侣的念头在他们的头脑中闪过,但他们彼此都没有说起过。原因是显而易见的:阿列克赛不论对可爱的阿库莉娜多么迷恋,却始终记着他和一个贫寒的农家姑娘之间的距离;丽莎知道他们的父亲之间存在着多么深的仇恨,不敢指望他们彼此和解。此外，她隐隐产生一种带浪漫色彩的希望，希望有朝一日看到这位杜基洛沃的少爷跪倒在普里鲁契诺铁匠的女儿面前，因而暗暗萌动了自尊心。突然，出了一件很重要的事，差点儿使他们的关系发生变化。

一个晴朗、寒冷的早晨（这样的早晨在我们俄罗斯的秋天是常见的），伊凡·彼得罗维奇·别列斯托夫骑马出来兜风，并且带了三对猎狗、一名马夫和几名带响器的僮仆，以备万一。就在这时候，格里高力·伊凡诺维奇·穆罗姆斯基也经不住好天气诱惑，叫人备好他那匹短尾牝马，骑上马在自己的英国式庄园边上小跑起来。来到树林边上时，他看见自己的乡邻身穿狐皮里子的高加索式上衣，神气活现地骑在马上，等待兔子跑出来，僮仆们叫着，敲着响器，正在把兔子从灌木丛中往外赶。格里高力·伊凡诺维奇要是能预见到会碰上这位乡邻，那他当然会往别处去；然而他却完全意外地碰上了别列斯托夫，而且一下子就离他只有手枪射程那样近了。没有办法。穆罗姆斯基像个有教养的欧洲人那样，驱马来到自己的对头面前，很有礼貌地向他问候。别列斯托夫也殷勤还礼，那殷勤神气，就像拴着的狗熊在耍狗熊的人指挥下向老爷先生们鞠躬行礼。就在这时候，一只兔子从树林里窜出来，朝田野上跑去。别列斯托夫和马夫放开嗓门儿叫起来，放出猎狗，纵马追上去。穆罗姆斯基的从未出猎过的马受了惊，狂奔起来。穆罗姆斯基自诩为高明的骑手，就任凭惊马狂奔，并且暗自庆幸有这样的机会，使他摆脱不愉快的交谈者。可是他的马跑到一条它先前没有发现的冲沟边，突然朝旁边一转身，穆罗姆斯基跌下马来。他跌在上了冻的土地上，跌得很重。他躺在地上，拼命咒骂自己的短尾巴牝马，那马仿佛清醒过来，一发现背上没有了骑马人，立即停下来。伊凡·彼得罗维奇骑着马跑到他跟前，问他跌伤了没有。这时马夫抓住闯了祸的马的辔头，把马牵了过来。他扶着穆罗姆斯基上了马，别列斯托夫就请他到家里去坐坐。穆罗姆斯基无法拒绝，因为他觉得自己受了人家的恩惠。就这样，别列斯托夫捕获了兔子，带着受了伤的、几乎像战俘一样的对头，胜利而归。

两位乡邻在吃早饭的时候，谈得相当亲热。穆罗姆斯基向别列斯托夫借一辆车，他坦率地说，因为他跌得很重，无法骑马回家。别列斯托夫一直把他送到门口，穆罗姆斯基却一直等他答应了第二天带阿列克赛·伊凡诺维奇到普里鲁契诺去好好吃顿饭，才走了。就这样，由于短尾巴牝马受惊，两家人根深蒂固的宿怨似乎冰融雪消了。

丽莎跑出来迎接格里高力·伊凡诺维奇。“您这是怎么啦，爸爸？”她惊讶地说，“您的腿怎么瘸啦？您的马呢？这是谁家的车？”“这你就猜不到了，我的好孩子[①]。”格里高力·伊凡诺维奇回答她说，并且把发生的事情一五一十地说了说。丽莎真不相信自己的耳朵。格里高力·伊凡诺维奇不等她定下神来，就对她说，明天别列斯托夫父子俩要来家里吃午饭。“您这是说什么呀！”她一下子脸色煞白，说，“别列斯托夫父子！明天来咱们家吃饭！哎呀，爸爸，随您怎么样，我可是怎么也不露面。”“你怎么了，疯啦？”父亲不以为然地说，“你什么时候变得这样怕羞的？要么你就是像小说里的人物，怀着上一辈的仇恨？算了吧，别傻了……”

---

①原文为英文。

“哎呀，爸爸，说什么我也不露面，不论怎样我也不出来见别列斯托夫父子。”格里高力·伊凡诺维奇耸耸肩膀，不再和她争论，因为他知道，和她争执不会有什么结果，于是他就去休息了，因为这次很不平常的兜风使他太疲乏了。

丽莎回到自己房里，把娜斯佳叫了来。她们俩就明天客人的来访商量了很久。要是阿列克赛认出这位有教养的小姐就是他的阿库莉娜，会怎样想呢？他对她的行为、风操和理智会有什么看法呢？另一方面，丽莎也很想看到，如此意外的见面会使他产生什么样的印象……突然，她想出一个主意。她马上把这个主意对娜斯佳说了，两个人像捡到宝贝似的高兴起来，并且决定就照这个主意行事。

第二天吃早饭的时候，格里高力·伊凡诺维奇问女儿，是不是还想躲开别列斯托夫父子。“爸爸，”丽莎回答说，“如果您一定要我见他们，我就见见他们，不过有一个条件：不管我怎样出来见他们，不管我怎样办，您都不要骂我，也不要露出任何一点惊讶或不满意的样子。”“你又要淘什么气了！”格里高力·伊凡诺维奇笑着说，“好吧，好吧，我同意，你想怎样就怎样吧，我的黑眼睛淘气鬼。”他说着，吻了吻她的脑门儿，丽莎就跑去做准备了。

下午两点整，一辆六匹马拉的自制四轮马车进了院子，来到碧绿的草坪旁边。别列斯托夫老头子在穆罗姆斯基两个穿制服的仆人搀扶下上了台阶。他的儿子也骑马跟他一起来到，跟他一起走进餐厅，里面已摆好了餐桌。穆罗姆斯基无比亲切地迎接客人，奉劝客人在吃饭之前先去看看他的花园和动物园，于是就领着客人顺着打扫得干干净净并且铺了沙子的小路走去。别列斯托夫老头子看到在这种无益的事儿上花费这么多精力和时间，在心中感到惋惜，然而出于礼貌，没有作声。他的儿子既不跟这位精打细算的地主一样感到不满，也不赞赏很爱面子的英国迷的洋洋得意。他急不可耐地等待着主人的女儿露面，有关她的事儿他已经听说过很多，而且，虽然正如我们都知道的，他的心已经另有所属，但是一个妙龄美女总是使他神往的。

他们回到客厅里，坐了下来：两位老人家回想起以往的岁月和军旅中的趣事，阿列克赛却思索着，在丽莎出场时，他该扮演什么样的角色。他认定，不论在什么情况下，冷漠的漫不经心态度都是最合适的，所以他准备就这样办。门开了，他转过头去，那种淡漠和漫不经心的神气简直到了不屑一顾的程度，就连情场老手见了也一定会不寒而栗。可是进来的不是丽莎，是搽了粉、束起腰的老小姐杰克逊走进来，她垂着眼睛，微微行了一个屈膝礼，阿列克赛漂亮的军人姿势就白费了。不等他再一次提起精神，门又开了，这一次进来的是丽莎了。大家都站起身来，父亲正要介绍客人，却突然愣住了，并且连忙咬住嘴唇……丽莎，他的黑黑的丽莎，脸上搽了厚厚的一层白粉，一直搽到耳朵；眉毛画得比杰克逊小姐还浓；假发比她本来的头发还淡得多，蓬松鬈曲，像路易十四的假发；泡泡袖撑得高高的，像蓬帕杜夫人①的筒裙；腰束得细细的，整个身躯像英文字母X；还没有送进当铺的她母亲的那些钻石全在她的手指上、脖子上和耳朵上闪闪放光。阿列克赛认不出这位可笑的珠光宝气的小姐就是他的阿库莉娜。他的父亲走过去吻她的玉手，他也无可奈何地跟着走过去，当他吻到她那白白

①蓬帕杜夫人，法王路易十五的情妇。

的纤指时,他觉得那纤指在微微颤抖。这时他注意到她故意伸出来的一只穿得非常花哨的纤足。这使他觉得她其余的打扮倒是比较容易忍受了。至于她搽粉和画眉,说实话,由于他心地单纯,一开始就没有注意的,后来也没有怀疑。格里高力·伊凡诺维奇想起自己答应过的话,尽量不露出惊讶的样子,但他觉得女儿玩的花样儿实在滑稽可笑,他好不容易没有笑出来。古板的英国小姐却没有心思笑。她猜想,香粉和眉黛是从她的柜子里偷来的,气得一张脸透过厚厚的一层香粉泛出紫红色。她一再向年轻的淘气鬼投去恼人的目光,淘气鬼准备另找时间向她好好解释,就装作什么也没有看见。

大家入了席。阿列克赛继续扮演漫不经心和沉思默想的角色。丽莎装模作样,说话小声小气,拉长声调,而且光说法语。父亲不时地看看她,不明白她的用意,但觉得这一切非常好笑。英国小姐在生气,一言不发。只有伊凡·彼得罗维奇一切如常,大口吃菜,大杯饮酒,谈笑风生,而且谈笑也越来越亲热了。

终于大家起身离座,客人走了,格里高力·伊凡诺维奇这才放声笑起来,问起来。"你怎么想起来要捉弄他们?"他问丽莎,"可是你知道吗?你搽了粉倒是很好看的。我不懂女人打扮的奥秘,不过,我要是你,我就搽粉;当然,不能搽得太多,微微搽一点儿。"丽莎因为自己玩的花样儿很成功,十分得意。她拥抱了父亲,答应考虑他的主意,就跑去给一肚子恼火的杰克逊小姐消消气。杰克逊小姐好不容易才给她把门开了,听她的解释。丽莎说,她不好意思就这样黑黑的出来见生人,又不敢向她要……她相信,善良而可亲的杰克逊小姐会原谅她的……杰克逊小姐相信丽莎不是存心拿她开玩笑，就消了气，吻了吻丽莎，还送给她一小盒英国香粉，以示和解，丽莎就表示衷心感谢，把香粉收下了。

读者一定猜到，第二天一早丽莎就急忙到树林里去赴约会。"少爷，你昨天到我们老爷家去过吗？"她立即对阿列克赛说，"你觉得小姐怎么样？"阿列克赛回答说，他没有留意她。"真可惜呀！"丽莎不以为然地说。"为什么可惜？"阿列克赛问道。"因为我想问问你，大家说的是不是真的……""大家说的是什么？""大家都说我很像小姐，是真的吗？""胡扯到哪里去了！她这个丑八怪，怎么能跟你比呀？""哎呀，少爷，你说这话可是罪过。我们的小姐又白，打扮得又那样漂亮！我哪儿能跟她比呀？"阿列克赛对她赌咒发誓，说不论多么白的小姐，都没有她长得好看，而且为了让她完全放心，他描述起小姐的外貌，说得极其可笑，丽莎听了忍不住哈哈大笑。"不过话说回来，"她叹着气说，"小姐也许很可笑，可是我跟她相比，总是一个不识字的傻丫头呀。""哎呀！"阿列克赛说，"这有什么好伤心的！你要是愿意，我马上就可以教你识字。""这倒是真话，"丽莎说，"咱们是不是真的试试看？""好，亲爱的，就现在开始也行。"他们坐了下来。阿列克赛从口袋里掏出铅笔和笔记本，阿库莉娜学字母快得出奇。阿列克赛对她的理解力不能不惊讶。第二天早晨她就想试试写字。起初铅笔不听她使唤，可是过了几分钟，描画起字母已经很像样了。"真稀奇呀！"阿列克赛说，"咱们的教学法比兰开斯特教学法[①]还有效哩。"果然，第三次上课时，阿库莉娜已经能一个音节一个音节地念卡拉姆津的小

①兰开斯特(1778—1838)，英国教育家。他主张采用能者为师，互教互学的方法。这种方法当时一度十分流行。

说《贵族女儿娜塔丽雅》了，而且不时停下来说说自己的看法，使阿列克赛听了直咂舌头。她还从这部小说中摘出一些警句，把一张纸涂写得满满的。

一个礼拜之后，他们就通起信来。邮局就设在一棵老橡树的窟窿里。娜斯佳暗中充当邮差。阿列克赛用大字写好信送到那里，就在那里拿到他的恋人歪歪扭扭地写在普通蓝色纸上的信。阿库莉娜显然已经写惯了，拼写大有长进，她的智力明显地在发展和成长。

与此同时，伊凡·彼得罗维奇·别列斯托夫和格里高力·伊凡诺维奇·穆罗姆斯基结识之后，越来越亲密，很快就成为朋友。这是因为：穆罗姆斯基常常想到，伊凡·彼得罗维奇一死，他的全部家产必然传给他的儿子阿列克赛，阿列克赛就成了本省的大富豪之一，他没有任何理由不娶丽莎为妻。在别列斯托夫老头子这方面，虽然他认为穆罗姆斯基有点儿古怪（或者，用他的说法，有点儿英国人的傻劲儿），但无法否认他也有很多过人之处，比如：非常善于钻营；他是普隆斯基伯爵的近亲，那是一个有势力的显赫人物，可能会对阿列克赛很有好处，而穆罗姆斯基也一定很高兴（别列斯托夫老头子这样想）在有便宜可占的情形下把女儿嫁出去。两位老人家在此之前只是各自在心中盘算着这件事，后来终于彼此说出来，两人互相拥抱，说定逐步促成此事，并且各自着手去进行。穆罗姆斯基感到为难的是：他必须劝说他的蓓西去和阿列克赛接近，自从那次难忘的午餐之后，她还没有见过他呢。似乎他们彼此都不怎么喜欢，至少阿列克赛再也没有到普里鲁契诺来过，别列斯托夫老头子每次来访，丽莎都要躲进自己房里去。

但是，穆罗姆斯基心想，只要阿列克赛天天到家里来，蓓西一定会爱上他的。这是顺理成章的事。时间长了，就行了。

别列斯托夫老头子倒不怎样担心自己心想的事儿是否能成。当天晚上，他就把儿子叫到自己房里，他抽起烟斗，沉默了一会儿，就开口说："阿廖沙[1]，你怎么很久不提到军队里去的事啦？是不是你已经不再迷恋骠骑兵制服了？……""不是的，爹，"阿列克赛恭恭敬敬地回答说，"我看出来，你不乐意我去当骠骑兵，我理应听从您的心意。""好呀，"伊凡·彼得罗维奇回答说，"我知道，你是一个听话的孩子，这使我很放心，我也不想逼迫你，不想勉强你……马上就……去担任文职，我是想先给你娶亲。"

"要我娶谁呀，爹？"阿列克赛惊愕地问。

"娶穆罗姆斯基家的小姐丽莎，"伊凡·彼得罗维奇回答说，"这样的媳妇可是天下难找呀，不是吗？"

"爹，我还不想娶亲呢。"

"你不想，我可是替你想过，而且反复想过了。"

"随您怎样，我可是一点也不喜欢穆罗姆斯基家的丽莎。"

"以后你会喜欢的。相处惯了，就会相爱了。"

"我觉得我不会使她幸福的。"

"你不必操心她的幸福。怎么？你就是这样听父亲话的吗？好哇！"

"随您怎样，我不想娶亲，也不会娶亲。"

"你一定要娶亲，要不然我不再认你，家产动也别想动！我要卖光，花光，分文也不留给你！我给你三天时间考虑，考虑不好别

①阿廖沙，阿列克赛的小名。

来见我。”

阿列克赛知道，父亲一旦想到什么主意，那就像塔拉斯·斯科季宁[①]所说的，用刀子挖也挖不掉；可是阿列克赛也跟父亲一样，谁也拗不过他。他回到自己房里，思索起父亲能做到什么，想到丽莎小姐，想到父亲要让他成为穷光蛋的气势汹汹的一番话，最后想到阿库莉娜。他第一次清楚地看出来，他太爱她了，他的头脑里突然闪出一个带浪漫色彩的念头：娶她为妻，靠自己劳动过日子。他越思索，越认为采取这种断然行动有道理。最近由于阴雨连绵，他们已经有些日子没有在树林里见面了。他用清楚的笔迹和火热的语言给阿库莉娜写了一封信，告诉她，他们已面临绝境，并且向她求婚。他立即把信送往邮局，也就是树窟窿，然后他非常满意地躺下睡了。

第二天，阿列克赛抱定原来的主意，一大早就去找穆罗姆斯基，要开诚布公地跟他好好谈一谈。他希望取得他的谅解，让他站到自己这方面。“格里高力·伊凡诺维奇在家吗？”他在普里鲁契诺村地主家门前勒住马，问道。“不在家，”仆人回答说，“格里高力·伊凡诺维奇一大早就出门了。”“真不巧呀！”阿列克赛心想，“那么，丽莎小姐在家吧？”“小姐在家，少爷。”于是阿列克赛跳下马，把缰绳交给仆人，不经通报就径直往里走。

“一切都可以解决了，”他一面想着，朝客厅走去，“我要当面和她说清楚。”他走进去……顿时愣住了！丽莎……不，是阿库莉娜，可爱的黑黑的阿库莉娜，不是穿粗布褂，而是穿着白色晨衣，坐在窗前看他的信。她神情是那样专注，竟没有听见他进来。阿

①塔拉斯·斯科季宁，《纨绔少年》中的人物。

列克赛不禁高兴地惊叫起来。丽莎浑身打了个哆嗦，抬起头来，哎呀了一声，就想跑掉。他扑过去把她拦住。“阿库莉娜呀，阿库莉娜！……”丽莎拼命想挣脱他……“放开我，少爷；您是疯了吗？”[①]她使劲挣扎着，一遍又一遍地说。“阿库莉娜，我的好人儿，阿库莉娜！”他一遍又一遍地说，一面吻她的手。杰克逊小姐看着这个场面，不知道怎样才好。这时候门开了，格里高力·伊凡诺维奇走了进来。

“啊哈！”格里高力·伊凡诺维奇说，“看起来，你们的事情已经谈定啦……”

读者一定会原谅我不再浪费笔墨来描写故事的结局了。

伊·彼·别尔金小说集到此为止。

①原文为法文。

上尉的女儿

第一章　近卫军中士

"他要是进近卫军，明天就是上尉。"
"那不应该；要让他到行伍中当当兵。"
"说得好！就让他受点儿折腾……
不过，他的父亲是什么人？"
——克尼亚什宁[①]

我父亲安得列·彼得罗维奇·格里尼约夫年轻时在米宁赫伯爵麾下服役，17**年以中校衔退伍。从那时起，他就在自己的辛比尔村住下来，在那里娶了当地一个穷贵族的女儿阿芙道济娅·瓦西里耶芙娜·Ю为妻。我们兄弟姐妹总共有九个。我所有的兄弟姐妹都在很小的时候就死了。

我还在娘胎里的时候，就承蒙我家近亲近卫军少校Б公爵的关照，被编入谢苗诺夫团，成为一名中士。万一不幸母亲生下一

①克尼亚什宁(1742—1791)，俄国戏剧家。上文引自他的喜剧《牛皮大王》。

个女儿，那父亲只要到有关的部门去说明一下这个不曾出现的中士已死，也就行了。我算是休假，直到学业期满。那时候我们受教育和现在不同。从五岁起，就把我交给了马夫萨维里奇，因为他不喝酒，就让他照管我。在他的照管下，我十二岁学会读书识字，并且能准确地判断狗的特性。就在这时候，父亲给我雇了一个法国人鲍普勒先生，他是跟我们从莫斯科订购的一年食用的葡萄酒和橄榄油一道来的。他一来，萨维里奇很不高兴。“感谢上帝，这孩子梳洗吃饭都有人照应得好好的了，”他嘀咕说，“干吗乱花钱雇一个外国佬，好像自家人都不行了！”

鲍普勒在他们国内是个理发师，后来在普鲁士当过兵，然后就到俄国来当教师[①]，虽然他还不怎么明白当教师是怎样一回事儿。他是一个大好人，但是却非常轻浮放荡。他的最大毛病是迷恋女色；常常因为多情被人家赶走，因此整日唉声叹气。此外，他也（照他的说法）不和酒瓶作对，也就是（照俄国人的说法）喜欢多喝几杯。但是因为在我家午餐时才上葡萄酒，而且每人只给一小杯，斟酒时还常常把教师漏掉，这样一来，我那位鲍普勒很快就习惯了俄国的果子酒，甚至认为这比他们法国的葡萄酒好，对于胃更是好得不得了。我们很快就要好起来。虽然按照合同他应该教我法语、德语和各门功课，可是他觉得还不如匆匆跟我胡乱学几句俄语，然后就各干各的事情。我们过得亲亲热热的。我再不希望有别的老师了。可是不久命运就把我们拆散了，是因为这样一回事儿：

麻脸的胖洗衣女仆帕拉什卡和独眼的挤奶女仆阿库利卡有

---

①原文为法文。

一天约好了同时跪倒在我母亲面前，一面责怪自己经不住诱惑，一面哭诉法国先生利用她们年轻无知勾引她们。母亲很看重这事儿，就告诉了父亲。父亲立即查处。他当即吩咐把法国流氓叫来。仆人报告说，法国先生在给我上课。父亲就朝我房里走来。这时鲍普勒正在床上呼呼大睡。我正在忙活着。应当交代一件事：家里从莫斯科给我买来了一张地图。地图挂在墙上，一点用处也没有。这地图纸又大又好，我早就看中了。我打定主意用这地图做个风筝，就趁鲍普勒睡觉的机会动手了。父亲进门的时候，我正在把一条韧皮尾巴往好望角上安。父亲一看到我做的地理功课，揪了揪我的耳朵，然后就朝鲍普勒奔去，很不客气地把他叫醒，劈头盖脸地大骂一通。鲍普勒慌乱中就想爬起来，却爬不起来；这个倒霉的法国人醉得跟死人一样了。这点那点，归结为一点。父亲抓住他的衣领，把他从床上拉起来，推出门外，当天就把他赶走了，这使萨维里奇说不出地高兴。我受的教育到此也就结束了。

我浑浑噩噩地过着，放放鸽子，和仆人的孩子们做做游戏。就这样我过了十六岁。这时我的命运发生了变化。

秋季里有一天，母亲在客厅里熬蜜果酱，我舔着嘴唇，望着沸腾的泡沫。父亲在窗前阅读他年年都收到的《皇家年鉴》。这本书总是对他有极大的影响：他从来不是平心静气地读，一读起来，就要大动肝火。母亲对他的秉性和习气了解得十分透彻，总是尽可能把这本倒霉的书藏得远远的，所以父亲有时一连几个月都见不到这本《皇家年鉴》。可是，他一旦找到了，就会一连几个钟头不放手。这一天，他就是在读《皇家年鉴》，不时地耸耸肩膀，还小声嘟哝着:“陆军中将哩!……当年他在我的连里还是一名中士呢!……还得了两颗俄罗斯勋章哩!……这才有多久呀……”终于父亲把年鉴扔到沙发上,沉思起来,这样的沉思不是什么好兆头。

忽然,他转身问母亲:“阿芙道济娅·瓦西里耶芙娜,彼得这孩子几岁啦?”

“哦,虚岁十七了,”母亲回答说,“彼得这孩子是在娜斯塔霞·盖拉西莫芙娜姑姑瞎了一只眼那年生的,那时候还……”

“好啦,”父亲打断她的话说,“该让他去当兵了。不能让他天天在丫头们房里钻来钻去,天天爬鸽子笼了。”

母亲一想到我很快就要离开她,吓愣了,她手里的勺子掉到锅子里,眼泪扑簌簌从脸上往下流。我却相反,说不出有多么高兴。我一想到当兵服役,立刻联想到的是自由自在,是彼得堡生活的快乐。我想象自己成了一名近卫军军官,在我心目中,这是人类幸福的顶峰。

父亲既不喜欢改变主意,也不喜欢拖着不办。我出门的日子一下子就定下来。在我动身的前一天,父亲说要写一封信让带给未来的长官,吩咐把笔和纸拿来。

“安得列·彼得罗维奇,”母亲说,“你别忘了,也替我向Б公爵问候,就说我希望他多多关照我家彼得。”

“你胡扯什么!”父亲皱着眉头回答说,“我干吗要给Б公爵写信?”

“你不是说要写信给彼得的长官吗?”

“是啊,那又怎么样?”

“彼得的长官就是Б公爵嘛。彼得本来就是登记在谢苗诺夫团里的呀。”

“登记是登记！我才不管他登记不登记哩！我家彼得不去彼得堡。在彼得堡服役，他能学到什么？只能学会挥霍和浪荡。休想！还是让他到行伍里去干干，吃点苦，闻闻火药味，去当当兵，而不是当二流子。在近卫军里登记过呢！他的证件在哪里？你拿给我看看！”

我的证件和我洗礼时穿的小褂一起放在她的小匣子里，母亲找出来，用打战的手递给父亲。父亲仔细看了看，放到面前的桌上，就写起信来。

我摸不清是怎么一回事儿，心里七上八下：要是不让我去彼得堡，又让我到哪里去呢？我目不转睛地注视着爸爸那支移动得相当慢的笔。终于他写完了，把信和证件装到一个信封里，摘下眼镜，把我叫到跟前，说：“你把这封信带给安得列·卡尔洛维奇·P，他是我的老同事和老朋友。你到奥伦堡去，就在他麾下当兵。”

就这样，我的一切憧憬全成了泡影！不是要到彼得堡去过快活日子，而是要到荒凉而遥远的地方去过枯燥乏味的生活。一分钟之前我还欢天喜地地想象着的服役，一下子成了无法忍受的灾难。但是，没有什么好争辩的。第二天早晨，一辆带篷的旅行马车来到台阶前；仆人把我的箱子和带茶具的食品箱子装上去，又装上一包包的白面包和馅饼，这是家里人溺爱的最后标志。父母亲给我祝了福。父亲对我说：“再见吧，彼得。你向谁宣誓，就竭诚为谁效力；要服从长官；不要逢迎讨好；遇事不强求，也不推诿；要记住一句老话：爱惜衣裳须趁新，爱惜名声须趁小。”母亲含着泪水一再叮咛我爱护自己的身体，叮嘱萨维里奇好好照应孩子。给我穿上兔皮袄，外面又穿上狐皮大衣。我流着眼泪和萨维里奇一起上了马车，就动身了。

我们当天夜里就来到辛比尔斯克，要在这里停留一昼夜，买一些必需的东西，这也是向萨维里奇交代过的。我在一家旅店里住下来。萨维里奇一早就出去买东西。从窗口看那条肮脏的小胡同看腻了，我就到各个房间里去走走。走进弹子房，我看到一位高高的先生，三十五岁光景，长长的黑胡子，穿着晨衣，手拿球杆，嘴里叼着烟斗。他在和记分员打台球，记分员赢了可以喝一杯伏特加，输了就得从球台下面爬过去。我看他们玩起来。越玩下去，记分员爬的次数越多，直到最后他在球台下面爬不动了才罢休。那位先生像致悼词似的说了几句挖苦话，就邀我和他一起打。我因为不会打，就谢绝了。看样子，他觉得这很奇怪。他看了看我，似乎流露出很可惜的意味；不过我们就聊了起来。我得知，他叫伊凡·伊凡诺维奇·祖林，是骠骑兵团的一名上尉，在辛比尔斯克招募新兵，住在这家旅店里。祖林请我和他一起吃顿饭，就像在军营里一样，有什么吃什么。我很痛快地答应了。我们就坐下来吃饭。祖林喝得很多，也劝我多喝，说是应该习惯军队生活。他给我讲了一些军队里的笑话，使我差点儿笑破肚皮。等我们离开饭桌的时候，已经成为好朋友了。这时他自动提出要教我打台球。“这在我们当兵的人来说，是必不可少的，”他说，“比如，你随军来到什么地方，有什么事儿好干呢？要知道，并不是天天有犹太佬可打。只能到旅店里去打打台球；因此，必须学会打台球!”我听信了这话,就很带劲儿地学了起来。祖林大声给我打气,对于我的飞快进步一再表示赞赏,而且在学着打了几局之后,他就提议和我赌钱,每次赌一个戈比,不是为了输赢,而是为了不空打,据他说,空打是最坏的习惯。我也同意了这一点。于是祖林就吩咐把潘趣酒拿来,劝我尝尝,并且一再地说,我应该习惯习惯军人生活;不喝潘趣酒,算什么军人！我也听从了他这话。同时我们一直在打着台球。我喝酒越多,胆子越大。我的球老是飞出界外;我发火,骂记分员,天知道他是怎样记分的,我下的赌注越来越大,一句话,我的所作所为就像一个没有了管束的孩子。而且时间不知不觉地过去。祖林看了看表,把球杆放下,就对我声明说,我输了一百卢布。这使我有些发慌。我的钱都在萨维里奇手里。我表示歉意。祖林打断我的话说:“得了吧！不过也不用着急。我倒是可以等一等,现在咱们就到阿林努什卡那儿去吧。”

有什么可说的呢？这天下午我像上午一样过得无拘无束。我们在阿林努什卡那儿吃的晚饭。祖林不住地给我斟酒,一再地说,应该习惯习惯军人生活。吃完了饭,我两腿站都站不住了;半夜里,祖林用车把我送回旅店。

萨维里奇在大门口迎住我们。他一看到我这种热心军务的明显特征,就啊呀了一声。“少爷,你这是怎么啦?”他用抱怨的语气说,“你这是在哪儿喝醉的？我的天呀！从来还没有过这种造孽的事呢!”“住嘴,老东西!”我结结巴巴地回答他说,“大概是你自己喝醉了,睡觉去吧……扶我到床上去。”

第二天我醒来,头很疼,模模糊糊回想起昨天的事情。萨维里奇端茶走进来，打断了我的思绪。“彼得·安得列伊奇，”他摇着头对我说，“你现在就过起花天酒地的日子，太早了。你像谁呀？你父亲、你祖父都不是酒徒；你母亲更不用说了：她除了克瓦斯，什么也不喝。这一切都怪谁？就怪那个该死的法国先生。他动不动就跑去找安季皮耶芙娜：‘太太，热乌普里，伏特加。’这就是你热乌普里！不用说，就是那个狗崽子教唆的好事。偏偏要雇一个异教徒来照料孩子，好像自己府上的人都不顶用了！”

我很不好意思，就扭过脸去，并且对他说：“你去吧，萨维里奇；我不要茶。”可是，萨维里奇一旦数落起来，就很难叫他停住。“你瞧，彼得·安得列伊奇，喝酒有什么好处。又头疼，又倒胃口。人一喝上酒，就什么事也干不成了……你就喝点儿搀蜂蜜的腌黄瓜汁儿吧，不过最好还是喝半杯露酒解解酒。好不好？”

就在这时候有一个男孩子走进来，交给我一张祖林写的便条。我打开便条，看到上面写的是：

亲爱的彼得·安得列伊奇，请将昨天你输给我的一百卢布交给我的小厮带回。我急需用钱。

随时听候吩咐的

伊凡·祖林

没有办法。我装出若无其事的样子，转身对萨维里奇，因为**他又照管我的钱财、衣物，又照管我的种种事务**[①]，吩咐他拿出一百卢布交给这小厮。“怎么啦！为什么呀？”萨维里奇吃惊地问

①这一句引自冯维辛的诗《给我的仆人舒米洛夫、凡尔和彼特鲁沙的信》。

道。“是我欠他的，”我尽可能冷淡地回答说。“你欠他的！”越发吃惊的萨维里奇顶撞说：“少爷，你什么时候借过他的债？这事儿有点不对头。你想怎样就怎样好啦，少爷，钱我可是不给。”

我心想，要是在这关键时刻拗不过这个倔老头子，那以后我就休想摆脱他的管束了，于是我高傲地看了他一眼，说：“我是你的主人，你是我的仆人。钱是我的。我输了钱，因为我高兴输。我劝你不要自作聪明，叫你怎么办，你就怎么办。”

萨维里奇听了我的话，十分吃惊，举起两手一拍，就站在那儿愣住了。“你站在那儿干什么？”我怒喝道。萨维里奇哭了起来。“彼得·安得列伊奇，我的爷呀，”他用打哆嗦的声音说，“不要让我伤心吧。我的好少爷呀！你就听我老头子的话：给那个强盗写个字条，就说你是闹着玩的，我们没有这么多闲钱。一百卢布呢！我的上帝呀！就说父母从来不准你赌博，除非赌赌核桃……”“别胡说了，”我厉声打断他的话说，“把钱拿来，不然我掐着脖子把你赶出去。”

萨维里奇带着十分痛心的神气看了我一眼，就去拿钱给我还债。我很替这可怜的老头子难过；但我想摆脱他的管束，证明我已经不是小孩子。欠祖林的钱付清了。萨维里奇赶紧带我离开这家倒霉的旅店。他走来告诉我，车马已经备好。我就带着良心有愧和无言的悔恨心情离开了辛比尔斯克，没有向我那位老师告别，也不想今后什么时候再和他见面。

第二章　领路人

异乡呀，异乡，
可爱的地方！
不是我自己来到这里，
也不是骏马送我来的：
是少年的胆量和朝气，
是酒店里的美酒，
将我带到遥远的异地。
——古歌

我一路上左思右想，很不愉快。我输的钱，按当时的价值来说，是不小的数目。我在心里不能不承认，我在辛比尔斯克旅店里的所作所为是愚蠢的，觉得自己很对不起萨维里奇。这一切都使我很难过。老头子闷闷不乐地坐在驭座上，背对着我，默默无语，只是偶尔干咳一两声。我很想同他和好，但不知从何说起。

终于我对他说："好啦，好啦，萨维里奇！算了，咱们和好吧，怪我不好；我看出来，是我不好。我昨天很不像话，不应该让你生气。我今后为人做事一定要通情理，一定要听你的话。好啦，别生气了；咱们和好吧。"

"唉，彼得·安得列伊奇，我的爷呀！"他深深地叹着气回答说，"我生气是气我自己；都怪我不好。我怎么能把你一个人丢在旅店里呀！这算什么？是我一时鬼迷心窍，要去看教堂执事的老婆，见见这位女教亲。结果就像常言说的：去看女教亲，就把监牢蹲。大祸，真是大祸！……我怎么有脸回去见老爷和夫人呀？他们要是听说孩子在外面喝酒赌钱，会怎么说呢？"

为了安慰可怜的萨维里奇，我向他发誓，今后不经他同意决不乱花一个戈比。他的心情渐渐平静下来，尽管偶尔地还摇着头嘟哝两句："一百卢布呀！还得了吗？"

我快要到达目的地了。四周围是辽阔的荒原，沟壑纵横，山峦交错。到处是冰雪。太阳就要落山了。我的马车顺着一条狭窄的小路，确切地说，是顺着庄稼人的雪橇留下的印子前进着。突然车夫朝一边注视起来，末了，摘下帽子，转过头来，对我说：

"少爷，你看，咱们是不是转回去？"

"为什么？"

"天气靠不住：起风了；你看，风把地上的雪都刮起来了。"

"这有什么不得了的！"

"你看那儿是什么？"车夫用鞭子指了指东方。

"我什么也没看见，只看到白茫茫的原野和晴朗的天空。"

"你看，你看，那儿有一小片云。"

我看到天边真的有一小片白云,乍一看我还以为那是远处的山峦。车夫对我解释说,那片白云预示暴风雪要来了。

我听说过这地方的暴风雪,知道暴风雪能够把一队队的大车埋掉。萨维里奇赞同车夫的意见,主张转回去。但我觉得这风不大;我希望在暴风雪到来之前赶到下一站,就吩咐把车赶快些。

车夫赶着车飞奔起来;但还是一直注视着东方。几匹马跑得很欢。这时候风越刮越大了。那片白云变成一片灰白色的阴云,沉甸甸地往上升,越来越大,渐渐把天空遮住。下起了小雪,一会儿就落起鹅毛大雪。风怒吼起来;暴风雪来了。霎时间黑沉沉的天空便和白茫茫的雪海混成一片。什么都看不见了。"哎呀,少爷,"车夫叫起来,"糟了:暴风雪来了!"

我从车窗里往外一看,只见天昏地暗,风雪狂舞。那风带着愤怒的腔调狂叫,好像是一头凶猛的野兽;我和萨维里奇身上盖了厚厚的一层雪;几匹马慢慢走着,不一会儿就站住不动了。"你怎么不赶着车走呀?"我焦急地问车夫。"怎么走呀?"车夫说着,从驭座上跳下来,"不知道往哪里走:没有路,又是一团漆黑。"我正要骂他,萨维里奇却替他说话了。"怪只怪你不听人劝,"他生气地说,"要是回到旅店里去,喝喝茶,好好地睡上一夜,暴风雪就过去了,咱们就可以继续赶路了。咱们急什么呀?又不是赶着去吃喜酒!"萨维里奇说得对。毫无办法。大雪一个劲儿地下着。马车旁边的雪越堆越高。几匹马都站着,耷拉着头,偶尔打几下哆嗦。车夫在周围走来走去,因为无事可干,不时调理调理皮套。萨维里奇嘟哝着;我朝四处打量着,希望能看到哪怕一点点人家或道路的痕迹,可是除了黑乎乎的旋转飞舞的暴风雪,什么也看不见……忽然我看到一个黑黑的东西。“喂，赶车的！”我叫起来，“你看：那儿有一个黑黑的东西是什么？”车夫凝神看了看。“少爷，天知道那是什么东西，”他说着，坐到自己的位子上，“车不像车，树不像树，好像还在动呢。看样子，要么是一只狼，要么是一个人。”

我吩咐把车朝那个不明的东西赶去，那东西立即也朝我们这儿移动了。过了两分钟，一个人就来到我们跟前。

“喂，大哥！”车夫对那人叫道，“请问，你可知道，路在哪儿？”

“路就在这儿；我站的就是硬实的地方，”那个行路人回答说，“可这有什么用？”

“你听我说，老乡，”我对他说，“这地方你熟悉吗？你能不能带我去找个住宿的地方？”

“这地方我熟悉，”行路人回答说，“好在这地方横的竖的远远近近我都走遍了。不过，你看，这是什么天气呀：很容易迷路的。最好还是在这儿等一等，也许风雪会停下来，天会放晴，那时候我们就可以看看天上的星星找到路了。”

他的冷静使我提起了精神。我已经决定听天由命，就在荒野里过夜了，行路人却一下子很敏捷地爬上驭座，对车夫说：“好啦，谢天谢地，不远处有人家；往右拐，走吧。”

“为什么要朝右边走？”车夫不高兴地问道，“你看到哪儿有路？马不是你的，皮套也不是你的，拼命赶吧，使坏了你不心疼，是吗？”我觉得车夫的话有道理。“真的，”我说，“你怎么知道不远处有人家呢？”“因为风是从那边吹来的，”行路人回答说，“我闻到有烟味儿；可见不远处有村子。”他的机智和灵敏使我吃惊。我叫车夫赶车走。几匹马在很深的雪里吃力地走着。马车慢慢移动着，一会儿钻进雪堆，一会儿陷进冲沟，一会儿向左倒，一会儿朝右歪。这很像一条船在波涛汹涌的大海上航行。萨维里奇唉声叹气，他的身子不时撞在我身上。我放下车篷，裹紧大衣，风雪的啸声和缓缓行进的马车的颠簸，使我昏昏欲睡，我打起盹来。

我做了一个梦，这个梦是我永远忘不了的，而且直到现在，每当我把一生中的奇遇和这个梦联系起来思索的时候，就觉得这个梦是一种预兆。读者一定会原谅我，因为读者凭切身体验想必会知道，一个人不管多么蔑视迷信，总是很容易陷于迷信的。

我当时的感觉和心情处于这样一种状态：现实渐渐让位于幻想，在迷迷糊糊的初睡时的梦幻中，现实与幻想交织在一起。我觉得，暴风雪还在逞凶，我们在风雪狂啸的荒野里仍然走投无路……忽然我看到了大门，我们的马车进入我家庄园的宅院。我的第一个念头就是担心父亲会因为我无意中返回家园大发雷霆，以为我是有意违抗父命。我忐忑不安地跳下马车，就看到妈妈带着悲痛欲绝的神情在台阶上迎接我。“轻点儿，”她对我说，“父亲病得要死了，他想最后见你一面。”我吓慌了，就跟着她朝卧室里走去。我看到房里灯光幽暗；站在床前的人都哭丧着脸。我轻轻走到床前；妈妈撩了撩帐子，说：“安得列·彼得罗维奇，彼得鲁沙来了；他是听说你生病回来的；你给他祝福吧。”我跪下来，凝神去看病人。究竟怎么啦？……我看到床上躺着的并不是我的父亲，而是一个黑胡子庄稼汉，那汉子快快活活地瞧着我。我大惑不解地朝妈妈转过头去，对她说：“这是怎么一回事儿呀？这不是我爹。我干吗要请一个庄稼汉为我祝福？”“反正都一样，彼得鲁沙，”妈妈回答我说，“这是男主婚人；你吻他的手，让他为你祝福吧……”我不肯。于是那汉子从床上跳起来，从背后抓起一把斧头，挥舞起来。我想跑……却跑不掉。房里堆满了死尸；我在死尸堆里跌跌撞撞，在血泊中滑来滑去……那个可怕的大汉亲热地呼唤着我，对我说：“不要怕，过来，让我为你祝福……”我又害怕，又困惑不解……就在这时候，我醒了；马车停住了；萨维里奇扯了扯我的手，说：“下车吧，少爷，到了。”

“来到哪儿了？”我揉着眼睛问。

“来到客栈了。上帝保佑，我们的车抵到围墙了。下车吧，少爷，快点儿去暖和暖和吧。”

我下了车。暴风雪还没有停，虽然不那么猛烈了。天黑得伸手不见五指。店主在大门口门帘下提着灯笼迎接我们，把我们带进一间狭小、然而很干净的客房；房里点着松明。墙上挂着一杆枪和一顶高高的哥萨克帽。

店主是亚伊克河流域的哥萨克，看样子像个六十岁上下的庄稼汉，精力还很充沛。萨维里奇提着食品箱子跟我走进来，要店家升火烧茶，我从来没有现在这样想喝茶。店主张罗去了。

“那个领路人在哪儿？”我问萨维里奇。

“在这儿，先生，”上面有一个声音回答我。我抬头朝高板床上一看，就看到一把黑黑的大胡子和两只亮闪闪的眼睛。“怎么样，大哥，冻坏了吧？”“只穿一件破褂子，怎么会不冻坏呀？本来有一件皮袄，说来不怕见笑，昨天押给酒店老板了，我以为天不会怎么冷呢。”这时候店主端着烧滚的茶炊走了进来。我就请领路人也来喝杯茶。那汉子便从高板床上爬了下来。我觉得这人仪表不俗：他有四十岁上下，中等身材，瘦瘦的，肩膀宽宽的。他的黑胡子当中有少许已经灰白；灵活的大眼睛不停地转动着。他的脸上有一种非常愉快、然而狡黠的表情。他的头发剪成一个圆圈，身穿一件破旧的褂子和一条鞑靼式灯笼裤。我端给他一杯茶；他尝了一口，便皱起眉头："先生，您就行行好，叫人给我来杯酒吧；茶不是我们哥萨克喝的东西。"我高高兴兴地满足了他的心意。店主从酒柜里拿出一瓶酒和一个杯子，走到他跟前，瞧着他的脸，说："哎呀，你又到我们这地方来啦！是什么风把你吹来的？"我的领路人意味深长地眏眏眼睛，用一句谚语回答说："鸟儿飞到菜园里，把大麻啄；老婆子拿石头打，没打着。噢，你们怎么样？"

"我们会怎么样呢！"店主也用隐语回答，"本想撞晚祷的钟，神父娘子不答应；神父做客去，小鬼在坟地。"

"算了吧，大叔，"我的领路人反驳说，"天下雨，就会有蘑菇；有蘑菇，就会有篮子。可是现在（这时他又眏眏眼睛）把斧子藏到背后吧：管林人来了。先生！为您的健康干一杯！"他说着，端起酒杯，画了一个十字，便一饮而尽。然后，他向我鞠了一个躬，又回到高板床上。

那时候我一点也不理解他们这番黑话谈的是什么；但后来我猜到他们谈的是在1772年叛乱之后当时刚刚遭到镇压的哥萨克大军的事。萨维里奇很不满意地听着。他带着怀疑的神气一会儿看看店主，一会儿看看领路人。这家客栈，或者按当地的说法，这家车店，设在这样的草原荒野上，远离一切村庄，太像强盗窝了。但是毫无办法。继续赶路那是连想也休想的。我看到萨维里奇惶惶不安，倒是觉得很开心。这时我已准备就寝，在板床上躺了下来。萨维里奇拿定主意就睡在炕上;店主睡在地板上。不一会儿,屋子里的人都打起鼾来,我也睡得像个死人一样了。

第二天早晨,我很迟才醒来,看到暴风雪已经停息了。太阳出来了。一望无际的原野上铺了白得耀眼的一层雪。马已经套好了。我和店主结了账,收的房金很公道,就连萨维里奇也没有和他争执,没有像往常一样讨价还价,他昨天的怀疑也消失得一干二净。我把领路人叫过来,感谢他的帮忙,吩咐萨维里奇给他半卢布酒钱。萨维里奇皱起眉头。"半卢布酒钱!"他说,"为什么?就为了你用车把他带到客栈来?随你的便吧,少爷:反正咱们没有那么多闲钱。见到什么人都要给酒钱,那咱们自己很快就要饿肚子。"我不能跟萨维里奇争执了。我已经答应过,钱由他掌握。然而我还是感到十分遗憾,因为不能对这个人表示一点谢意,即使不说这个人把我从灾难中解救出来,至少也是帮我摆脱了很不愉快的困境。"那好吧,"我冷冷地说,"你既然不肯给半个卢布,那就把我的衣服随便拿一件给他。他穿得太单薄了。就把我的兔皮袄给他吧。"

"得了吧,我的爷彼得·安得列伊奇呀!"萨维里奇说,"干吗要把你的兔皮袄给他呀?这狗东西一到酒店就会换酒喝掉。"

"老头子,我会不会换酒喝掉,这不是你操心的事,"我的领路人说,"少爷要把他的皮袄赏给我,这是他少爷的心意,你当奴才的只能遵命,没什么好争辩的。"

"强盗,你不怕上帝了!"萨维里奇气呼呼地回答他说,"你看到这孩子还不懂事,就巴不得把他的东西抢光,因为他天真无知嘛。你要少爷的皮袄干什么?你那强盗肩膀那样宽,这皮袄连套都套不上。”

“请你不要自作聪明，”我对我的老仆说，“快把皮袄拿来。”

“我的上帝呀!”萨维里奇难受地叫道，“兔皮袄差不多还是崭新的呀！给别的什么人倒也罢了，偏偏给这个穷光蛋酒鬼!”

不过兔皮袄还是拿来了。那汉子立刻就试穿起来。我穿着都有点儿紧的这件皮袄，他穿起来当然显得窄小。然而他动了动脑筋，把衣缝撕开，就把皮袄穿上了。萨维里奇听到衣缝撕裂的声音，差点儿没叫起来。那汉子得到我赠的皮袄，分外高兴。他把我送上车之后，深深地鞠了一躬，说：“谢谢少爷！愿上帝报答您的好心。我一辈子也忘不了您的恩情。”他走了，我也继续赶路，没有理会萨维里奇的懊恼，而且很快就忘记了昨天的暴风雪、我的领路人和兔皮袄。

到了奥伦堡，我径自去见将军。我看到的是一个身材高大、但是已经老得有点儿驼背的男子。他的长头发完全白了。他那褪色的旧军服使人想起女皇安娜·伊凡诺芙娜时代的军人，他说话带有很重的德国口音。我把父亲的信交给他。他听到父亲的名字，很快地看了我一眼，说：“我的上帝呀！才过了多久呀，安得列·彼得罗维奇还像你这么大呢，可是你瞧，他已经有这样的好小子了！哎呀，时间过得真快，真快呀!”他拆开信，小声念起来，不时加一两句评论。“‘尊敬的安得列·卡尔洛维奇，我想，阁下……’干吗这样客气呀？唉，怎么好意思来这一套！当然，纪律是要紧的，不过给老朋友写信何必这样？……‘阁下不会忘记……’哦……‘当年……已故的元帅米宁……行军……还有……卡罗林卡……’哎呀，伙计！他还记得我们当年那些调皮捣蛋的事儿哩！‘现在谈谈正事儿……把我的不肖儿子送到麾下……’哦……‘要把他套在刺猬皮手套里……’刺猬皮手套是怎么一回事儿？想必这是俄国的成语……‘套在刺猬皮手套里’是什么意思？”他向我问道。

“这意思就是说，”我尽量装出天真的神气回答说，“要亲热相待，不要太严厉，给予更多的自由，套在刺猬皮手套里。”

“哦，我懂了……‘对他不能放纵……’不对，看样子，刺猬皮手套不是这个意思……‘附上……他的证件……’证件在哪儿？哦，在这儿……‘调入谢苗诺夫团……’好的，好的：一切照办……‘允许我不拘上下……以老同事和老朋友的身份拥抱你。’啊!这才对了……好了，伙计，”他念完信，把我的证件放到一边，说，“一切都会照办：把你调到某某团去当军官，为了不耽误时间，明天你就去白山要塞，到米罗诺夫上尉麾下，他是一个善良而正直的人。你到那儿要好好地干，学会遵守纪律。你在奥伦堡无事可干。年轻人太闲散没有好处。不过今天我请你赏光，在我这儿吃饭。”

“真是越来越够受了！”我心里想道，“说起来我在娘胎里就是近卫军中士，可是这顶什么用呀！这是把我送到什么地方去呀？调到某某团，到荒凉的要塞里，到吉尔吉斯-卡依萨克草原的边境上呀！……”我在安得列·卡尔洛维奇那里，连同他的老副官三人共进了午餐。德国人那种严格的节俭精神充分体现在他的餐桌上，而且我想，他急着把我送到边防军去的部分原因，是怕在他那单身汉的餐桌旁有时会看到我这个多余的客人。第二天，我就辞别了将军，到我的驻地去。

第三章　要塞

我们住碉堡，
喝水吃面包；
假如有敌人
要来吃肉包，
我们迎来客，
炮弹管吃饱。
——士兵的歌

过时的人们，我的爷呀。
——《纨绔子弟》

白山要塞离奥伦堡有四十俄里。道路顺着雅伊河陡峭的河岸向前延伸。河面还没有结冰，那铅灰色的河水，夹在单调的、白雪皑皑的两岸当中，显得黑郁郁的。河岸两边是广阔无垠的吉尔吉斯草原。我想起心事，多半是伤心事。驻防生活对我没有多大吸引力。我竭力想象我未来的上司米罗诺夫的模样，把他想象成一个严厉而暴躁的老头子，除了军务，什么也不知道，为一点小事就会把我关禁闭，只给我吃面包和喝水。这时，天已经开始黑了。我们的马车跑得很快。“离要塞还很远吗？”我问车夫。“不远，”他回答，“那不是，已经看得见了。”我四处张望，以为能看到森严的碉堡、塔楼和高墙，然而除了一个围了木栅栏的小村子，什么也看不见。那村子的一边是三四垛被雪埋了一半的干草，另一边是一座歪歪斜斜的磨坊，那树皮做的翼片懒洋洋地耷拉着。“要塞在哪儿？”我诧异地问。“这就是，”车夫指着小村子回答说，就在说这话的工夫，我们的马车进了村子。在寨门口，我看到一尊旧的生铁大炮；街道又狭窄又弯曲；房屋都很矮，大部分是麦秸盖顶。我吩咐车夫把马车赶到要塞司令那里去，不一会儿，马车就停在一座木板房前，木板房建在高地上，近旁有一座教堂，也是木结构的。

没有人迎接我。我走进过道，推开前室的门。一名残废老兵坐在桌上，正在绿军装的袖肘上打一块蓝色补丁。我叫他去通报。“进去吧，伙计，”残废兵回答说，“我们的人都在家。”我走进一个小房间，房里干干净净，陈设是旧式的。屋角有一架食品橱，墙上挂着嵌在玻璃框里的军官委任状；旁边贴着几张通俗画，画的是攻克基斯特林和奥恰科夫，还有选妻和葬猫。窗前坐着一个穿坎肩、裹头巾的老太婆。老太婆在捯线，一个穿军官服的独眼小老头用两手把线撑着。“您有什么事，伙计？”她一边捯线，一边问。我回答说，我是来当兵，向上尉先生报到的。我还以为独眼老头就是要塞司令，正要把这话对他说一遍，可是老太婆打断了我重复的话。“伊凡·库兹米奇不在家，”她说，“他到盖拉西姆家做客去了;不过反正一样,先生,我是他的太太。以后请多多关照。请坐吧,先生。”她唤来使女,叫她把下士找来。那老头用他的独眼好奇地望着我。“请问,”他说,“您是哪一团的?”我满足了他的好奇心。“请问,”他继续问道,“您为什么从近卫军调到边防军来?”我回答,这是上级的意思。“大概因为行为不检点,败坏近卫军军官风纪吧?”老头子又絮絮不休地问。“别胡扯了,”上尉夫人对他说,“你看,年轻人路途劳累了;他没心思跟你闲扯……把手撑直些……你,先生,”她转身对我继续说,“把你送到我们这荒凉地方来,你别难过。你不是第一个,也不是最后一个。住惯了,就好了。什瓦布林·阿列克赛·伊凡内奇因为杀人调到我们这儿,已经有四年多了。天知道,他怎么会造这种孽;有一次,他跟一位中尉骑马到城外去,而且都带了长剑,就这么斗起来。阿列克赛·伊凡内奇把中尉刺死了,还有两位证人在场呢!你说有什么办法呀?人造孽是不难的。”

这时走进来一名下士,是一个年轻的、身材匀称的哥萨克。“马克西梅奇,”上尉夫人对他说,“给这位军官先生找个住处,要干净些的。”“是,瓦西丽莎·叶戈罗芙娜,”下士回答说,“是不是让这位先生住到伊凡·波列扎耶夫那儿?”“胡扯,马克西梅奇,”上尉夫人说,“波列扎耶夫那儿已经够挤的了;他可是我的教亲,他不会忘记我们是他的上司。你带这位军官先生……您这位先生,您的大名?哦,彼得·安得列伊奇吗?……你把彼得·安得列伊奇带到谢苗·库佐夫那里去。他这浑蛋,竟把马放到我的菜园里。哦,怎么样,马克西梅奇,一切都平安无事吗?”

“谢天谢地,一切都好好儿的,”那哥萨克回答说,“只不过普罗霍罗夫伍长在澡堂里为了一盆热水和乌斯季尼雅·涅古莉娜打了一架。”

“伊凡·伊格纳季奇！”上尉夫人对独眼老头说，“你去问问普罗霍罗夫和乌斯季尼雅的事，看谁对谁不对。噢，就把两个人都处罚一下吧。哦，马克西梅奇，你去吧。彼得·安得列伊奇，马克西梅奇送您到住处去。”

我鞠躬告辞。下士把我领进一座小房子。小房子在高高的河岸上，在要塞的尽边上。小房子的一半住着谢苗·库佐夫一家，另一半划给我住。这一半只是一个房间，相当干净，而且用板壁隔成两半。萨维里奇就在里面忙活起来；我便从小小的窗户向外眺望。展现在我面前的是一片荒凉的草原。斜对面有几座小屋，街上有几只母鸡走来走去。一个老太婆端着一个木盆站在台阶上唤猪，那些猪亲热地呜噜呜噜叫着回答她。这不是，我命中注定要在这样的地方度我的青春了！我难过起来，就离开窗子，躺下睡了，连晚饭也没有吃，尽管萨维里奇一再劝我吃，一遍又一遍难受地念叨着：“上帝呀！他什么也不吃！万一这孩子把身子弄坏了，夫人要怎么说呀？”

第二天早晨，我刚刚开始穿衣服，房门就开了，一个身材不高、脸色黝黑、长相很不好看然而特别有生气的青年军官走进我房里来。“对不起，”他用法语对我说，“我冒昧前来跟您结识。昨天我听说您来了；我觉得终于又可以见到人的面孔了，因此巴不得要见一见。您只要在这里住上一些时候，就会理解这种心情的。”我猜想，这就是因为决斗而被开除的那位近卫军军官了。我们当即互通了姓名。什瓦布林一点也不蠢。他说话又尖刻又有趣。他很风趣地对我描绘了司令的一家、他交往的一些人和我流落的地方的情形。我正开心地笑着,那个在前室里缝补军装的残废老兵就来到我房里,说瓦西丽莎·叶戈罗芙娜请我去吃饭。什瓦布林表示要和我一起去。

我们来到司令家门前,就看到场地上有二十来个扎着长辫子、头戴三角帽的残废老兵。他们排成队站着。前面站着司令,是一个很有精神的老头子,个头儿高高的,头戴圆帽,身穿长袍。一看见我们,便走到我们跟前,对我说了几句很亲切的话,就又去指挥操练。我们本想站在那里看操练,但他叫我们到瓦西丽莎·叶戈罗芙娜那里去,说他随后就来。“你们在这里没有什么好看的。”他补充说。

瓦西丽莎·叶戈罗芙娜待我们又随便又亲热,就像是多年的故交。那个残废老兵和巴拉什卡在端菜上酒。“今天我那伊凡·库兹米奇操练起来怎么没有完啦!”司令夫人说,“巴拉什卡,去叫老爷吃饭。哦,玛莎在哪儿?”这时走进一个十七八岁的姑娘,脸圆圆的,红红的,淡黄色头发梳得光溜溜的,梳到羞得通红的耳朵后面。刚见面,我并不怎么喜欢她。我是带着成见看她的,因为什瓦布林对我描绘过上尉的女儿玛莎,把她说成是一个十足的傻姑娘。玛莎小姐在角落里坐下来,做起她的针线活儿。这时菜汤端上来了。瓦西丽莎·叶戈罗芙娜见丈夫没有回来,第二次派巴拉什卡去请他。“你告诉老爷:客人等着呢,汤也要凉了;谢天谢地,要操练有的是时间,想吆喝以后还来得及。”不一会儿,上尉由那个独眼老头子陪伴着走了进来。“你怎么啦,我的老爷子呀?”夫人对他说,“酒菜老早就上齐了,可你就是不来。”“夫人,你要知道，”伊凡·库兹米奇回答说，“我是忙于军务：在训练士兵呢。”“哼，算了吧！”上尉夫人反驳说，“训练士兵，不过说说好听：他们训练不出什么名堂，你也没本事训练。还是老老实实坐在家里祷告祷告上帝，这样倒好些。尊敬的客人们，请入席吧。”

我们就坐下来吃饭。瓦西丽莎·叶戈罗芙娜不住嘴地说着话儿，向我问了一连串的问题：我的父母是什么人，是不是健在，住在哪里，有多大家产？她听说我爹有三百农奴，就说：“真不得了！世上有这样富的人！可我们，我的天呀，总共只有一个使女巴拉什卡。不过，感谢上帝，我们的日子凑凑合合还能过。只有一件操心事，那就是玛莎。这姑娘已经到了出嫁的年纪，可是哪儿有嫁妆呀？一把篦子，一把桦笤帚，再就是三戈比小钱（上帝可怜可怜吧！），到澡堂洗把澡倒是行了。要是能找到个好人，那是福气；要不然只能坐在家里做一辈子老姑娘了。”我看了看玛莎小姐；她的脸完全红了，甚至泪水都滴到她的碟子上。我怜惜起她来，便急忙改变话题。“我听说，”我不管是不是地方，打岔说，“巴什基尔人要来攻打我们的要塞了。”“伙计，你这是听谁说的？”伊凡·库兹米奇问道。“在奥伦堡有人对我这样说的，”我回答说。“胡说！”伊凡·库兹米奇说，“我们很久没听说过什么了。巴什基尔人是惊弓之鸟，吉尔吉斯人挨打也挨够了。他们未必敢来冒犯；要是他们敢来，那我狠狠教训他们一顿，叫他们十年不敢动弹。”“您在要塞里，在枪林弹雨中，不害怕吗？”我问上尉夫人。“习惯了就行了，先生，”她回答说，“二十多年前，我们刚从团里调到这里的时候，那可不得了，我多么害怕那些该死的异教徒呀！那时候，我一看见山猫皮帽子，一听见他们的尖叫声，我的爷呀，你信不信，我真要吓死了！可是现在我习惯了，就是有人来报告说暴徒在要塞周围跑来跑去，我连动也不动。”

“瓦西丽莎·叶戈罗芙娜是一位异常勇敢的夫人，”什瓦布林一本正经地说，“这一点，伊凡·库兹米奇可以证明。”

“是的，”伊凡·库兹米奇说，“可以说，她不是胆小的娘儿们。”

“玛莎小姐呢？”我问，“也像您一样大胆吗？”

“玛莎的胆量吗？”她母亲回答说，“玛莎的胆子才小哩。到现在还听不得枪声，一听到枪声就浑身发抖。两年前伊凡·库兹米奇心血来潮，放大炮给我庆贺命名日，差点儿把我的宝贝吓死。从那时候起，就不放该死的大炮了。”

我们吃完饭，离开餐桌。上尉和夫人去睡了；我就到什瓦布林那里去，和他一起度过一个晚上。

第四章　决斗

“请吧，快摆好架势，
看我宝剑取你！”
——克尼亚日宁[①]

过了几个礼拜以后，我就觉得我在白山要塞的生活不仅是可以过的，而且是愉快的了。司令一家待我如家人。司令夫妇都是令人敬佩的人。伊凡·库兹米奇是士兵子弟出身的军官，是一个没有文化的普通人，然而非常正直和善良。妻子处处管着他，这正适合他那无忧无虑的天性。瓦西丽莎·叶戈罗芙娜把军务也看做家务，把要塞管理得像自己家里一样井井有条。没过多久，玛莎小姐见到我也不腼腆了。我们彼此熟识了。我看出她是一个懂道理、重感情的姑娘。我不知不觉爱上这善良的一家，甚至也爱上那个独眼的驻防军中尉伊凡·伊格纳季奇，什瓦布林胡说他

①引自俄国剧作家、诗人克尼亚日宁（1742？—1791）的诗《怪人》。

和上尉夫人有不正当关系,那是连影子也没有的事;什瓦布林却不管这一套。

我提升为军官。我也不觉得军务繁重。在平安无事的要塞里,没有人视察,不必训练,也不必站岗放哨。司令有时高兴起来就操练一下士兵;然而至今还不能使他们分清哪边是右,哪边是左,虽然有很多士兵为了不弄错,在每次转身之前都要在自己身上画十字。什瓦布林有几本法文书。我便读起书来,并且对文学发生了兴趣。每天早晨我都读书,练习翻译,有时还写写诗。午饭几乎都是在司令家里吃,每天其余的时间一般也都是在他家里度过,盖拉辛神父和他的太太阿库里娜·潘菲洛芙娜晚上有时也到司令家里来;神父太太在附近一带是第一号消息灵通人士。当然,我每天也都和什瓦布林见面;但是他的话越来越使我不感兴趣。他老是取笑司令一家,我很不喜欢听这些话,尤其是讽刺挖苦玛莎小姐的话。在要塞里没有别的交往,而且我也不希望再有什么别的交往了。

尽管有种种流言,巴什基尔人并没有暴乱。我们要塞周围一直平安无事。然而这种太平气氛一下子就被突然发生的内讧打破了。

我已经说过,我学习起文学。我的习作在当时来说,是很不错的,几年之后,亚历山大·彼得罗维奇·苏马罗科夫见了甚是称赞。有一天,我写了一首小诗,自己感到很满意。大家都知道,诗作者有时会借口征求意见,朗读自己的诗作给别人听,希望得到赏识。所以,我抄好小诗,就拿了去找什瓦布林,因为在我们的要塞里只有他能够评价诗歌作品。我简短地说明来意之后,便从口

袋里掏出小本子,对他朗读了下面一首小诗:

撕扯心中缕缕情思,
竭力想把美人儿忘记,
啊,为了不做爱情的俘虏,
想方设法把玛莎躲避!
然而那双令我陶醉的眼睛,
时时刻刻在我眼前闪动,
扰乱了我的心灵,
使我的心不得安宁。

当你知道我命运不济,
眼见我迷恋着你,
为你憔悴,为你戚戚,
玛莎呀,你要将我怜惜。

“你以为怎样?”我问什瓦布林,以为准会得到他的称赞,那是我应得的回报。然而,使我懊恼的是,一向十分客气的什瓦布林竟很不客气地说,我的诗不好。

“为什么不好?”我掩盖着自己的懊恼,问他道。

“因为,”他回答说,“这样的诗只有我中学的老师瓦西里·基里雷奇·特列佳科夫斯基会说好,我觉得这很像他那些爱情小调。”

于是他把我的小本子拿过去,很不客气地对每一行、每一个字挑剔起来,用最尖刻的字眼儿挖苦我。我再也忍不住,就从他手里夺回我的小本子,并且说,从今以后再也不让他看我的作品了。什瓦布林听到我这种发狠的话也冷冷地笑了笑。“咱们等着瞧吧,”他说,“看你说话算不算数:写诗就是要念给别人听的,就像伊凡·库兹米奇饭前要喝酒一样。哦,你向她表白爱情,倾诉相思之苦的玛莎是哪一个呀? 是不是就是玛莎小姐?”

“这不关你的事,”我皱着眉头回答说,“不管这个玛莎是谁。用不着你说长道短,也用不着你猜测。”

“哎哟! 真是一个爱面子和怕羞的情人!”什瓦布林继续说下去,而且越来越带有明显的刺激意味了。“不过请你听听我的忠告:你要是想成功的话,我劝你不要拿小诗去求爱。”

“先生,这是什么意思? 请你把话说明白。”

“愿意奉告。这意思就是,你要是想让玛莎小姐晚上来跟你相会,那你不必送情诗,还是送她一对耳环。”

我的血沸腾起来。

“你为什么这样看她?”我好不容易压制着怒火问道。

“因为,”他阴险地冷笑着回答说,“我根据经验了解她的脾性和习气。”

“你胡说,浑蛋!”我狂怒地叫起来,“你简直是胡说八道!”

什瓦布林变了脸。

“这事不能就这样算了,”他抓住我的手说,“您得跟我决斗。”

“好的;随时可以奉陪!”我十分高兴地回答说。此时此刻我恨不得把他撕碎。

我立刻去找伊凡·伊格纳季奇,看到他手里拿着针。是司令夫人要他用线把蘑菇串起来,晒干了过冬。“哦,彼得·安得列伊奇！”他一看到我，就说道，“欢迎，欢迎！是什么风把您吹来了？请问，有何贵干？”我简单地对他说了说我和什瓦布林争吵的事，说我是来请他伊凡·伊格纳季奇当我的决斗证人的。伊凡·伊格纳季奇瞪大了他的独眼看着我，仔细听完了我的话。“您是不是说，”他对我说，“您要杀死阿列克赛·伊凡内奇，并且希望我在场当证人？是这样吗？请问。”

“正是这样。”

“行行好吧，彼得·安得列伊奇！您这是想干什么呀！您和阿列克赛·伊凡内奇吵架了？那有什么呀？骂人的话，不必当真。他骂您两句，您还他两句；他打您嘴巴，您就打他耳光，两下，三下，——就各走各的路；然后我们来帮你们和解。要不然，请问，杀死自家人，这可是好事？要是您杀了他，倒也罢了；愿上帝保佑他阿列克赛·伊凡内奇；我也不喜欢他。可是，他要是在您身上穿个窟窿呢？那可像什么呀？请问，到底谁吃亏呀？”

尽管中尉说得很有道理，可是我没有动摇。我主意已定，决不改变。“那就请便，”伊凡·伊格纳季奇说，“您想怎样就怎样吧。可是我干吗要去当证人？何苦呢？请问，打架斗殴，这算什么稀罕事儿？谢天谢地，我跟瑞典人、土耳其人都打过仗：什么场面都看够了。”

我好歹对他解释了一下证人的职责，可是伊凡·伊格纳季奇怎么也不明白。“随您怎样吧，”他说，“如果您真要我参与这事儿的话，那只有去见见伊凡·库兹米奇，并且依照军规向他报告，说在要塞里有人图谋不轨，准备行凶杀人，司令先生是不是可以采取应有的措施……”

我害怕了，就要求伊凡·伊格纳季奇什么也不对司令说；好不容易把他说服了；他答应不去说，我也下决心避开他了。

这天晚上我像往常一样在司令家里度过。我尽量装得很快活、很平静，免得引起什么怀疑，避免一些讨厌的盘问。可是，说实话，虽然几乎所有处在我这种境况的人都要炫耀自己的冷静，我却没有那样冷静。这天晚上我格外动情。玛莎小姐比往常更使我喜欢。我一想到也许这是最后一次看到她，就觉得她有一种销魂的魅力。什瓦布林也在这儿。我把他拉到一边，把我和伊凡·伊格纳季奇交谈的情况对他说了说。"咱们干吗要证人，"他冷冷地对我说，"没有证人也行。"我们约定在要塞旁边的干草垛后面决斗，第二天早上七点钟之前就到那里去。从表面上看，我们谈得十分投机，因此伊凡·伊格纳季奇高兴得说走了嘴。"早就该这样了，"他非常高兴地对我说，"好斗不如歹和，不争面子，只求平安。"

"什么，什么，伊凡·伊格纳季奇？"在角落里用纸牌算卦的司令夫人问道，"我没有听明白。"

伊凡·伊格纳季奇发现我有不满的神色，就想起了自己的诺言，为难起来，不知该如何回答。什瓦布林连忙给他解围。

"伊凡·伊格纳季奇是说，我们和解为好，"他说。

"我的爷呀，你这是跟谁争吵了？"

"我跟彼得·安得列伊奇争吵过，本来争吵得很厉害。"

"为什么事争吵呀？"

"为一件微不足道的小事：为一首短歌，瓦西丽莎·叶戈罗芙娜。"

"这也值得争吵！为一支短歌！……究竟怎么吵起来的

呀？……”

“是这样：彼得·安得列伊奇不久前编了一支歌儿，今天当着我的面唱了起来，我也就唱起自己喜欢的歌儿：

> 上尉的女儿呀，上尉的女儿，
> 不要在半夜里出去玩儿……

“这样各唱各的调，彼得·安得列伊奇就发火了；但后来他想明白了：各人有各人的自由，想唱什么就唱什么。事情就这样了结了。”

我见什瓦布林这样厚颜无耻，几乎气得发疯；好在除了我，没有谁明白他的无礼的暗示，至少没有谁留意。谈话从诗歌转到诗人。司令说，诗人都是一些不务正业的人和不可救药的酒鬼，并且好意劝我以后不要再写诗，因为写诗有碍军务，决不会有什么好结果。

有什瓦布林在场，我受不了。没过多久，我就离开司令和他的一家。回到家里以后，把我的剑检查了一番，试了试剑尖，就躺下睡觉，吩咐萨维里奇在七点之前唤醒我。

第二天，到了约定的时间，我就站在干草垛后面等待我的对手了。他很快也到了。“咱们会被人看到的，”他对我说，“得快一点儿。”我们脱下军装，只穿坎肩，抽出剑来。这时候伊凡·伊格纳季奇带着五六个残废士兵突然从草垛后面走了出来。他要我们去见司令。我们自认霉气，只好听从。士兵们把我们包围住，我们便跟着伊凡·伊格纳季奇朝要塞里走去。伊凡·伊格纳季奇神气活现地大踏步走着，得意洋洋地带领着我们。

我们来到司令家。伊凡·伊格纳季奇推开门，得意洋洋地报告说：“把他们带来了！”瓦西丽莎·叶戈罗芙娜迎住我们。“哎呀，我的爷呀！这像什么话呀？怎么啦？这算什么呀？要在我们要塞里行凶杀人哩！伊凡·库兹米奇，快把他们关起来！彼得·安得列伊奇！阿列克赛·伊凡内奇！把你们的剑交出来，交出来，快交出来！巴拉什卡，把他们的剑收到储藏室里去。彼得·安得列伊奇，我真没想到你会干这种事儿。你怎么不害臊呀？阿列克赛·伊凡内奇倒也罢了，他就是因为杀人被近卫军开除的，他连上帝也不信；可你呢？你也要学他的样吗？”

伊凡·库兹米奇完全赞同夫人的话，并且说：“你们给我听着，瓦西丽莎·叶戈罗芙娜说得很对。决斗是军法条例中明文禁止的。”这时，巴拉什卡把我们的剑拿去；送进储藏室。我憋不住笑起来。什瓦布林依然保持着傲慢的神气。“尽管我非常尊重您，”他冷冷地对司令夫人说，“但我不能不指出，您不应该操这份心，管我们的事。应该由伊凡·库兹米奇来管，这是他的事。”“哎呀，我的爷呀！”司令夫人反驳说，“夫妻心相通，肉相连，妻子和丈夫还不是一回事儿吗？伊凡·库兹米奇！还磨蹭什么？马上把他们分别关到小屋子里去，让他们过几天清淡日子，消消浑劲儿。再就是让盖拉西姆神父给他们进行宗教上的惩罚，叫他们祈求上帝饶恕，在众人面前认错。”

伊凡·库兹米奇不知道究竟怎么办才好。玛莎小姐脸色煞白。暴风雨渐渐过去；司令夫人气消了，她叫我们互相亲吻和好。巴拉什卡也把剑拿来还给我们。我们表面上和和气气地从司令家里走了出来。伊凡·伊格纳季奇把我们送到门外。“你答应过我不向司令报告的，却把我们告发了，”我很生气地对他说，“你怎么不害臊呀？”“基督在上，我可是没有对司令报告，”他回答说，“是夫人查问此事，我不能不说。她不告诉司令就自行处置了。不过，谢天谢地，事情就这样了结了。”他说过这话，就回家去了。剩下我和什瓦布林两个人。“咱们的事不能就这样算了，”我对他说。“当然啦，”什瓦布林回答说，“你必须用自己的血补偿你对我的无礼。不过，恐怕还会有人监视咱们。咱们还得装几天老实样儿。再见吧！”于是我们像什么事儿也没有似的分手了。

我回到司令家里，像往常一样在玛莎小姐身旁坐下来。司令不在家；夫人正忙着做家务事。我们小声说着话儿。玛莎小姐含情脉脉地责备我，怪我和什瓦布林争吵，闹得大家都不安宁。“我听说你们要决斗，简直吓呆了，”她说，“你们男人多么怪呀！为了一句话，过一个礼拜准会忘记的话，就要决斗，不仅可以不要性命，而且可以不要良心，不顾别人担心害怕，别人……不过我相信，争吵不是您挑起来的。肯定怪阿列克赛·伊凡内奇。”

“您为什么这样想呀，小姐？”

“哦，是这样……他总是喜欢嘲笑别人！我很不喜欢阿列克赛·伊凡内奇。我很讨厌他。可是很奇怪：我怎么也不希望他也同样不喜欢我。这使我非常担心。”

“您以为怎样，小姐？他喜欢不喜欢您？”

玛莎小姐欲说又止，脸红了红。

“我觉得，”她说道，“我想，他是喜欢的。”

“为什么您觉得是这样？”

“因为他向我求过婚。”

“求婚！他向您求过婚？是什么时候？”

“是去年。在您来之前两个月。”

“您没有答应吗？”

“这是您应该看出来的。当然，阿列克赛·伊凡内奇是一个聪明人，出身又好，又有家产；可是我一想到在举行婚礼时要当众和他接吻……决不能！不管有多少好处！”

玛莎小姐的话使我睁开眼睛，明白了很多事情。我明白了什瓦布林为什么老是说她的坏话。大概他发现我们互相倾慕，就想方设法离间我们。原来引起我们争吵的那些话，现在我觉得更加卑鄙可恶了，因为我看出来，那不是粗野无耻的嘲笑，而是处心积虑的诋毁。我更是一心一意要惩罚这个恶意中伤的家伙，于是我急切地等待着适当的机会。

我没等多久。第二天，就在我写一首哀诗，咬着笔思索如何押韵的时候，什瓦布林来敲我的窗户了。我放下笔，拿起剑走出来迎他。“有什么好拖延的？”什瓦布林说，“现在没人监视咱们。咱们到河边去。到那儿没有谁干扰咱们。”我们一声不响地走去。顺着陡峭的小路走下去，我们在河边站住，拔出剑来。什瓦布林的剑法比我熟练，可是我比他更强壮，更大胆，而且过去当过兵的鲍普勒先生曾经教过我几手，现在正好用上了。什瓦布林没想到碰上我这样一个危险的对手。有很长时间我们彼此不分上下；后来我终于看出什瓦布林气力渐渐不支，便抖擞精神，向他进攻，几乎要把他逼到河里去。突然我听见有人大声呼唤我的名字。我回头一看，看到萨维里奇顺着陡峭的小路朝我跑来……就在这时候，我右肩下面的胸部被狠狠地刺了一剑；我倒下去，失去了知觉。

第五章　爱情

啊，姑娘呀，美丽的姑娘！
你年纪轻轻，别忙着嫁人；
你要问问父亲，问问母亲，
问问父亲，母亲，问问乡邻；
你要积攒呀，姑娘，
积攒才智，积攒嫁妆。
——民歌

你要找到比我好的，会把我忘怀。
要是找到比我差的，会想起我来。
——民歌

我清醒过来以后，一时间还没有回过神来，不明白我出了什么事儿。我躺在床上，在一个陌生的房间里，觉得浑身一点力气也没有。萨维里奇端着蜡烛站在我的床前。有个人小心翼翼地在解我胸前和肩膀上扎的绷带。我的头脑渐渐清楚了。我想起我们的决斗，明白我是受伤了。这时门吱呀响了一声。“怎么样？他怎么样啦？”一个声音轻轻地问，我听到这个声音，浑身为之一振。“还是那样，”萨维里奇叹着气回答说，“一直昏迷不醒，已经是第五天了。”我想翻个身，但浑身不能动弹。“我这是在哪儿呀？谁在这儿呀？”我吃力地说。玛莎小姐走到我床前，并且向我俯下身来。“怎么样？您觉得怎么样？”她说。“还好，”我用微弱的声音回答说，“是您吗，玛莎小姐？请您告诉我……”我没有力气说下去，就不说了。萨维里奇啊呀了一声。脸上露出惊喜的神色。“醒过来了！醒过来了！”他一遍又一遍地说。“主啊，真感谢你！哦，彼得·安得列伊奇少爷呀！你可把我吓坏了！这些天我好过吗？已经是第五天了！……”玛莎小姐打断他的话。“萨维里奇，不要和他多说话，”她说，“他还没有什么气力。”她走出去，轻轻地把门掩上。我心里激动起来。就是说，我这是在司令家里，玛莎小姐常来看我呢。我想问萨维里奇几个问题，可是老头子直摇头，而且把耳朵捂住。我无可奈何地闭上眼睛，不久就昏昏沉沉睡着了。

等我醒来，呼唤萨维里奇，却看到站在我面前的是玛莎小姐；她用天使般的声音问候我。真说不出此时此刻我心里有多么甜蜜。我抓住她的手，把脸贴在她手上，流下感动的泪水。玛莎没有把手抽回去……突然，她的嘴唇接触到我的脸颊，于是我得到热辣辣的、温柔的一吻。一股暖流传遍我的全身。“亲爱的，好玛莎，”我对她说，“做我的妻子吧，答应我，让我幸福吧。”她一下子清醒过来。“您千万要安静，”她从我手里抽回手去，说，“您还没有脱离危险:伤口还会开裂。您要多多保重,哪怕为了我。"她说过这话就走了,让我一个人沉醉在欢乐中。幸福使我提起了精神。她是我的了!她爱我呢!我一心一意想着的只是这一点。

从这时候起,我的身体一天一天好起来。给我治伤的是团里的一名理发师,因为要塞里没有别的医生,而且,谢天谢地,他并不胡乱逞能。我因为年轻,体质好,恢复得很快。司令一家人都在照料我。玛莎小姐更是一直守着我。不用说,一有机会我就继续表白爱情,玛莎小姐也更耐心听我表白了。她一点也不装模作样,承认她爱我,并且说,父母对她的婚事当然是会感到高兴的。"不过你要好好想一想,"她又说,"你父母那方面是不是会不同意?"

我沉思起来。母亲对我百依百顺,那是无可疑虑的,但父亲的脾性和思想方法我是知道的,我觉得我的爱情不会怎样打动他的心,他会把我的爱情看作年轻人的胡闹。我老老实实向玛莎小姐承认这一点,不过我下定决心给父亲写信,尽可能恳切些,以求得父母的祝福。我把信拿给玛莎小姐看,她认为这封信非常恳切感人,父母收到信后一定会答应的,因此她那颗怀着一片痴情和年轻人的纯情的芳心沉醉在幸福中。

在我康复之后,没过几天我就同什瓦布林言归于好了。上尉因为决斗训斥我说:"哎呀,彼得·安得列伊奇!我真应该关你禁闭,不过就这样你已经算是受到惩罚了。什瓦布林到现在还被我关在谷仓里,他的剑也由瓦西丽莎·叶戈罗芙娜收藏着。让他好好想一想,反省反省吧。"我太幸福了,心里没办法保留敌意了。于是我为什瓦布林求情,好心的上尉在得到夫人同意之后,就叫人把他放了出来。什瓦布林前来看我;他为我们之间的事深表歉意,承认一切全是他的错,请我忘掉过去的事。我生来不喜欢记仇,因此真心实意地原谅了他,忘却我们的争吵和他给我造成的重伤。我也看出来,他所以说难听的话,是因为求爱不成,自尊心受到伤害,心中懊恼,所以我应该宽大为怀,原谅这个不幸的情敌。

不久我就完全康复,可以回我的住所去了。我焦急地等待着父母的回信,不敢抱什么希望,而且竭力在压制悲伤的预感。我还没有同司令和夫人谈此事,不过我要是求婚,他们想必不会感到意外。我和玛莎小姐在他们面前都没有竭力掩饰自己的感情,我们早就认定他们会同意的。

终于有一天早晨,萨维里奇手里拿着一封信走进我房里来。我浑身打着哆嗦把信夺过来。信封是我爹亲手写的。这使我感到事情的严重性,因为往常都是妈妈给我写信,父亲只是在信的末尾附笔写几句。我有好一阵子不敢拆信,并且一遍又一遍看着那庄重的字体:"我儿彼得·安得列伊奇·格里尼约夫收。寄往奥伦堡省白山要塞。"我竭力就笔迹猜度父亲写信时的心情。终于我下定决心把信拆开,一看头几行,就知道这事儿完蛋了。信的内容如下:

> 彼得我儿!你要求我们祝福和同意你与米罗诺夫家女儿玛丽娅·伊凡诺芙娜婚事的来信,我们于本月15日收到。我不但不会给你祝福和同意你的婚事,而且有机会还要好好收拾你,而且因为你胡闹还要像教训小孩子那样把你教训一

顿，虽然你已经当了军官。因为你已经证明，你还不配佩带军官的剑，那是让你保卫祖国的，不是让你跟和你一样胡闹的人决斗的。我这就写信给安得列·卡尔洛维奇，请他把你从白山要塞调往更远些的地方，让你到那里清醒清醒。你妈听说你与人决斗和负伤，难受得害了病，至今卧床不起。你有什么出息呀？我祈求上帝，让你改过自新，虽然不敢指望上帝给我多么大的恩惠。

你的父亲　安·格

看完这封信，顿时百感交集。父亲大加申斥，说出这样厉害的话，使我深感屈辱。他提到玛莎小姐时用那种轻蔑语气，我觉得既不礼貌也不公正。一想到要把我从白山要塞调出去，就非常害怕。但最使我难过的还是母亲生病的消息。我对萨维里奇非常恼火，毫无疑问，决斗的事是他报告我父母的。我在小小的房间里前前后后走了一阵子之后，便在他面前站下来，狠狠看了他一眼，说："多亏你我受了伤，在死亡线上折腾了整整一个月，显然你觉得还不够，你还想把我妈也害死。"这话就像晴天霹雳，萨维里奇受不了这一击。"哪儿话呀，少爷，"他差点儿要哭起来，说，"你这是说的什么话呀？是我害你受伤？上帝明白，我是跑去拿自己胸膛挡住阿列克赛·伊凡内奇的剑，免得让你受伤的！可恨的是我老了，跑不快了。可是我对你妈又怎样啦？""你怎样吗？"我回答说，"谁叫你去告我的状？难道是派你到我这儿来当奸细的吗？""我？我告了你的状？"萨维里奇流着泪回答说，"老天爷呀!请你看看老爷给我写了些什么，就会看到我是怎样告你的状了。"于是他从口袋里掏

出一封信,我看到信是这样写的:

> 你这老狗,真不要脸,你无视我的严厉命令,竟不向我报告少爷的事,旁人才不得不向我报告了他的胡作非为。你就是这样尽责,这样效忠主人的吗?我要派你这条老狗去放猪,因为你隐瞒真情,姑息年轻人。我要你收到此信立即给我写回信,说说他目前身体如何,至于他的身体复原,已有人写信告诉我了。还要说说伤在什么地方,医治是否良好。

显然,萨维里奇没有错,我不应该责备他,怀疑他,让他受委屈。我请他多多原谅,老头子却还是很难受。“我怎么落到这个地步呀!”他一遍又一遍地说,“换得主人什么样的恩典呀!我又是老狗,又是猪倌,又是我害你受了伤!不是呀,彼得·安得列伊奇少爷!不怪我,全怪那个该死的法国先生:是他教会你拿铁扦子戳人和跺脚后跟的,好像会戳人和跺脚后跟就能防备坏人了!真不该花许多钱去雇一个法国先生呀!”

那又是谁把我的事报告我爹的呢?是将军吗?可是他似乎对我的事不怎么操心;伊凡·库兹米奇也没有必要去报告我决斗的事。我猜来猜去,怎么也猜不出。最后我的疑点集中在什瓦布林身上。只有他可以从告状中得到好处,因为一告状就有可能把我从白山要塞调走,同司令一家断绝关系。我去找玛莎小姐,想把一切对她说说。她在台阶上迎住我。“您这是怎么啦?”她一看见我,就说,“您的脸多么苍白呀!”“全完了!”我说着,把我爹的回信递给她。她的脸一下子也发了白。她看完信,用打哆嗦的手把信还给我,并且用打哆嗦的声音说:“显然是我命不好……你们家的人不愿意我进你们家的门。那就听天由命吧！上天比咱们更知道咱们应该怎样。没有办法呀，彼得·安得列伊奇；您就另觅美满姻缘吧……”“那不行！”我抓住她的手，叫起来，“你爱我；我不惜一切。咱们走，跪倒在你父母脚下；他们都是好人，不是铁石心肠……他们会给咱们祝福的；咱们就结婚……以后，过一些时候，我相信，咱们会求得我爹答应的；我妈会赞成咱们的事；我爹也会宽恕我……”“不，彼得·安得列伊奇，”玛莎回答说，“没有你父母的祝福，我不能嫁给你。没有他们的祝福，你不会幸福的。咱们听从上帝安排吧。你要是能找到意中人，爱上另外一个姑娘，上帝也会保佑你的，彼得·安得列伊奇；我也祝你们幸福……”她说到这里，哭了起来，并且走了出去；我本想跟着到她的房间里去，可是我觉得已无法控制自己，便回家了。

我正心事重重地坐着，突然萨维里奇打断了我的沉思。“你看看吧，少爷，”他说着，递给我一张写满了字的纸，“你看看，是不是我告了少爷的状，是不是我挑拨父子不和。”我接过他手里的纸：原来是萨维里奇写的回信。他的回信我照抄如下：

安得列·彼得罗维奇老爷，我们仁慈的父亲！

您仁慈的来信我已收到。您在信中对我这个奴仆十分生气，说我不要脸，没有遵照主人命令行事。我不是一条老狗，是您的忠实奴仆，是一直听从主人吩咐，时时刻刻尽心为您效力的，一直活到白了头发，都是如此。至于我没有向您报告少爷受伤的事，那是觉得惊动您没有什么好处；听说我们仁慈的夫人阿芙道济娅·瓦西里耶芙娜受惊病倒在床，我要祷告上帝，愿她早日康复。少爷伤在右肩下，在胸部一块骨头下面，深一俄寸半，我们把他从河边抬到司令家里，他就在司令家里养伤，给他治伤的是这里的理发师斯捷潘·帕拉莫诺夫。感谢上帝，少爷伤势已经痊愈，现在他一切良好，没有什么可说的。听说长官对他很满意；司令夫人待他像亲儿子一般。至于他出这种意外事，那也不足怪，年轻人嘛：马有四条腿，还免不了跌跤呢。您来信说要派我去放猪，主人的心意自是应该服从的。我俯首听命。

您忠心的奴仆

阿尔希普·萨维里奇

我读着善良的老人写的回信，有好几次憋不住笑起来。我无法给我爹写回信；要安慰我妈，我觉得有萨维里奇的信已经够了。

从这时候起，我的状况发生了变化。玛莎小姐几乎不跟我说话，并且千方百计地躲避我。司令的家不再是我喜欢的去处了。渐渐我习惯了一个人待在家里。起初司令夫人为此责备我；但看到我很固执，就不再管我了。和司令见面，只是在军务需要的时候。和什瓦布林很少见面，也不乐意和他见面，尤其因为我发现他对我暗怀着仇恨，我看出我的怀疑是不错的。我觉得日子过得乏味了。整日里闷闷不乐，心事重重，孤独和无所事事更加重了这种心情。我的爱情却在冷清中炽烈起来，越来越使我痛苦。我对读书和文学已失去兴致。我的情绪坏极了。我害怕发疯或者堕落。这时发生了一些意外的事件，使我的心灵突然受到强烈的、有益的震荡，这些事件对我一生有重大的影响。

第六章　普加乔夫暴动

你们年轻小仔子仔细听着，

听我们老头子把往事叙说。

———歌谣

在我着笔描述我亲眼见到的种种奇事之前，应该先说说1773年底奥伦堡省的情形。

这个辽阔而富饶的省居住着许多半开化的民族，这些民族是不久前才归属俄国的。他们经常作乱，不习惯法度，过不惯规矩生活，又不安分，又残忍，政府不得不设法时刻监视他们，让他们服从管束。在一些适当的地方设立要塞，移居要塞的大部分是在雅伊克河两岸定居已久的哥萨克。但是，担任该地区治安的雅伊克哥萨克，从某个时候起，本身也成为政府的不安定和危险的国民。在1772年就在他们的首府发生了一次骚乱。起因是特劳宾别格少将为了管束军队，采取了一些严厉措施。结果是特劳宾别格被残杀，指挥部被任意撤换，最后动用了枪弹和残酷的惩罚才把暴乱平息下去。

这事是在我来白山要塞之前的一些日子里发生的。现在已经完全平静了。或者应该说，似乎完全平静了；政府太轻易相信了刁滑的叛乱者虚假的悔过，这些人却是怀恨在心，等待适当时机，重新作乱。

话休烦琐，言归正传。

有一天晚上（这是在1773年10月初），我一个人坐在家里，听着秋风的呼号，从窗户里望着月亮旁边飞驰的乌云。司令派人来叫我。我立刻去见他。我在司令处见到什瓦布林、伊凡·伊格纳季奇和一名哥萨克中士。司令夫人和玛莎小姐都不在房里。司令带着一脸心事重重的神气和我打了个招呼。他关上门，叫我们都坐下，只让哥萨克中士站在门口，便从口袋里掏出一张纸，对我们说："诸位军官，有重要消息！诸位就听听将军是怎么写的。"于是他戴上眼镜，念了起来：

白山要塞司令米罗诺夫上尉先生！

机密

兹通知阁下：越狱的顿河哥萨克和分裂派教徒叶梅利扬·普加乔夫胆大妄为，僭用先帝彼得三世名号，纠集匪帮，在雅伊克两岸一些村庄掀起叛乱，现已攻占和捣毁要塞数座，到处抢劫和杀戮。因此，上尉先生阁下接到此信后应立刻采取必要措施，防止上述恶徒和僭称为帝者窜犯，如该犯进犯阁下据守之要塞，立即彻底消灭之。

“采取必要措施呢!”司令一面说，一面摘下眼镜，把信收起来。“你们看，说得多轻巧。看样子，那个坏家伙够厉害的。可是我们总共才一百三十人，没有算哥萨克，因为他们靠不住，这不是指你，马克西梅奇(哥萨克军士笑了笑)。不过没有办法呀，诸位军官先生！要认真对待，安排好放哨和夜间巡逻。要是来进犯，就关起寨门，带兵出击。马克西梅奇，你要好好注意你那些哥萨克。要把大炮检查检查，好好擦一擦。尤其是要严守秘密，不要让要塞里任何人过早地知道这件事。”

司令作过一番吩咐之后，便让我们走了。我和什瓦布林议论着我们听到的事，一起走了出来。“你看，这事结局如何？”我问他。“天知道，”他回答说，“过一些日子会看出来的。眼下还看不出有什么大不了的，要是……”于是沉思起来，并且漫不经心地用口哨吹起一首法国歌剧的咏叹调。

尽管我们处处提防走漏风声，普加乔夫作乱的消息还是传遍了要塞。司令虽然非常尊重夫人，却怎么也不肯向她透露军事方面的机密。他收到将军的信以后，用相当巧妙的方法把她支开，对她说，好像盖拉辛神父从奥伦堡听到什么惊人的消息，却怎么也不肯说给人听。夫人立刻就想去拜访神父娘子，并且依照司令的意见，把玛莎也带上，免得她一个人在家里寂寞。

司令完全可以当家做主了，就派人召唤我们，并且把巴拉莎锁在下屋里，免得她偷听我们的话。

夫人在神父娘子处什么也没有打听到，回到家来却听说司令在她外出时开过会，并且还把巴拉莎锁了起来。她猜测到她是受了丈夫的骗，便去质问他。可是司令已准备好对策。他一点也不慌张，理直气壮地回答他的好奇的老伴儿："你听我说，孩子她娘，我们这儿的娘儿们想拿麦秸生火，这可是要出大祸，所以我下了一道严厉的命令，不准娘儿们用麦秸烧锅，只准烧枯树枝。""那你为什么要把巴拉莎关起来？"夫人问道，"我们不在家的时候，为什么把这个可怜的丫头锁在下屋里？"司令对这个问题却毫无准备；他支吾起来，嘟哝了两句，回答得驴唇不对马嘴。夫人看出丈夫在捣鬼；但她知道从他嘴里什么也问不出来，就不再问了，而是说起腌黄瓜的事儿，说神父娘子腌黄瓜的方法完全不同。她一整夜没有睡着，怎么也猜不出丈夫的头脑里究竟有什么玩意儿是她不能知道的。

第二天，她在做完弥撒回来的路上，看到伊凡·伊格纳季奇在从大炮里往外掏破布、石子、木片、骨头和各种各样的脏东西，那都是孩子们塞进去的。"干吗要做这些军事上的准备？"夫人想道，"是不是吉尔吉斯人要来进攻呀？不过，连这样的小事情老头子也要瞒着我吗？"于是她把伊凡·伊格纳季奇叫了来，一心要从他嘴里探听出折磨她那女人的好奇心的秘密。

夫人对他谈了家务方面的几点见解，就像一位法官，开头问一些无关紧要的问题，为的是首先让被告解除警惕。然后，她沉默了几分钟之后，长叹一声，摇着头说："我的上帝呀！多么坏的消息呀！怎么得了呀！"

"哎，夫人！"伊凡·伊格纳季奇回答说，"上帝是仁慈的：咱们有足够的兵力，火药有很多，大炮我也掏干净了。咱们会把普加乔夫打退的。上帝不会瞎眼，猪吃不了人！"

"这个普加乔夫是什么人呀？"司令夫人问。

这时伊凡·伊格纳季奇才发现说漏了嘴,赶快刹住话头。可是已经迟了。夫人逼着他把一切都说出来,答应他不对任何人说。

夫人遵守自己的诺言,没有对谁说一个字,只有神父娘子是例外,因为她家的牛还在草原上,可能会被强盗抢了去。

没过多久,所有的人都谈起普加乔夫。说法是各种各样的。司令派军士到附近村镇和要塞去好好探听情况。军士两天后回来,报告说,他在离要塞六十俄里之外的草原上看到许多火光,并且听到巴什基尔人说,来了一支不知是什么军队。不过,他说不出什么确切的情况,因为他再也不敢往前走了。

在要塞里,哥萨克们的情绪显然非常激动,与平时大不相同;他们在各条街道上聚集成一堆一堆的,悄悄议论着,一看到龙骑兵或者驻军士兵,就马上散开。派了一些人到他们当中去做眼线。尤莱是一个皈依正教的卡尔梅克人,他给司令提供了重要情报。据尤莱说,哥萨克军士的报告是假的:这个狡猾的哥萨克一回来就对他的同伙说,他到叛军里去过,见过他们的首领,那首领还让他吻了手,跟他谈了很久。司令立即把哥萨克军士关起来,派尤莱接替他的位子。哥萨克们听到这事儿,都明显地表示不满。他们大声发牢骚;伊凡·伊格纳季奇去执行司令的命令,就亲耳听他们说:"等着瞧吧,你这个驻军的小头头儿!"司令本想当天就审讯关押的军士,那军士却逃跑了,肯定是他的同伙把他救出去的。

新的情况使司令更加不安。有一个巴什基尔人散发煽动叛乱的传单,被捉住了。因为这事司令想再召集军官开会,因此他又想找一个合适的借口把夫人支开。可是司令是一个极憨厚、极老实的人，除了已经用过一次的办法，再也想不出别的办法了。

"你听我说，孩子她娘，"他一面咳嗽着，对她说，"都说盖拉辛神父从城里听到……""别再扯谎了，老爷子，"夫人打断他的话，"你大概又想找人来开会，趁我不在，谈谈叶梅利扬·普加乔夫的事儿。这一回你可糊弄不了我啦！"司令把眼睛瞪得老大。"好吧，孩子她娘，"他说，"你既然都知道了，那就留下来，我们就当着你的面谈谈吧。""这就对了，我的老爷子，"她回答说，"你要花招可不行；那就派人去请军官们吧。"

我们又一次被召集了来。司令当着夫人的面给我们念了普加乔夫的檄文，檄文是由一个粗通文墨的人写的。这个强盗声称很快就要进攻我们的要塞。号召哥萨克和士兵加入他们的一伙；告诫军官们不要反抗，否则将处以死刑。檄文措辞粗鲁而强硬，会对一般平民百姓的思想产生很危险的影响。

"好一个无赖！"夫人叫起来，"胆敢对我们指手画脚！叫我们出去迎接他，把军旗放到他的脚下！哼，这个狗崽子！难道他不知道，我们在军中已有四十年，什么场面都见过？难道有这种听从强盗命令的指挥官吗？"

"恐怕，不会有，"司令回答说，"不过，听说，那个坏家伙已经攻占许多要塞了。"

"可见，他确实是很厉害的，"什瓦布林说。

"不过咱们马上就可以看到他究竟有多么厉害了，"司令说，"孩子她娘，你把谷仓的钥匙给我。伊凡·伊格纳季奇，去把那个巴什基尔人带来，叫尤莱把鞭子拿来。"

“等一等，老爷子，”夫人说着，站了起来，“让我把玛莎从家里带到什么地方去；要不然，她听到叫声会吓坏的。而且，说实话，我也不喜欢看审讯。再见吧。”

古代的刑讯在诉讼程序中已成为根深蒂固的习惯，所以取消刑讯的恩旨很长时间不能付诸实施。人们一直以为，为了充分证实罪犯的罪行，必需有罪犯的亲口供词，——这种想法不仅是没有根据的，甚至完全违反正常的法律观念：因为，如果被告的否认不能作为他无罪的证据，那么被告的供认更不应成为他有罪的证据。甚至到了现在，我还常常听到有一些老法官对于取消这种野蛮的习惯表示遗憾。而在我们那时候，不论是法官还是罪犯，都不曾怀疑过刑讯的必要性。因此，我们听了司令的命令，谁也不觉得奇怪或不安。伊凡·伊格纳季奇便去带那个被夫人锁在谷仓里的巴什基尔人，过了几分钟，就把囚犯带进了前厅。司令吩咐把他带进来。

巴什基尔人吃力地跨过门槛（他戴着脚镣），摘下自己的高高的毛皮帽，在门口站了下来。我抬眼朝他一看，不禁浑身打了个哆嗦。我再也不会忘记这个人。他在七十岁开外，没有鼻子，也没有耳朵。他的头发被剃光了；没留大胡子，只有几根白白的小胡子往上翘着。他小小个头儿，干瘦干瘦的，弯腰驼背；不过一双细细的眼睛还像火一样闪着亮光。

“哼！”司令一看到他那可怕的样子，知道他是1741年受刑的一个暴徒，便对他说，“看得出，你是一只老狼了，在我们的兽笼里关过的。就是说，你已经不是第一次造反了，因为你的脑袋已经剃得那样光。走过来一点儿；你说说，是谁派你来的？”

老巴什基尔人一言不发,带着一副完全不理解的神气看着司令。

“你怎么不说话呀?”司令又问,“是不是不懂俄罗斯话?尤莱,你用你们的话问他,是谁派他到我们要塞来的?”

尤莱用鞑靼语把司令的问话重说了一遍。但老巴什基尔人仍然带着那样的表情看着他,一句话也没有回答。

“好吧,”司令说,“我会叫你开口的。伙计们!把他的浑蛋条纹长袍剥下来,照他背上狠抽。尤莱,你注意:好好收拾他一顿!”

两个残废兵便动手剥巴什基尔人的衣服。可怜的老头子脸上露出惊慌的神色。他朝四下里打量着,就像一只被孩子们逮住的小动物。一个残废兵抓住他的两条胳膊,将胳膊搭在自己的脖子旁边,用肩膀把老头子架起来。尤莱拿起鞭子抽了起来,——这时老巴什基尔人用微弱的、恳求的声音呻吟起来,一面点着头,把嘴巴张开,那嘴里竟没有舌头,只有短短的舌根蠕动着。

现在我一想起这事儿就发生在我的时代,如今却见到亚历山大皇帝的仁政,就不能不惊讶文明进步之快和人道精神传播之广。年轻人呀,年轻人!如果我的回忆录落到你的手里,那你不要忘记,最好和最可靠的变革是通过移风易俗进行的,而不是靠什么暴力震慑。

当时大家都吃了一惊。“嗯,”司令说,“看来,从他身上是得不到什么的。尤莱,把这个巴什基尔人送回谷仓去。诸位,咱们再谈谈吧。”

我们谈起我们面临的局势;突然司令夫人带着一脸惊慌失措

的神气,气喘吁吁地走了进来。

“你这是怎么啦?”司令惊慌地问。

“我的老天爷呀,糟啦!”夫人说,“下湖要塞今天早上失守了。盖拉辛神父家的长工刚刚从那儿回来。他看到是怎样进攻要塞的。司令和军官都被绞死。所有的士兵都被俘虏。眼看暴徒们就要到这儿来了。”

这个意外消息使我十分震惊。下湖要塞的司令是一个温文尔雅的年轻人,我认识他:两个多月前他带着年轻妻子离开奥伦堡,从这儿路过,在司令家里逗留过。下湖要塞离我们的要塞有二十五俄里。普加乔夫随时都会向我们进攻。我为玛莎小姐的命运提心吊胆,我的心紧张得不得了。

“伊凡·库兹米奇,您听我说!”我对司令说,“咱们的责任是誓死保卫要塞;这没有什么好说的。不过应该考虑考虑女眷们的安全。要是道路还能通行的话,就把她们送到奥伦堡,或者送到远些、更安全一些、暴徒一时还打不到的要塞去。”

司令转过身去对着夫人,对她说:

“孩子她娘,你听见吗?真的,在我们还没有打退暴徒以前,是不是把你们送到远一些的地方去?”

“咦,胡扯什么!”夫人说,“哪里有子弹打不到的要塞?白山要塞怎么不可靠?感谢上帝,我们在这儿住了有二十二个年头了。我们见过巴什基尔人,也见过吉尔吉斯人;普加乔夫来了,咱们也守得住!”

“哎呀,孩子她娘,”司令表示不同意,“你要是觉得我们的要塞可靠,那你就留下来。可是玛莎不走怎么行呀?要是我们能守得住，或者等到了援兵，那很好；万一暴徒攻下要塞，那怎么办？”

“哦，那样的话……”夫人一时回答不上来，就带着一脸焦急的神气停住不说了。

“不行啊，孩子她娘，”司令发现他的话也许是有生以来第一次起了作用，就继续说，“玛莎留在这儿不行啊。咱们把她送到奥伦堡她的教母家去：那里的军队和大炮都有很多，城墙也是石头的。我也劝你跟她一起到那儿去。别看你是个老太婆，万一要塞被攻破，看你怎么办！”

“好吧，”夫人说，“就这样办：把玛莎送走。可是你做梦也别想要我走：我不走！我这么大年纪了，犯不着跟你分离，一个人去死在外地。活在一起，死也要在一起。”

“这样也行，”司令说，“好吧，事不宜迟。你就去为玛莎出门打点打点。明天天亮以前就送她走，还得派人护送她，虽然我们这儿没有什么多余的人。哦，玛莎哪儿去了！”

“在阿库利娜·潘菲洛芙娜家里呢。”夫人回答说，“她一听说下湖要塞失守，就感到不舒服；我怕她会生病。天啊，咱们怎么这样倒霉呀！”

司令夫人便去张罗送女儿的事。司令继续说他的话；但我已经不再插嘴说话，而且什么也不再去听了。玛莎小姐到吃晚饭的时候才回来，脸色煞白，泪汪汪的。我们一声不响地在司令家吃过晚饭，比平时更快地离开餐桌；和他们一家人告过别，便各自回住处了。不过我故意忘记拿我的佩剑，又回去拿；我预感到，我会单独见到玛莎小姐的。果然，她在门口迎住我，把剑交给我。“再见吧，彼得·安得列伊奇！”她噙着泪对我说，“要把我送到奥伦堡去了。祝您平安和幸福吧;也许上帝会让我们再见面的;要是不能……”她说到这里,痛哭起来。我抱住她。“再见吧,我的天使,”我说,“再见吧,我亲爱的,我的心上人!不论我会怎么样,你可以相信,我在最后一息想着的是你,最后的祷告也一定是为了你!”玛莎将身子贴在我胸前,痛哭着。我带着火一样的感情吻了吻她,便急忙从房里走了出来。

第七章　进攻

我的头领呀，好头领，
我的头领能征惯战！
我的好头领戎马一生，
整整三十又三年。
唉，我的头领没享到欢乐，
也没挣得像样的家产，
没有听到赞扬的好话，
也没得到显赫的官衔。
我的好头领只是得到
两根高高的木柱，
一段打横的槭木，
还有一个丝绳套。
——民歌

这一夜我没有睡觉，也没有宽衣。我想在天快亮的时候到要塞寨门口去，玛莎小姐必然从那儿动身，我可以在那儿和她最后一次告别。我觉得我内心有很大的变化：心灵的激动不安不再使我感到心头怎样沉重了，使我难以自拔的是才感染不久的沮丧情绪。在我心中，同离愁别恨交织在一起的，有模糊而甜蜜的希望，有对危险的焦急等待，有崇高的荣誉感。黑夜不知不觉地过去了。我正想出门，房门却突然打开了。军曹走进来报告说，我们的哥萨克抓走尤莱，冲出了要塞，要塞附近已经有不明来历的人马在活动了。我一想到玛莎小姐还没有走掉，就不寒而栗；我匆匆向军曹吩咐了几句，就立刻跑去见司令。

天已经亮了。我在街上飞跑着，突然听到有人喊我。我站下来。“您上哪儿去？”伊凡·伊格纳季奇一面追我，一面说，“司令在寨墙上，派我来找您。普加乔夫来了。”“玛莎小姐走了吗？”我的心怦怦跳着，问道。“没来得及，”伊凡·伊格纳季奇回答说，“去奥伦堡的路被切断了；要塞被包围了。糟啦，彼得·安得列伊奇呀！”

我们朝寨墙，朝一块围了栅栏的天然高地走去。要塞里的人已经全聚集在那儿了。驻军都持枪站着。大炮昨天就拖到这里。司令在很小的一队人马前面走来走去。这位久经战场的军人因为危险临近，斗志昂扬，精神倍增。在草原上，离要塞不远处，有二十来个人骑马奔跑着。看样子，那是一些哥萨克，但其中也有巴什基尔人，从他们的山猫皮帽和箭袋可以很容易认出来。司令巡视了自己的队伍，就对士兵们说：“喂，弟兄们，今天咱们要保卫女皇圣驾了，要向天下人证明，我们是英勇顽强，忠于女皇的！”士兵们齐声高呼，表示愿意效忠。什瓦布林站在我旁边，注视着敌人。那些骑马在草原上跑来跑去的人,发现要塞里的动静,便凑到一堆,商量起来。司令吩咐伊凡·伊格纳季奇把大炮对准那一堆人,并且亲自点燃了导火线。炮弹叫啸起来,从那一堆人头顶上飞过,没有造成任何伤亡。那些骑马的人一下子散开,立刻跑得不见人影,草原上空空荡荡了。

这时司令夫人到寨墙上来了,玛莎不肯离开她,也跟着她来了。"喂,怎么样?"司令夫人说,"仗打得怎么样? 敌人在哪儿?""敌人就在不远的地方,"司令回答说,"上帝会保佑,一切都会平安无事的。怎么样,玛莎,你害怕吗?""不怕,爸爸,"玛莎回答说,"一个人在家里倒是可怕些。"这时她抬眼朝我看了看,并且强露了一下笑容。我想起昨天从她手里接过的我的佩剑,不由地握紧了剑柄,好像这就是保护我的心上人的。我的心热腾腾的。我想象自己成为保护她的英雄。我一心要证实我是不负她的信赖的,并且焦急地等待着决战时刻。

这时候,从离要塞半俄里的一道丘岗后面跑出一群又一群骑马的人,不一会儿,草原上就到处是手执长矛和带弓箭的人了。他们当中有一个人骑白马,穿红袍,手握马刀:那就是普加乔夫。他勒住马;一些人围拢上去,有四个人显然是听了他的号令,纵马一直飞驰到要塞脚下。我们认出他们是叛变的哥萨克。其中一个人拿着一张纸,放在皮帽里;另有一个人用长矛挑着尤莱的头,将长矛一挥,人头便飞过栅栏,朝我们飞来。这可怜的卡尔梅克人的头落到司令的脚下。叛变的哥萨克大声吆喝:"别开枪;快出来迎接皇上。皇上在这儿!"

"看我教训你们!"司令喊道,"弟兄们,开枪!"我们的士兵一阵齐射。拿信的哥萨克身子晃了晃,便滚下马来;其余几个立即掉头往回跑。我看了看玛莎小姐。她看见尤莱血淋淋的头,听到枪声,已经吓昏了。司令叫来军曹,叫他去把被打死的哥萨克手上的那封信拿来。军曹走到田野上,回来的时候把死者的马也牵了来。他把信交给司令。司令把信看了一遍,就撕成碎片。这时暴徒们显然准备进攻了。不一会儿,子弹就在我们耳边叫啸起来,有几支箭扎进我们身边的土地里和围墙上。"孩子她娘!"司令说,"这里没有娘儿们的事儿;快把玛莎带走;你瞧:这孩子已经吓坏了。"

被子弹啸声吓呆了的司令夫人朝草原上一看,看出草原上的暴徒要大举进攻了。她回过头来对丈夫说:"伊凡·库兹米奇,生死都是天定的:你给玛莎祝福吧。玛莎,到你爹这儿来。"

玛莎脸色煞白,浑身颤抖,走到司令面前,跪下来,给他叩了一个头。老司令对她画了三个十字,然后把她扶起来,吻了吻,就用变了音的嗓门儿对她说:"嗯,玛莎,祝你幸福。要祷告上帝:上帝会保佑你的。要是找到个好人,上帝会让你们幸福美满的。你们在一起生活,要像我和你妈一样。好啦,再见吧,玛莎。孩子她娘,快点儿带她走吧。"玛莎扑上去搂住他的脖子,大哭起来。"咱们也接个吻吧,"司令夫人哭着说,"再见吧,我的伊凡·库兹米奇。要是过去有什么不周到的地方,就原谅我吧!""再见,再见吧,孩子她娘!"司令抱住他的老伴说,"好,行了!你们走吧,回家去吧;要是来得及的话,你给玛莎换一件农家女长袍。"司令夫人便带着女儿走了。我目送玛莎小姐。她回过头来,向我点了点头。这时司令转过身来朝着我们。他的注意力全部转到敌人方面了。暴徒们都聚集在他们的首领周围，而且突然纷纷从马上下来。"现在要坚决顶住，"司令说，"要发起猛攻了……"就在这时候，响起可怕的呼哨声和呐喊声；暴徒们飞跑着向要塞冲来。我们的大炮已经装了霰弹。司令让他们来到最近的距离内，突然又开了一炮。霰弹打到一群人正当中。暴徒们往两边躲了躲，并且往后退了退。他们的首领一个人留在前面……他挥舞着马刀，好像是很起劲儿地在煽动他们……停息了一会儿的呼哨声和呐喊声又响了起来。"喂，弟兄们，"司令说，"现在把寨门打开，把鼓擂起来。弟兄们！前进，跟我冲出去！"

司令、伊凡·伊格纳季奇和我转眼之间就冲到寨墙外；但是胆怯的驻防部队却动也未动。"弟兄们，你们怎么还站着？"司令吆喝起来，"死就死呗：这是军人的天职！"就在这时候，暴徒向我们冲来，并且涌进了要塞。鼓声停息了；驻防部队都丢下枪；我被撞倒在地，但我又爬起来，和暴徒们一起进了要塞。司令头部受了伤，站在一群暴徒中间，暴徒们要他交出钥匙。我本想跑过去救他，可是好几个强壮的哥萨克把我抓住，用腰带把我捆起来，说："你们违抗皇上，等着瞧吧！"把我们拖到街上。老百姓纷纷拿着面包和盐出来欢迎。响起了钟声。突然人群里有人喊起来，说皇上在广场上等候俘虏，接受宣誓。人群向广场涌去；我们也被拖到广场上。

普加乔夫在司令家的台阶上，坐在安乐椅上。他身穿绣金的哥萨克大红袍。高高的貂皮帽带有金色流苏，一直扣到他那炯炯有神的眼睛上。我觉得这人很面熟。他周围站的是几个哥萨克头目。盖拉辛神父脸色煞白，浑身哆嗦着，站在台阶旁边，手里拿着十字架,似乎在默默地恳求他饶恕面临死难的人。广场上有人在匆忙地竖立绞刑架。等我们走近了,一些巴什基尔人把人群驱散,把我们带到普加乔夫面前。钟声停了。一时间鸦雀无声。“哪一个是司令?”自封的皇帝问道。我们那个军士从人群中走出来,朝伊凡·库兹米奇指了指。普加乔夫威严地看了看老头子,对他说:“你怎么胆敢反抗我,反抗你的皇上?”司令受了伤已经没有什么力气,这时使出最后一点劲儿用强硬的口气回答说:“你不是我的什么皇上,你是强盗,自封的皇帝,听见没有!”普加乔夫阴沉地皱起眉头,挥了挥白手帕。几个哥萨克便揪住老上尉,把他拖到绞刑架那里去。我们昨天审讯过的那个残废的巴什基尔人骑在绞架的横木上。他用手拉着绳子,过了一会儿,我就看到可怜的司令被吊在空中了。接着又把伊凡·伊格纳季奇带到普加乔夫面前。“你向彼得·菲尔罗维奇皇帝宣誓效忠吧!”普加乔夫对他说。“你不是我们的皇帝,”伊凡·伊格纳季奇把上尉说的话又说一遍,“你这家伙是强盗,自封的皇帝!”普加乔夫又挥了挥手帕,善良的中尉就被吊在老上司旁边了。

现在轮到我了。我毫不畏惧地看着普加乔夫,准备把我的两位大义凛然的同事的回答再重复一遍。这时我突然看到什瓦布林也在暴徒的头目当中,头发剃成了一个圆圈儿,穿起哥萨克袍子,我的惊讶是难以形容的。他走到普加乔夫身边,对着他的耳朵说了几句话。“绞死他!”普加乔夫连看也不看我,就说道。绞索一下子就套到我的脖子上。我默默地祷告起来,向上帝诚心诚意地忏悔我所有的罪孽,祈求上帝拯救我所爱的一切人。我被拖到绞刑架下。“别害怕,别害怕,”暴徒们一遍又一遍对我说,也许是真的想给我鼓励。忽然我听到叫喊声:“等一等,你们这些该死的东西!等一等啊!……”刽子手们站住了。我一看,只见萨维里奇俯伏在普加乔夫脚下。“亲爹呀!”可怜的老人家说,“你杀了我家少爷有什么好处呀?把他放了吧,会给你赎金的;要是为了做样子,表示警诫,你就叫他们把我这个老头子绞死吧!”普加乔夫打了个手势,暴徒们立刻给我解下绳索,把我放了。“我们的父亲对你开恩了,”他们对我说。此时此刻,我对自己免于一死说不上高兴,也说不上遗憾。我的心情太乱了。他们又把我带到自封的皇帝面前,逼着我向他跪下。普加乔夫向我伸过一只露着青筋的手。“快吻手,快吻手!”在我旁边的人说。可是我宁愿接受最残酷的死刑,也不愿这样低三下四地受辱。“彼得·安得列伊奇少爷呀!”萨维里奇站在我背后,捅了捅我,小声对我说,“别固执了!这又算得什么?吻就吻这强……(呸!)就吻吻他的手吧!”我动也未动。普加乔夫放下手,冷笑着说:“这位先生大概是高兴得糊涂了。扶他起来吧!”于是把我扶起来,把我放掉了。我就观看起这出可怕的闹剧怎样演下去。

老百姓都开始宣誓效忠。他们一个个走过去吻十字架,然后向自封的皇帝行礼。驻防军的士兵们也都站在这儿。连里一名裁缝拿着他那把不快的剪刀,在给他们剪辫子。他们抖搂着身上的头发,走过去吻普加乔夫的手,普加乔夫表示饶恕他们,并接受他们入伙。这一切延续了有三个小时。最后,普加乔夫从安乐椅上站起来,在手下众头目簇拥下走下台阶。给他牵来一匹白马,备有华贵的马鞍。两个哥萨克扶着他上了马。他对盖拉辛神父说,要在他家里吃饭。就在这时候,听到有女人号叫的声音。几个匪徒把披头散发、剥光了衣服的司令夫人拖到了台阶上。其中有一个已经穿起了她的坎肩。另外一些人正在把羽毛褥子、箱子、茶具、衣服和坛坛罐罐往外搬。“我的老天爷呀！”可怜的老司令夫人呼喊着，“别再折腾我了！我的亲爷呀，把我送到伊凡·库兹米奇那里去吧！”她突然抬头看了看绞架，认出自己的丈夫。“你们这些强盗!”她疯狂地叫起来，“你们对他怎么能这样呀？我的亲人伊凡·库兹米奇呀，你这个能征惯战的好汉！普鲁士的刺刀、土耳其的子弹都没有伤到你，在光荣的战斗中你也没有牺牲，却死在一个逃犯手里!”“叫这个老妖婆闭嘴!”普加乔夫说。于是一个年轻的哥萨克举起马刀朝她头上砍去，她倒下去，死在台阶上。普加乔夫骑着马走了；人群涌过去，跟在他后面。

第八章　不速之客

不速之客比鞑靼人还可恶。

——谚语

广场空了。我还站在原来的地方,因为看到这样可怕的场面,惊惶翻腾的心还没有镇定下来。

最使我痛苦的是不知道玛莎小姐的情形。她在哪儿?现在她怎样了?是不是来得及藏起来?藏的地方是不是可靠?……我又担心又害怕地走进司令的家……房子里空荡荡的;桌椅橱柜全被砸坏,碗碟杯盘全被砸碎;能抢走的全被抢走。我跑上通正房的楼梯,平生第一次进入玛莎小姐的房间。我看到她的床铺被强盗们翻得乱糟糟的,衣橱被砸坏,里面的东西被抢光,空了的神龛前面的长明灯还亮着。挂在隔墙上的小镜子也还完好……这简朴的闺房的主人究竟在哪儿呀?我脑子里闪过一个可怕的念头:我想到她可能落入强盗之手……我的心紧缩起来……我伤心地、非常伤心地哭起来，大声呼唤我心上人的名字……就在这时候，我听见轻微的响动声，从衣橱后面走出巴拉莎，脸色煞白，浑身哆嗦着。

“哎呀，彼得·安得列伊奇！”她把两手一拍，说，“这是什么世道！多么可怕呀！……”

“玛莎小姐呢？”我急不可待地问道，“玛莎小姐怎样啦？”

“小姐还活着，”巴拉莎回答说，“她藏在神父娘子那儿。”

“在神父娘子那儿！”我吓得叫起来，“我的天呀！普加乔夫就在那儿呀！……”

我从房里跑出来，转眼间来到街上，就飞也似地朝神父家跑去，一路上什么也不看，什么也不顾了。神父家里闹哄哄的，叫嚷声，笑声，歌声……普加乔夫正在和他的同伙宴饮。巴拉莎也跟着我跑来了。我叫她悄悄地把神父娘子叫出来。过了一会儿，神父娘子就拿着一个空酒瓶来到门廊里迎我。

“行行好吧！告诉我，玛莎小姐在哪儿？”我怀着难以形容的激动心情问道。

“我那好孩子躺在我的床上，在里面屋里呢，”神父娘子回答说，“哎呀，彼得·安得列伊奇，差一点出事儿呀，不过，谢天谢地，一切都平平安安过去了：那强盗刚刚坐下来吃饭，我那可怜的孩子就醒过来，呻吟起来！……我简直吓呆了。他听见了，就问：‘这里谁在你屋里叹气，老婆子？’我给强盗鞠了个躬，回答说：‘是我的侄女，皇上；她生病了，睡在床上呢，已经有一个多礼拜了。’‘你侄女年轻吗？’‘还年轻，皇上。’‘叫你侄女出来让我看看，老婆子。’我的心简直要跳出来了，可是没有法子。‘对不起，皇上，这孩子就是不能起床，不能来见陛下呀。’‘好吧，老婆子，那我就亲自去看看。’于是该死的强盗朝里间走来；你猜怎样！他掀起帐子，用他那老鹰一样的眼睛看了看！——还好……上帝拯救了她！你是不是相信，我和老头子当时已经准备好去殉难了。幸亏我的好孩子也没有认出他来。主啊，我们怎么活到这种年头呀！有什么好说的呀！可怜的伊凡·库兹米奇呀！谁又能想到啊！……还有瓦西丽莎·叶戈罗芙娜呢？还有伊凡·伊格纳季奇呢？为什么绞死他？……怎么倒把你饶过了？可是什瓦布林·阿列克赛·伊凡内奇，又怎么样？他把头发剃成圆圈儿，这会儿在我们这儿跟他们一起大吃大喝了！没说的，太狡猾了！在我说到侄女生病的时候，他看了我一眼，你信不信，那一眼就像一把刀子，要把我戳穿；不过他没有说出来，这是要感谢他的。”就在这时候，听到客人们醉醺醺的叫嚷声和盖拉辛神父的声音。是客人们要酒喝，主人在呼唤老伴儿。神父娘子着了忙。“你快回去吧，彼得·安得列伊奇，”她说，“我这会儿顾不上您了；强盗们喝得上了劲儿。您要是落到醉鬼手里，那就糟了。再见，彼得·安得列伊奇。听天由命吧；也许上帝会保佑咱们的。”

神父娘子走了。我多少放心一些了，就回自己的住处去。从广场旁边走过的时候，看到好几个巴什基尔人挤在绞架旁边，在剥死者的靴子。我觉得干预也无益，就使劲儿把怒火压下去。强盗们在要塞里跑来跑去，洗劫军官们的家。到处可以听到喝得醉醺醺的暴徒的叫嚷声。我回到住处。萨维里奇在门口迎住我。“谢天谢地!”他一看见我，就叫起来，“我还以为，强盗们又把你抓去了呢。唉，彼得·安得列伊奇少爷呀！你可相信，强盗把咱们的东西抢光啦？衣服、被单、碗碟——一样也不剩。不过，那又算什么！谢天谢地，把你放了，让你活下来！少爷，你可认出他们的首领？”

“没有，没认出来；他究竟是什么人？”

“你怎么啦，少爷？你怎么忘了在客店里骗走你的皮袄的那个酒鬼呀？兔皮袄还是崭新的呀；可是他这家伙使劲儿撕扯开，就往身上硬套！”

我非常惊愕。确实，普加乔夫跟我那个领路人像得出奇。我这才明白，普加乔夫就是那个领路人；这才明白，为什么把我饶过了。我不能不惊讶，竟有这样奇怪的巧合：送给流浪汉一件小皮袄，竟使我逃脱绞刑；一个到处游荡的酒鬼，竟然攻占许多要塞，震撼了整个国家！

“你想吃点东西吗？”还没有改变习惯的萨维里奇问道，“家里什么都没有了；我去找找，给你做点儿什么吃的。”

剩下一个人，我沉思起来。我怎么办呢？留在暴徒占领的要塞里，或者追随他们的一伙，在一个军官来说，都是很不成体统的。军人天职要求，在目前危难的局面下，我应该到我还能为祖国效力的地方去……但爱情却强烈地要求我留在玛莎小姐身边，保护她，照顾她。虽然我预料形势无疑会很快转变，但我想到她的危险处境，还是不能不担心害怕。

一个哥萨克跑来找我，打断我的思绪。他通知我说：“皇上召见你。”“他在哪儿？”我准备听从，就问道。

“在司令的房子里，”哥萨克回答说，“饭后我们的老爷子去洗过澡，这会儿在休息呢。您大人要知道，从各方面看出来，他是一个贵人：一顿饭吃了两头烤小猪，能洗那样热的蒸汽澡，连塔拉斯·库罗奇全都吃不消，把桦箸帚交给福姆卡·比克巴耶夫，浇过些冷水才好不容易喘过气来。没说的，他的一举一动都是那么威严……听说，在澡堂里他让人看了看他胸前的帝王印记：一边是双头鹰，有五戈比硬币那样大；另一边是他的头像。”

我觉得没必要反驳这个哥萨克的说法，就跟他一起朝司令的房子走去，一面想象着和普加乔夫见面的情形，并且竭力揣测这次见面会怎样收场。读者不难想象，当时我不是非常冷静的。

我来到司令家门前时，天已经开始黑了。吊着死人的绞架黑乎乎的，非常可怕。可怜的司令夫人的尸体依然横躺在台阶脚下；台阶上有两个哥萨克在站岗。带我来的那个哥萨克进去通报，一会儿就回来，把我带进一个房间，昨天我就是在这儿依依不舍地和玛莎小姐告别的。

我面前出现了不同寻常的情景：一张铺了台布的餐桌上摆满酒瓶和酒杯，餐桌后面坐的是普加乔夫和十来个哥萨克头目，戴着皮帽，穿着花衬衫，喝酒喝得来了劲儿，脸红红的，眼睛亮闪闪的。什瓦布林、我们那个军士以及新入伙的哥萨克，都不在其中。“哦，先生来了！”普加乔夫一看见我，就说，“欢迎欢迎；请坐请坐，请不要见外。”在座的人多少挤了挤。我一声不响地在桌子边上坐下来。我旁边一个挺拔而英俊的年轻哥萨克给我斟了一杯白酒，我碰也没有碰。我好奇地打量起这一伙人。普加乔夫坐在首位，胳膊肘撑在桌子上，用他那老大的拳头托着黑黑的大胡子。他的相貌又端正又相当可爱，一点也不显得残暴。他不时和一个五十来岁的人说话，有时称他伯爵，有时称他季莫菲伊奇，有时还尊称他大叔。所有的人彼此都以同伴对待,也不对自己的首领表示特别的恭敬。他们谈的是早晨的进攻、暴动以来的胜利和今后的行动。每个人都夸耀自己的功绩,发表自己的意见,并且无拘无束地和普加乔夫争论。就在这个奇怪的军事会议上,决定了向奥伦堡进军:这是一次大胆的行动,而且这次行动差一点取得成功,酿成灾难!进军就定在明天。"来吧,弟兄们,"普加乔夫说,"咱们来唱唱我喜欢的一支歌儿,唱了歌儿好睡觉。丘马科夫!你开个头儿!"坐在我旁边的年轻哥萨克用尖细的嗓门儿唱起悲壮的纤夫之歌,接着大家就一齐唱起来:

别嚷嚷,亲爱的绿橡树,
别打扰我好汉想心事。
明天我好汉要去受审判,
去见沙皇这个威严的法官。
皇上要亲自把我审问:
你这个农民的孩子,你说说,
你跟谁一起偷窃,一起抢劫,
是不是还有很多同伙儿?
正教的沙皇,你听着,
我把真情实话对你说说,
我的同伙儿一共有四个:
第一个同伙儿是黑夜,
第二个同伙儿是宝刀,
第三个同伙儿是骏马,

第四个同伙儿是强弓，
我派出的密探就是利箭。
那正教的沙皇就会对我说：
好啊，你这农家孩子，
你又会抢劫，又能言善辩！
我要给你这孩子赏赐：
在空地上竖两根柱子加一截横木，
就给你做高高的宫殿。

我听到这些注定要受绞刑的人唱起有关绞刑的民歌，真说不清在我心中激起的是什么样的波澜。他们那威风凛凛的面容、和谐的声音、他们为悲壮的歌词增添的悲壮激情——这一切震撼了我的心灵，使我感受到诗歌的威力。

客人们又每人干了一杯，就站起来向普加乔夫告别。我也想跟他们走了，可是普加乔夫对我说："你坐下，我想和你聊聊。"我们就面对面坐下了。

我们都一言不发地过了几分钟。普加乔夫凝神看着我，偶尔带着一种调皮和嬉笑的奇怪表情眯起左眼。终于，他笑起来，而且，笑得那样开心，所以我望着他也笑起来，自己也不知道为什么笑。

"怎么样，先生？"他对我说，"你说实话，我那些弟兄们把绳子套在你脖子上的时候，你害怕了吧？我看，恐怕魂都飞上天了……要不是你那个老家人，你就在横木上晃悠了。我一下子就认出了那个老家伙。哦，你可曾想到，先生，那个把你带到客店的人，就是我这个大皇帝？（于是他摆出一副又威严又神秘的架势。）你对我犯了很大的罪，”他继续说，“不过我赦免了你，因为你人品好，就在我不得不到处躲避敌人的时候，你给了我帮助。而且你会看到，何止这一点呀！等我得了天下，我会好好赏赐你的！你能保证效忠于我吗？”

这骗子的问话和他的胆大妄为，使我觉得非常滑稽可笑，我忍不住笑了笑。

“你笑什么？”他皱着眉头问我，“你是不是不相信我是大皇帝？老实回答我。”

我为难了：承认这流浪汉是皇帝，我办不到，因为我觉得这是不可饶恕的怯懦。当面说他是骗子——那是自招死亡；当时我在绞刑架下，在怒火中烧时在大庭广众之下表现出那种态度，现在我觉得那样逞英雄是无益的了。我犹豫起来。普加乔夫阴沉着脸等待我回答。终于（至今我还非常得意地记着这一时刻）我的责任感在我心中战胜了人类的弱点。我回答普加乔夫：“你听着：我对你说的全是实话。你想想看，我能承认你是皇帝吗？你是一个聪明人：就算是我承认了，你也会看出我说的不是真心话。”

“依你看，我究竟是什么人？”

“那就只有天知道了；反正不管你是什么人，你是在开一种危险的玩笑。”

普加乔夫迅速地看了我一眼。“这么说，你不相信我是彼得·菲多罗维奇皇帝喽？”他说，“好吧。不过，难道好汉就不能成大事吗？古时候格里什卡·奥特列皮耶夫不是也曾经称帝吗？你想把我看做什么人就看做什么人好啦，可是你不要离开我。你管那么多事干什么？谁当神父，谁就是爹。你要是为我效忠，我就封你为元帅和公爵。你以为怎样？”

“不，”我坚定地回答说，“我生来就是贵族；我向女皇宣过誓；不能为你效劳。你要是真正好心对待我，那就放我到奥伦堡去。”

普加乔夫沉思起来。“要是我放了你，”他说，“你是不是可以保证，今后至少不再反抗我？”

“这一点我怎么能向你保证呢？”我回答说，“你应该知道，这由不得我：上级叫我反抗你，我就得上前，没有办法。你现在自己是首领，你也要部下服从你呀。需要我效力的时候，我不肯效力，那又像什么话呢？我的命在你手里：你要是放了我，那谢谢你；你要是杀了我，上帝自会审判你；我对你说的都是实话。”

我的真诚震动了普加乔夫。“那就这样吧，”他拍着我的肩膀说，“杀了就杀了，饶了就饶了。你想去哪儿就去哪儿，想干什么就干什么好啦。明天你来和我告别，现在就去睡吧，我也要睡了。”

我离开普加乔夫，来到街上。这是一个无风而寒冷的夜晚。月亮和星星都很明亮，照得广场和绞架清清楚楚的。要塞里到处都很安静，到处都黑乎乎的。只有小酒店里还亮着灯火，还有来迟的浪荡汉的叫嚷声。我朝神父家看了看。护窗和大门都已经关上。看来，里面一切都平安无事了。

我回到自己的住处，看到萨维里奇因为我没回来正在发愁。他一听说我可以自由了，真说不出有多么高兴。“主啊，真感谢你！”他画了个十字，说，“天一亮咱们就离开要塞，哪儿有路就往哪儿去。我给你做了一点儿吃的；你吃点儿吧，少爷，吃过了就安安稳稳睡一夜,像睡在基督怀里那样。"

我听从他的劝告,津津有味地吃过晚饭,就在光光的地板上睡着了,因为精神和身体都疲乏极了。

第九章　离别

和你亲近甜如蜜，
姑娘呀，好姑娘！
和你分别好悲伤，
像告别灵魂一样。
——赫拉斯科夫[1]

清晨，鼓声把我惊醒。我朝集合的地方走去。普加乔夫的人马已经在绞架旁边排成队伍，绞架上还吊着昨天的牺牲者。哥萨克们都骑在马上，士兵们都持着枪。旌旗猎猎飘扬。几尊大炮已经装到行军炮架上，其中有一尊我认出是我们的。所有的居民也都在这儿等候自封的皇帝。在司令家的台阶旁边，一个哥萨克牵着一匹吉尔吉斯种的白色骏马。我用眼睛寻找司令夫人的尸体。尸体已经被挪到一边，盖着芦席。终于，普加乔夫走出门

①赫拉斯科夫(1733—1807)，俄国诗人和戏剧家。

来。大家都摘下帽子。普加乔夫在台阶上站下来,向大家问好。一个头目递给他一袋铜钱,他便一把一把地把铜钱撒了开去。大家又叫又嚷地跑过来抢钱,免不了有受伤的。普加乔夫由他的一些主要的同伙儿簇拥着。什瓦布林也在其中。我们的目光相遇了;他看出我的目光里有轻蔑的意味,便带着真正恼恨和故作嘲笑的神情转过身去。普加乔夫看见我在人群里,便向我点点头,叫我过去。"你听着,"他对我说,"你现在就到奥伦堡去,代我告诉省长和所有的将军,过一个礼拜我就到那儿去,叫他们等候我。你劝他们迎接我,像孩子一样爱戴我,听从我;要不然他们逃脱不了严厉的死刑。一路平安,先生!"然后他转过身朝着大家,指着什瓦布林说:"弟兄们,这是你们的新指挥官,你们要听从他的指挥,他负责替我指挥你们,掌管要塞。"我听到这话十分害怕:什瓦布林当上要塞司令了;玛莎小姐落到他手里了!天啊,她会怎么样呀!普加乔夫下了台阶。给他牵过马来。几个哥萨克本想扶他上马,可是他一腾身就跨了上去。

就在这时候,我看到我的萨维里奇从人群中走了出来,走到普加乔夫面前,递给他一张纸。我猜不出这是要干什么。"这是什么?"普加乔夫很威风地问道。"你看一看,就知道了,"萨维里奇回答说。普加乔夫接过纸,带着很深沉的神气看了老半天。"你怎么写得这样费解?"终于他说,"我们这些明亮的眼睛一点也看不明白。我的书记长在哪儿?"

一个穿军曹制服的年轻小伙子很麻利地跑到普加乔夫面前。"你念一念吧,"普加乔夫说着,把那张纸递给他。我非常想知道我的老家人给普加乔夫写了些什么。书记长一个字一个字地大声念起来：

“两件长袍，一件细面的，一件条纹绸子的，合六卢布。”

“这是什么意思？”普加乔夫皱着眉头说。

“请让他念下去，”萨维里奇泰然自若地回答说。

书记长又念下去：

“细呢绿军装一件，值七卢布。

“白色呢裤一条，值五卢布。

“带套袖的荷兰布衬衫十二件，合十卢布。

“带茶具的食品盒一个，值两个半卢布……”

“胡说什么呀？”普加乔夫打断他，“什么食品盒、带套袖裤子，这干我什么事？”

萨维里奇干咳了一声，就解释起来：

“老爷子，这是请你看看我家少爷的失物清单，被歹徒抢去的……”

“什么歹徒？”普加乔夫厉声问道。

“对不起，我说走嘴了，”萨维里奇回答说，“不管是不是歹徒，反正你的弟兄们就这么偷偷摸摸拿走了。你不要生气：马有四条腿，还跌跤呢。你叫他念完吧。”

“念下去，”普加乔夫说。书记长就又念下去：

“印花布被单、塔夫绸被单各一条，合四卢布。

“红色拉锦卷毛绒皮袄一件，值四十卢布。

“还有兔皮袄一件，就是在客店里施舍给你的，值十五卢布。”

“这又是什么鬼玩意儿！”普加乔夫大喝一声，眼睛里有火光闪了一下。

说实话,我真吓坏了,担心我那可怜的老家人会遭殃。他本来还想加以解释,可是普加乔夫把他打断了:"你怎么敢拿这种小事来跟我捣蛋?"他叫起来,便从书记长手里抓过那张纸,摔到萨维里奇的脸上。"你这老浑蛋!把东西全拿走,又有什么大不了的?老东西,你应该天天为我和我的弟兄们祷告上帝,因为没有把你和你家少爷跟那些违抗圣命的家伙一起绞死……兔皮袄呢!我会给你兔皮袄的!你明白吗,我要叫人活剥你的皮来做皮袄!"

"要剥就剥好啦,"萨维里奇回答说,"我是一个伺候人的人,应该管好主人的东西。"

普加乔夫显然动了慈悲之心。他转过身,就骑着马走了,再没有说一句话。什瓦布林和众头目也跟着他走了。全部人马很有秩序地出了要塞。老百姓都去送普加乔夫了。广场上只剩了我和萨维里奇。我的老家人手里还拿着那张清单,而且带着十分惋惜的神气看着。

他看到普加乔夫对我很和善,就想利用一下;他的如意算盘却落了空。我本想骂他几句,说他这种忠心是不恰当的,却忍不住笑了起来。"你笑吧,少爷,"萨维里奇回答说,"笑吧;等到咱们重新安定下来过日子的时候,就知道这是不是可笑了。"

我急忙到神父家去看玛莎小姐。神父娘子一看见我,就报告了令人难过的事。夜里玛莎小姐发起高烧。她昏昏沉沉躺在床上,而且还说胡话。神父娘子把我领进她的房里。我轻轻地走到她床前。她的脸变了模样,我一见大吃一惊。她竟认不出我来了。我在她床前站了很久,也没有去听盖拉辛神父和好心的神父娘子说的话，他们好像是在安慰我。我愁肠百结，心烦意乱。我觉得最可怕的是，这个可怜的、举目无亲的孤女落入凶恶的暴徒当中，而我又无力相救。尤其使我提心吊胆的是什瓦布林，什瓦布林在这里。他受自封皇帝之命占据这个要塞，可怜的姑娘留在这里，姑娘又是他所仇恨的无辜的对象，他就可以为所欲为了。我该怎么办呢？怎样帮助她呢？怎样才能把她从这个恶棍手里解救出来？只有一个办法：我决意立刻到奥伦堡去，催促早日收复白山要塞，并且尽可能予以协助。我辞别神父和神父娘子，并且很动情地把我已经认作妻子的姑娘交托给她。我抓住姑娘的手，噙着泪水吻了吻。“再见吧，”神父娘子在送我的时候，对我说，“彼得·安得列伊奇，再见吧。也许咱们还能在太平的时候见面的。不要把我们忘了，常给我们来信。除了您，可怜的玛莎小姐再也找不到什么安慰，再也没有人可以依靠了。”

我来到广场上，站了一会儿，看了看绞架，朝绞架鞠了一躬，便出了要塞，走上大路，在寸步不离的萨维里奇陪伴下，朝奥伦堡走去。

我走着，想着心事，忽然听到背后有马蹄声。我回头一看，看到一个哥萨克骑着马从要塞里跑来，并且牵着一匹马，老远就向我招手。我站了下来，很快就认出这是我们那个军士。他来到跟前，下了马，把另一匹马的缰绳递给我，说：“先生！我们的爷赏给您一匹马，把他身上的皮袄也赏给您（马鞍上扎着一件羊皮袄）。还有……”这个军士结结巴巴地说起来，“他赏给您……半个卢布……可是我在路上掉了，请多多原谅。”萨维里奇斜着眼睛看了看他，说：“在路上掉了！那你怀里哗啦哗啦响的是什么？不要脸的东西！”“我怀里哗啦哗啦响的是什么吗？”那军士一点也不难为情，而是反驳说，“你得了吧，老头子！这是马笼头在响，不是钱。”“好啦，”我打断他们的争吵，说，“你替我谢谢派你来的那个人；掉了的那半个卢布，你在回去的路上仔细找找，找到了你就买酒喝吧。”“多谢了，先生，”他说着，转过马头，“我要天天为您祷告上帝。”他说这句话的时候，已经骑着马往回跑了，同时用一只手紧紧把怀里的钱按住；一会儿，他就跑得不见影子了。

我穿起皮袄，上了马，让萨维里奇骑在我背后。“少爷，你看，”老人家说，“我向那流氓告状没有白费劲儿。这贼东西也觉得不好意思了。虽然这匹又高又瘦的巴什基尔驽马和一件羊皮袄还不抵他们这伙强盗抢你的和你施舍给他的东西的一半，可总还是有点儿用处的；而且，能从恶狗身上拔下一撮毛，也是好的。”

第十章　围城

占领了草地和高山，
他就对城市虎视眈眈。
下令在营地后面筑起炮垒，
炮手就位，准备攻城夜战。
——赫拉斯科夫

我们来到奥伦堡城外，看到一群剃光了头、脸上带烙印的囚徒。他们在驻军的残废士兵监督下，在工事旁边干活儿。有的用小车往外运送壕沟里的脏东西；有的用锹掘土；泥水匠在搬砖，修补城墙。在城门口哨兵把我们拦住，要看我们的证件。一名军士听说我是从白山要塞来的，就径直把我带到将军家里。

我在花园里见到将军。他正在察看被秋风吹秃了的一株株苹果树，并且在一名老园丁的帮助下，小心翼翼地用干草包扎以防冻。他的脸流露着安详、健康、和善和神气。他一看见我，非常高兴，就详细询问起我所见到的种种可怕的事。我一五一十地对他说了说。老将军很认真地听我说，一面剪着枯枝。“米罗诺夫真不幸呀！”等我说完了这些悲惨的事，他说道，“可惜呀，他是一个很好的军官。米罗诺夫夫人也是一位很好的夫人，而且她腌蘑菇做得多么好呀！哦，玛莎，上尉的女儿，怎么样了？”我回答说，她还留在要塞里，在神父娘子家里。“哎呀，哎呀，哎呀！”将军说，“那就糟了，太糟了！不能指望强盗有什么纪律。可怜的姑娘怎么办呀？”我回答说，这里离白山要塞不远，将军大人想必很快会派兵去解救白山要塞的居民。将军带着疑虑的神气摇了摇头。“咱们再看吧，再看吧，”他说，“这事咱们还有时间再商量。请你来我家喝杯茶吧：今天我要开一个军事会议。你可以给我们报告一下有关那个无赖普加乔夫和他的军队的真实情况。现在你暂且去休息一会儿吧。”

我来到分拨给我的住处，萨维里奇已经在这里忙活着了。我焦急地等待起开会时间。读者不难想象，我是不会错过这个会议的，因为这个会议对我的命运会有重大影响。到了预定时间，我已经在将军家里了。

我在将军家里见到一位本城的官员，记得好像是关税局长，是一个穿缎子长袍的红脸膛胖老头子。他向我详细问起伊凡·库兹米奇的遭遇，并且称伊凡·库兹米奇为教亲。他常常打断我，提一些问题，发表一些道义方面的见解，表明他这人即使不精通军事，至少也是精明灵活，天生聪慧。这时应邀参加会议的人也陆续来到。除了将军本人，他们没有一个是军人。等大家都就座，给每人送上一杯茶之后，将军便极其清楚、极其详尽地说明是怎么一回事儿。“现在,诸位先生,”他继续说,“就是要决定,对暴徒应该采取何种行动:攻还是守? 这两种办法各有利弊。进攻可望迅速击溃敌人,防守则稳妥可靠……那么,咱们就按应有的顺序征求意见,也就是自下而上征求意见。准尉先生!”他转身对我说,“请您发表意见吧。”

我站起来,首先简要地说了说普加乔夫及一伙儿的情况,然后就斩钉截铁地说,自封皇帝无法抵挡正规军的进攻。

这些官员显然不赏识我的意见。他们认为这是年轻人的轻率和冒失。他们很不满意地小声议论起来,我只是听清了一个人小声说的一句:“太幼稚!”将军转过身来,笑着对我说:“准尉先生!在军事会议上,开头的发言一般都是主张进攻的,这也是应有的规律。现在咱们继续征求意见。六级文官先生! 请说说您的意见!”

穿缎子长袍的老头儿匆匆喝下第三杯搀了不少罗姆酒的茶,回答将军说:“将军大人,愚意以为,既不宜攻,也不宜守。”

“那怎么办呀,六级文官先生?”将军惊讶不已地问道,“战术上可没有别的办法:不是攻就是守……”

“大人,最好是用收买的办法。”

“哎呀呀!您的主意太高明了! 收买的办法在战术上是允许的,我们就采用您的主意。可以悬赏收买那个无赖的头……出七十卢布,甚至一百卢布……就从秘密经费中支出……”

“要是这样的话,”关税局长不等对方说完,就接话说,“那些强盗要是不把他们的首领五花大绑送到我们这儿来,我就不是六级文官,算是一头吉尔吉斯绵羊。”

“这事儿咱们还可以再考虑,再商量,”将军回答说,“可是不管怎样,还是要采取一些军事措施。诸位,还是按照应有的程序发表你们的意见吧。”

结果所有的意见都和我的意见相反。所有的官员都说军队靠不住,取胜没有把握,还是小心谨慎为妙,等等。大家都认为,最妥善的办法是以大炮为掩护,在石头城里坚守,而不是到战场上去碰运气。最后,将军听完大家的意见,磕了磕烟灰,说了如下一番话:

“诸位先生!我应该说明,就我来说,我是完全赞同准尉先生的意见的;因为他的意见是符合战术常规的,在战术上,进攻几乎总是比防守为好。”

说到这里,他停下来,装起烟斗。我自以为高明,洋洋得意起来。我骄傲地看了看众官员,他们在小声议论着,流露着不满和不安的神情。

“不过,诸位先生,”他深深地叹了一口气,随着叹气吐出一股浓烟,然后继续说下去,“这事关系到我们仁慈的女皇交托给我的几个省的安全,我不敢担当这样重大的责任。所以,我赞同大多数人的意见,也就是多数人认定的最明智、最安全的办法:在城里坚守,如果敌人进攻,就用大炮抵挡,如果可能的话,也可以伺机出击。”

官员们这时也带着讥笑的神气看了看我。会议散了。这位可敬的老将如此软弱,竟违反自己信念,接受这些外行和没有经验的人意见,我不能不感到遗憾。

这次重要的会议之后,过了几天,我们就获悉,普加乔夫果然说到做到,已经逼近奥伦堡了。我在城墙上看到了暴动的军队。

我觉得，从我见到的那次进攻以来，他们的人数增加了有十倍。他们也有不少大炮，那是普加乔夫从他已经攻下的一些小要塞里缴获的。我想起军事会议的决定，就预料到我们会长期被围困在奥伦堡城内，懊恼得几乎要哭了。

我不来描写奥伦堡之围，那属于历史范畴，不应纳入家庭纪事。总而言之，这次包围由于地方当局玩忽职守，使居民遭受饥饿和种种灾难，受害极为严重。不难想象，奥伦堡的生活是极其艰难的。所有的人都垂头丧气，为自己的命运提心吊胆；所有的人都唉声叹气，感到物价涨得实在可怕。居民们已经见惯了飞到院子里的炮弹；连普加乔夫的进攻也引不起大家的注意了。我非常苦闷。时间一天天过去。收不到白山要塞的来信。所有的道路都被切断。真忍受不了我同玛莎小姐离别之苦。尤其使我痛苦的是，不知道她遭遇如何。我唯一的消遣是随骑兵出击。多亏普加乔夫，我有了一匹好马，我和它分享少得可怜的食物，每天骑着它出城去和普加乔夫的骑兵交战。在多次交战中，那些吃得饱、喝得足、又有好马的暴徒总是占上风。城里的瘦弱不堪的骑兵无法战胜他们。我们的饥饿的步兵有时也出击，但积雪太深，他们对付不了分散活动的骑兵。大炮在城墙上轰击无济于事，拉到田野上，由于马匹瘦弱不堪，拉也拉不动。我们的军事行动就是这个样子！这就是奥伦堡的官员们所说的谨慎和明智！

有一次，我们难得地打散和赶跑一大群敌人，我追上一个掉了队的哥萨克，正要举起我的土耳其马刀朝他砍去，他突然摘下帽子，大声叫起来：

“您好，彼得·安得列伊奇！一切都如意吗？”

我一看,认出是我们那个军士。我看到他真是说不出有多么高兴。

“你好,马克西梅奇,”我对他说,“你从白山要塞出来很久了吗?”

“不久,彼得·安得列伊奇;昨天才回来。我给您带了一封信。”

“信在哪儿?”我叫起来,激动得一张脸都红了。

“在我身上,”他说着,就把手伸进怀里,“我答应巴拉莎,一定把信带给您。”于是他把一封折好的信交给我,转身就跑掉了。我把信展开,浑身颤抖着看起来:

大祸临头,使我突然失去父母。在世界上我没有一个亲人,没有人可以依靠了。我现在求助于您,因为我知道,您一直希望我好,您对任何人都愿意帮助。我祷告上帝,希望这封信无论如何送到您的手里!马克西梅奇答应把这封信送给您。巴拉莎还听到马克西梅奇说,他常常在你们出击的时候老远看到您,说您一点不顾惜自己,也没有想到那些含泪为您祷告上帝的人。我病了很久;等我身体好了,取代先父掌管要塞的什瓦布林逼着盖拉辛神父把我交给他,不然就要向普加乔夫告发。我现在住在自己家里,受到监视。什瓦布林逼着我嫁给他。他说他救过我的命,因为神父娘子说我是她的侄女时,他帮助隐瞒了真相。与其嫁给什瓦布林这样的人,还不如死掉。他对待我很厉害,并且威胁说,要是不回心转意,不肯嫁给他,他就要把我送到军营里去交给那个强盗,我的下场就会像丽莎维妲·哈尔洛娃那样。我要求什瓦布林让我再想一想。他答应再等三天。我要是过三天不嫁给他，那就毫不留情了。彼得•安得列伊奇少爷呀！我只有您可以依靠了；您就救救我这个苦命人吧。您恳求将军和各位军官赶快派援军到我们这里来，如果您能来，您也亲自来吧。

永远听从您的、不幸的孤女

玛丽娅•米罗诺娃

我看过这封信，几乎要发疯了。我无情地催赶着我那匹可怜的马，跑回城里。一路上我寻思着怎样设法解救可怜的姑娘，可是什么办法也想不出来。一回到城里，我就直接去见将军，急匆匆闯进他家里。

将军正在房里前前后后踱着，吸着他那海泡石烟斗。他一看见我，就站住了。想必是我的样子使他吃了一惊；他很关心地问起我匆匆赶来的原因。

“大人，”我对他说，“我是来求您，把您当作亲爹；您行行好，不要拒绝我的请求吧：这事关系到我一生的幸福。”

“哎呀，什么事呀？”老将军惊讶地问，“我能为你做点儿什么呀？你说吧。”

“大人，请您下令让我带一连士兵和五十名哥萨克去扫平白山要塞。”

将军凝神看着我，想必以为我是发了疯（这一点他几乎没有猜错）。

“扫平白山要塞？那怎么行？”他终于说。

“我向您保证，一定会成功，”我慷慨激昂地回答说，“只要您让我去。”

“不行呀，年轻人，”他摇着头说，“这么远的距离，敌人很容易切断你们和主要战略据点的联系，把你们打垮。切断联系……”

我看出他一心想在军事方面进行论断，怕不会有什么好结果，连忙把他的话打断。

“米罗诺夫上尉的女儿给我写了一封信，”我对他说，“她向我求救；什瓦布林强迫她嫁给他。”

“真的吗？哦，这个什瓦布林真是坏透了，要是落到我手里，我一定下令严厉审判他，就把他送到要塞护墙上枪毙！不过暂时还应该忍耐……”

“忍耐呢!”我失声叫起来，“可是他就要娶玛莎小姐了呀!……”

“噢!”将军不以为然地说，“这倒也没有什么大不了的：她最好还是暂时做什瓦布林的妻子，这样他就可以保护她。等我们把他枪毙了，到那时候，上帝保佑，她会再找到丈夫的。标致的小寡妇是不会长期守寡的。我的意思是说，小寡妇找丈夫，比大姑娘更容易。”

“我宁愿去死，”我发狂似地说，“也不能把她让给什瓦布林!”

“哎呀呀呀！”老头子说，“现在我明白了：你想必是爱上玛莎小姐了。噢，那就是另一回事儿了！不幸的小伙子呀！不过，我还是不能给你一连士兵和五十名哥萨克。这种出击太轻率了，我负不了这个责任。”

我垂下头，感到绝望。突然我脑子里闪过一个主意：至于什么样的主意，如古代小说家说的，诸位明公且待下一章分解。

第十一章　动乱的小镇

这时狮子已经吃饱，
虽然它生性残暴。
“为何光临我的洞穴？”
它亲切地问道。
——苏马罗科夫[①]

我辞别将军，匆匆赶回自己住处。萨维里奇迎住我，仍然像往常那样规劝我：“少爷，你就喜欢跟那些强盗酒鬼较量！这哪儿是贵人干的事儿？万一有个闪失，那才不值得呢。要是去打土耳其人或者瑞典人，倒也罢了，可是你现在打的是什么人呀，连说说都是罪过。”

我打断他的话，问他现在总共还有多少钱。“够你用的，”他带着得意的神气回答说。“不管那些坏蛋怎样翻箱倒柜，我还是藏起

①据考证，这段题词实际上是普希金自己撰写的。

来了。”他说着，从口袋里掏出一个针织的长袋子，里面装满了银币。“好吧，萨维里奇，”我对他说，“现在你给我一半，剩下的你拿着。我要到白山要塞去。”

“彼得·安得列伊奇少爷呀!”善良的老家人用打哆嗦的声音说，“安分点儿吧；眼下所有的道路都被强盗切断了，你怎么能出去呀！你就是不顾惜自己，至少也要可怜可怜你的父母呀。你能上哪儿去？去干什么？还是多少等一等，等大军来了，把坏蛋们都抓起来，那时候你想上哪儿去就上那儿去好啦。”

但是我的决心已经下定了。

“没时间商量了，”我回答老头子说，“我必须去，我不能不去。不要难过，萨维里奇：上帝是仁慈的，也许咱们还能见面！你自己也当心些，不必于心不安，不要舍不得花钱。你需要什么就买什么，价钱再贵也要买。这些钱我都送给你了。要是过三天我还没有回来……”

“你这是说什么呀，少爷？”萨维里奇打断我的话，“叫我放你一个人走！这事你做梦也别想。你要是打定了主意，你骑马走，那我步行也要跟着你，决不离开你。你要我离开你，一个人躲在石头城里吗？难道我疯了？你想怎样就怎样好啦，少爷，我可是不能离开你。”

我知道，跟萨维里奇没有什么好争论的，便叫他准备动身。半个钟头之后，我就骑上我的那匹好马，萨维里奇也骑上一匹又瘦又瘸的老马，那是城里一户居民没有草料喂马，白送给他的。我们来到城门口，哨兵放行；我们便出了奥伦堡城。

暮色渐浓。我走的这条路要从别尔达镇旁边经过，那是普加乔夫的驻地。有一条直路被雪埋住了;可是整个草原上到处是马蹄印子,可见天天都有马经过。我放马大步奔跑。萨维里奇很勉强地远远跟着我,不时地大声朝我叫喊:“慢点儿,少爷,行行好,慢点儿吧。我这匹该死的老马跟不上你那匹长腿魔鬼。你急着上哪儿去呀?这又不是去吃喜酒,是去闯刀山,弄不好就……彼得·安得列伊奇……彼得·安得列伊奇少爷呀!……行行好吧!……主啊,救救少东家吧!”

不一会儿,就看见别尔达镇的灯火。我们来到冲沟边,这是这个镇的天然堑壕。萨维里奇依然跟在我后面,没有中断他那诉苦性质的祷告。我指望能平平安安绕过这个镇,却突然在暮色中看见前面有五六个手持棍棒的大汉:这是普加乔夫驻地的前哨。他们吆喝我们站住。我不知道他们的口令,就想一声不响地从他们旁边跑过去;可是他们立刻把我包围起来,其中一个抓住缰绳把我的马勒住。我抽出马刀,朝这个汉子头上劈去;皮帽救了他的命,然而他还是踉跄了两下,把手里的缰绳松掉了。其他几个也慌了,跑开了。我趁这机会,把马一踢,就跑起来。

夜幕已渐渐降下,我本来可以脱离一切危险的,可是我突然回头一看,发现萨维里奇不见了。可怜的老头子骑着瘸马,没有逃出强盗的手掌。怎么办呀?我等了他几分钟,料定他是被截住了,便拨转马头去救他。

我朝冲沟跑去,老远就听见闹声、叫声和萨维里奇的说话声。我催马加鞭跑去,一会儿就来到刚才拦截我的那几个大汉中间。萨维里奇也在这里。他们把老头子从马上拖下来,正要把他捆起来。他们看到我来了,非常高兴。他们叫嚷着向我扑过来,转眼工夫就把我拖下马来。其中的一个,看样子是个小头目,向我们宣布,马上要带我们去见皇帝。他又说:“要听皇上的旨意:是马上把我们绞死,还是等到天亮。”我没有反抗;萨维里奇也学我的样。这几个哨兵便神气活现地押着我们走去。

我们跨过冲沟,进了镇。一座座房子里都点起灯火。到处都有叫声和闹声。在街上我遇到很多人;但在黑暗中谁也没有注意我们,没有认出我是奥伦堡的军官。他们直接把我们带到十字路口的一座小屋门前。门口放着好几个酒桶和两尊大炮。“这就是皇宫,”一个汉子说,“我们就去通报。”他走进小屋。我看了看萨维里奇;老头子画了个十字,默默地在祈祷。我等了老半天;那汉子终于走出来,对我说:“走吧:皇上传旨叫军官进去。”

我走进小屋,或者如那汉子说的,走进皇宫。小屋里点着两支脂油蜡烛,墙上裱了金纸;不过,那板凳、桌子、吊在绳子上的洗脸盆、挂在钉子上的手巾、角落里的炉叉和放满瓶瓶罐罐的宽阔的炉台,——一切都跟普通农舍里一样。普加乔夫坐在圣像下面,身穿大红袍,头戴高高的皮帽,威风凛凛地叉着腰。他身旁站着几个主要的头目,都装出毕恭毕敬的样子。显然,这些暴徒听说从奥伦堡来了一名军官,产生了强烈的好奇心,并且摆出胜利的姿态迎接我的。普加乔夫一眼就认出了我。他摆出来的那种威严神气一下子就不见了。“啊,是您呀,先生!”他很快活地对我说,“近来还好吗!到这儿来有什么事呀?”我回答说,我有事从这儿经过,他手下的人把我截住了。“有什么事呀?”他问我。我不知道怎样回答才好。普加乔夫以为我当着这么多人的面有话不便说出口,就对众头目说,请他们出去。大家都听从了,只有两个人站着没有动。“你就当着他们的面大胆地说吧，”普加乔夫对我说，“我是什么事都不瞒着他们的。”我侧眼看了看自封皇帝的两个亲信。其中一个是孱弱而驼背的老头子，灰色大胡子，除了他那灰呢子长袍上斜佩一条浅蓝色绶带以外，他身上再没有什么特别令人注目之处。可是我一辈子也不会忘记他那个伙伴。他身材高大，肩宽背阔，我估计他年纪在四十五岁上下。那浓密的火红色大胡子、炯炯有神的灰眼睛、没有鼻孔的鼻子、额上和腮上的一个个红斑给他那宽阔的麻脸增添了一种无法形容的表情。他穿着红色衬衫、吉尔吉斯长袍和哥萨克灯笼裤。后来我才知道，前一个是从军队里逃出来的军曹别洛鲍罗多夫；后一个是阿法纳西·索科洛夫，绰号闹板[1]，是一个流放犯，三次从西伯利亚矿坑里逃出来。尽管我的心情特别激动，我无意中遇到的这伙人还是使我分散了思绪。可是普加乔夫又问我话了，这才使我回过神来。

“你说说吧：你从奥伦堡出来，有什么事？”

我头脑里出现了一个奇怪的念头：我觉得，上天既然特意让我又一次见到普加乔夫，那就是给我机会实现我的打算。我决定利用这个机会，而且不等考虑好怎样来利用，就回答普加乔夫的问话说：

“我要到白山要塞去拯救一个孤女，那里有人欺侮她。”

普加乔夫的眼睛里闪起火光。“我手下的人哪一个敢欺侮孤女？”他叫起来，“不管他有几个脑袋，休想逃脱我的惩罚。告诉我：那坏家伙是谁？”

---

①闹板，驱鱼入网或轰野兽入圈套的带响器具。

“是什瓦布林，”我回答说，“他扣押着那个姑娘，那姑娘你见过的，就是在神父娘子家里养病的那一个，他要强迫她嫁给他。”

“我要好好教训教训什瓦布林，”普加乔夫威风凛凛地说，“叫他知道，胡作非为、欺压老百姓会有什么样的下场。我要把他绞死。”

“请允许我说几句，”闹板用沙哑的嗓子说，“你急急忙忙任命什瓦布林当要塞司令，现在又急急忙忙要把他绞死。你派一个贵族去给哥萨克做长官，已经使哥萨克们感到屈辱；现在一听到谗言又要绞死贵族，可不要把贵族也都吓跑了。”

“用不着可怜贵族，抬举贵族！”佩戴蓝绶带的老头儿说，“绞死什瓦布林没什么了不起的；不妨也好好审问审问这位军官先生：他到这里来干什么？他要是不承认你是皇帝，何必来找你申诉；他要是承认，为什么他至今留在奥伦堡城里，跟你的敌人在一起？是不是把他送到审讯室里，在那里把灯点起来：我猜想，这位先生是奥伦堡的指挥官派到我们这里来的。”

我觉得这个老坏蛋的推断是很有说服力的。我一想到我落到了什么人手里，不由得浑身打了个冷战。普加乔夫注意到我的慌乱。“怎么样，先生？”他对我挤挤眼睛，说，“我的元帅好像说得很有道理呀。你以为如何？”

普加乔夫开玩笑，使我又鼓起勇气。我泰然自若地回答说，我既然落在他手里，他想怎么办就怎么办好啦。

“好吧，”普加乔夫说，“那你说说，你们城里情况怎么样？”

“感谢上帝，”我回答，“平平安安。”

“平平安安？”普加乔夫反问道，“老百姓都快饿死了！”

自封皇帝说的是真情;可是我出于责任感,就一再地说,这都是谣言,奥伦堡不管哪方面都有充足的储备。

“你看,”那个老头子接话说,“他当面欺骗你。所有逃出来的人都异口同声地说,奥伦堡城里正在闹饥荒和瘟疫,那里有许多人在吃死人肉,并且当作荣幸的事;这位先生却非要说什么都很充足。既然你要绞死什瓦布林,那就把这小子吊到同一个绞架上,叫他们谁也不眼红谁。”

普加乔夫听了这个该死的老头子的话,似乎动摇了。幸亏闹板开口反驳他了。

“得了吧,纳乌梅奇,”他对老头子说,“你恨不得把所有的人都斩尽杀绝。这算什么英雄好汉?看你那样子,只剩一口气了。自己快入土了,却还要杀人。难道你良心上沾的血还少吗?”

“瞧你多么会迎合讨好?”别洛鲍罗多夫反驳说,“你这好心肠是从哪儿来的?”

“当然,”闹板回答说,“我也有罪过,这只手(这时他握起他那骨节粗大的拳头,挽起袖子,露出毛茸茸的胳膊),这只手也犯过罪,杀过人。但我杀的是敌人,不是客人;是在大路口,在黑黑的树林里,不是在家里,坐在炉子旁;是用铁锤和斧头,而不是用妇人的毒舌头。”

老头子转过身去,嘟哝说:“没鼻子的东西!……”

“你在那儿嘟哝什么,老浑蛋?”闹板叫起来,“我要叫你尝尝没鼻子的厉害;等着瞧吧,你也会有这一天的;上帝会让你闻闻火钳的味道儿……眼下你小心点儿,别让我揪掉你的胡子!”

“两位将军!”普加乔夫威严地说,“你们别吵了。要是所有奥伦堡的狗在一个绞架下踢腿,那倒也不坏,要是我们的人都像狗一样互相咬起来,那就糟了。好啦,你们别吵了。”

闹板和别洛鲍罗多夫没有再说话,只是阴沉着脸互相看着。我看出必须改变话题,因为再这样谈下去结果可能对我很不利,于是我转身对普加乔夫,装出一副很快活的神气对他说:“噢呀!我差点儿忘记了感谢你,感谢你送给我马和皮袄。要不是你,我恐怕到不了城里,在路上就冻死了。”

我这一计果然有用。普加乔夫快活起来。“有恩报恩,有仇报仇嘛,”他又挤眼睛又眯眼睛说,“那你对我说说吧,你怎么那样操心什瓦布林欺侮的那个姑娘?小伙子是不是动了心,恋上了?嗯?”

“她是我的未婚妻,”我看出气氛发生了良好的变化,觉得无须隐瞒了,就照实回答普加乔夫说。

“是你的未婚妻呀!”普加乔夫叫起来,“你怎么不早说?让我们来给你成亲,还要吃吃你的喜酒呢!”然后转身对别洛鲍罗多夫说:“元帅,你听我说!我跟这位先生是老朋友了,咱们一块儿吃晚饭吧;没什么好着急的。明天咱们再商量,他的事该怎么办。”

我很想谢绝他的盛情,但是毫无办法。两个年轻的哥萨克姑娘,都是房东的女儿,在桌子上铺好雪白的桌布,端来面包、鱼汤、几瓶葡萄酒和啤酒,于是我又一次跟普加乔夫和他那些可怕的同伙一起用餐了。

我参加的这次无拘无束的宴饮,一直继续到深夜。到末了同席的人都有了醉意。普加乔夫坐在自己的位子上打起盹儿;他的伙伴站起来,示意叫我不要打扰他。我跟他们一起走出来。闹板吩咐了一声，一名哨兵便把我带到一间秘密室里，我看到萨维里奇也在这里，哨兵就把我们关在里面。我的老家人看到这一切种种，惊讶得不得了，甚至什么话也没有问我。他在黑暗中躺下来，老半天都在唉声叹气；终于他打起呼噜，我却想起心事，左思右想，一夜没有睡着。

第二天早晨，普加乔夫派人来叫我。我便去见他。他的门口停着一辆带篷马车，套了三匹鞑靼马。街上已经有不少人了。我在过道里遇见普加乔夫：他身穿皮大衣，头戴吉尔吉斯皮帽，一副出门的打扮。昨天在一起谈话的两个人站在他旁边，装出一副毕恭毕敬的样子，跟我昨天晚上见到的情形截然不同。普加乔夫高高兴兴地和我打过招呼，就叫我和他一起坐到马车上去。

我们上了马车。"上白山要塞!"普加乔夫对那个站着赶车的宽肩膀鞑靼人说。我的心怦怦跳了。三匹马走动了，铃铛响了，马车上路了……

"停一下！停一下!"忽然响起我太熟悉的声音，于是我看到迎面跑来的萨维里奇。普加乔夫吩咐停车。"彼得·安得列伊奇少爷!"我的老家人喊道，"我这么大年纪了，别把我丢在这些强……""哦，你这老东西!"普加乔夫对他说，"上帝又叫咱们见面了！好吧，你坐到驭座上。"

"谢谢，多谢皇上，我的亲爹！"萨维里奇一面说，一面坐上车，"你这样照顾和关心我这老头子，愿上帝让你活到一百岁。我要天天为你祷告上帝，那件兔皮袄的事我再也不提了。"

提及兔皮袄的事，有可能使普加乔夫大发雷霆。幸亏这个自封的皇帝不知是没有听见，还是不屑理睬这种不合时宜的提示。

三匹马大步跑起来；街上的人站下来，深深地鞠躬。普加乔夫不住地朝两边点着头。一会儿我们就出了小镇，马车在平坦的大道上飞驰起来。

不难想象，此时此刻我的心情怎样。再过几个小时我就可以和我原以为失去了的姑娘见面了。我想象着我们见面的那一刻……我也在想着这个掌握着我的命运和由于奇怪的巧合跟我建立了秘密关系的人。我想到这个热心去拯救我心上人的人是残酷成性、杀人如麻的！普加乔夫还不知道她是米罗诺夫上尉的女儿；什瓦布林要是发起狠来，会把什么都揭发出来的；普加乔夫也可能从别的方面了解到真相……那时候玛莎小姐又会怎样呀？我浑身打起冷战，毛发也竖了起来……

突然，普加乔夫打断我的沉思，问我说：

“先生，你在想什么？”

“怎么能不想呢？”我回答他说，“我是个军官和贵族；昨天还和你交战，今天却和你同坐在一辆马车里，而且我一生的幸福全靠你了。”

“怎么样？”普加乔夫问，“你害怕吗？”

我回答说，我已经蒙他赦免过一次，就有希望不仅能得到他的饶恕，而且能得到他的帮助。

“你说得对，一点不错！”普加乔夫说，“你也看到，我手下弟兄们都斜眼看着你；那个老头子今天还一再说，你是奸细，要拷问你，把你绞死；可是我没有同意，”他又压低嗓门儿，不让萨维里奇听见，补充说，“因为我没有忘记你那一杯酒和那件兔皮袄。你看，我并不是你们那帮人说的那样的杀人魔王。”

我想起白山要塞陷落时的情景;但我觉得不必和他争论,就没有说话。

“奥伦堡城里的人是怎样议论我的?”普加乔夫沉默了一会儿之后,问道。

“哦,都说,你很难对付;没说的,你已经叫人知道厉害了。”

自封皇帝的脸上流露出洋洋得意的神气。

“是啊!”他很快活地说,“我不管打到哪儿都行。你们奥伦堡的人知道尤泽耶瓦那一仗吗? 杀了四十个将军,俘虏了四个军。你以为怎样:普鲁士国王能和我较量吗?”

这个强盗大夸海口,我觉得非常好笑。

“你自己以为怎样?”我对他说,“你能打败普鲁士国王吗?”

“打败弗里德里希二世吗? 怎么不能? 我能打败你们的将军嘛;你们的将军不是打败过他吗? 至今我的军队还没有打过败仗呢。等着瞧吧,不用多久,我要去打莫斯科的。”

“你想去打莫斯科吗?”

自封的皇帝沉思了一下,就小声说:

“天知道。我能走的路很窄;有些事我未必能做主。我的弟兄们都自作聪明。他们都是强盗。我得时刻小心;一打败仗,他们就会拿我的头去换他们的脖子。”

“这话就对了!”我对普加乔夫说,“你最好是不是趁早丢下他们,跑去向女皇请罪?”

普加乔夫苦笑了一下。

“不行呀,”他回答说,“我悔过已经迟了。不会赦免我的。我是一不做二不休。谁知怎样呢? 也许能成大事! 格里什卡·奥特列皮约夫不是占领过莫斯科吗?”

“你知道他的结局吗?把他从窗户里摔出去,砍了头,烧成灰,连骨灰都被装进大炮里轰出去了!”

“你听我说,”普加乔夫带着一种强烈的兴奋劲儿说,“我给你讲一个故事,这是我小时候一个卡尔梅克老婆子讲给我听的。有一天,老鹰问乌鸦:乌鸦,你告诉我,为什么你能活三百年,而我总共只能活三十三年?乌鸦回答说:老兄,因为你是喝鲜血,我是吃死尸。老鹰想:那就试试看,咱们一块儿去吃吃死尸吧。好的。老鹰就跟乌鸦一起飞去。他们看见一匹死马,便落下来,停住。乌鸦就吃起来,并且说怎样怎样好吃。老鹰啄了一口,又啄一口,就摇了摇翅膀,对乌鸦说:我不吃了,乌鸦兄弟;与其吃死尸活三百年,还不如痛痛快快喝一回鲜血,以后的事就随它怎样吧!……这个卡尔梅克老婆子讲的故事怎么样?”

“很有意思,”我回答说,“不过,依我看,靠杀人抢劫过日子,就等于吃死尸。”

普加乔夫带着惊讶的神气看了看我,什么话也没有说。我们都不说话了,各人想着各人的心事。鞑靼人唱起一支悲怆的歌儿;萨维里奇打起瞌睡,在驭座上摇晃着。马车在平坦的冬季道路上飞驰着……突然,我看见雅伊克河陡峭的岸边那个小村子,有栅栏,还有钟楼——过了一刻钟,我们的马车就进了白山要塞。

第十二章　孤女

好像我们的小苹果树，
没有树梢，没有枝芽；
好像我们的公爵小姐，
没有爸爸，没有妈妈。
没有人给她梳妆打扮，
没有人为她祝福、送嫁。
——结婚歌

马车来到司令家台阶前。老百姓听出普加乔夫的马车铃声，都拥过来跟在我们后面跑着。什瓦布林在台阶上迎接自封的皇帝。他穿着哥萨克服装，留起大胡子。这个叛贼扶着普加乔夫下了马车，说了一些卑贱的恭维话，表示欢迎和效忠。他一看见我，就慌张起来，但很快就镇定下来，向我伸过一只手，说："你也是我们的人了吗？早就该这样了！"我转过脸去，什么也没有回答他。

我们一走进那早已熟悉的房间,我的心就痛楚起来。墙上还挂着已故司令的委任状,如今已成为往昔岁月的伤心的追悼文。普加乔夫坐到沙发上,以前司令常常坐在这里打盹,听着老伴唠叨昏昏入睡的。什瓦布林亲自给他送来伏特加。普加乔夫喝下一杯,便指了指我,对他说:"你也款待款待这位先生。"什瓦布林端着盘子走到我跟前;但是我又一次转过脸去。他似乎乱了方寸。他本来就机灵,这时自然猜测到普加乔夫对他不满意。他害怕普加乔夫,不时地用怀疑的目光看我。普加乔夫问过要塞里的情形,问过敌军消息和其他一些事,便出其不意地突然问道:

"告诉我,老弟,你这儿关着一个什么样的姑娘?让我看看。"

什瓦布林的脸顿时白得像死人一样。

"皇上,"他用打哆嗦的声音说,"皇上,她不是关着……她是生病……她在上房里躺着。" ,

"那你带我去看看她,"自封皇帝说着,站起身来。推托是不行的。什瓦布林领着普加乔夫朝玛莎小姐房里走去。我也跟在他们后面。

什瓦布林在楼梯上站住了。

"皇上!"他说,"您随便要我怎样,都是应该的;不过请您不要让旁人进入我妻子的卧室。"

我浑身打起哆嗦。

"你真的结婚了!"我对什瓦布林说,就想把他撕碎。

"安静点儿!"普加乔夫打断我的话说,"这事儿由我做主。他又转身对什瓦布林说:"你不要自作聪明,不要装模作样:不管她是不是你的妻子，我想带谁到她那里去就带谁去。先生，跟我来。"

到了房门口，什瓦布林又站了下来，结结巴巴地说：

"皇上，我得禀告您，她发高烧，不停地说胡话，已经有两天多了。"

"开门!"普加乔夫说。

什瓦布林在口袋里摸索了一会儿，就说没有带钥匙。普加乔夫朝门上踢了一脚，锁脱落了；门开了，我们便走了进去。

我一看就呆住了。玛莎小姐坐在地板上，穿着乡下女人的破烂衣衫，脸色苍白，形容枯槁，披散着头发。她面前放着一瓦罐水，瓦罐上放一块面包。她一看见我，浑身哆嗦了一下，叫了起来。当时我是什么样子，现在不记得了。

普加乔夫看了看什瓦布林，就苦笑着说：

"你的病房真不错!"然后，他走到玛莎小姐面前，对她说："你对我说说，好姑娘，你的丈夫为什么这样处罚你？你做了什么对不起他的事？"

"我的丈夫!"她重复说，"他不是我的丈夫。我永远也不会做他的妻子！我宁死也不肯，要是不放我，我就死。"

普加乔夫威严地看了什瓦布林一眼。

"你竟敢欺骗我!"他对他说，"你这个流氓，你可知道，应该受什么样的惩罚？"

什瓦布林跪了下来……此时此刻，一种鄙视感压倒了我的仇恨和愤怒心情。我极其厌恶地看着这个跪倒在一个逃亡的哥萨克脚下的贵族。普加乔夫火气消了一些。

“我饶你这一次，”他对什瓦布林说，“可是你要记住，今后再做坏事，就连这一次的账一起算。”

然后他转身对着玛莎小姐，亲切地对她说：

“你出去吧，好姑娘；我让你自由了。我是皇帝。”

玛莎小姐很快地看了他一眼，猜到站在她面前的就是杀害她父母的凶手。她用双手捂住脸，昏倒在地上。我连忙跑过去；但就在这时候，我早就熟悉的巴拉莎冲进房里来，照料起她的小姐。普加乔夫走出房间，我们三个人便朝客厅走去。

“怎么样，先生？”普加乔夫笑着说，“咱们救了一个很漂亮的姑娘！你以为怎样，要不要去把神父找来，让他为他的侄女举行婚礼？好吧，我就做主婚人，什瓦布林就做傧相；咱们把大门关上，痛痛快快喝一顿！”

我所担心的事，终于发生了。什瓦布林听到普加乔夫这样一说，按捺不住了。

“皇上！”他疯狂地叫起来，“我有罪，没有对您说实话；但是格里尼约夫也在欺骗您。这个姑娘不是本地神父的侄女，她是伊凡·米罗诺夫的女儿，就是打下这个要塞时绞死的那个米罗诺夫。”

普加乔夫用火一般的眼睛看了我一眼。

“这又是怎么一回事儿？”他大惑不解地问我。

“什瓦布林对你说的是实话。”我毅然回答说。

“你没有对我说过这一点。”普加乔夫说着，脸色阴沉下来。

“你自己想想吧，”我对他说，“能不能当着你手下人的面说，米罗诺夫的女儿还活着。他们知道了，会把她活活折腾死，没办法可以救她!”

“倒也是的,”普加乔夫笑着说,“我手下那些酒鬼是不会饶过这可怜的姑娘的。多亏神父娘子,把他们瞒过了。”

“你听我说,”我看到他情绪很好,就又说下去,“我不知道怎样称呼你,而且也不想知道……不过上帝可以看见,你为我做了好事,我愿意用生命报答你。只是你不能要我做有损人格和违背良心的事。你是我的恩人。事情已经做了,你就做到底吧:就让我把可怜的姑娘带走吧,哪儿能去就往哪儿去。以后不论你在哪儿,不论你今后怎样,我们天天都要为你祷告,祈求上帝拯救你的有罪的灵魂……”

普加乔夫的铁石心肠似乎被感动了。“那就照你说的办吧!”他说,“该杀就杀,该宽容就宽容,我一向就是这样。你就带着你的美人儿走吧,想上哪儿去就上哪儿去,愿上帝保佑你们恩爱和睦!”

于是他转身对什瓦布林,吩咐他发给我通行证,好通过他属下的一些关卡和要塞。什瓦布林灰心丧气,站在那儿像柱子一样。普加乔夫去巡视要塞了。什瓦布林也陪着他去了。我借口要做出门的准备,留了下来。

我往玛莎小姐房里跑去。门关着。我敲了敲。“谁呀?”巴拉莎问道。我说,是我。门里面便响起玛莎小姐那可爱的声音“等一下,彼得·安得列伊奇。我在换衣服呢。您到神父家里去吧,我一会儿就去。”

我听了她的话,就朝盖拉辛神父家走去。神父和神父娘子跑出来迎接我。原来萨维里奇已经来对他们说了。“您好呀,彼得·

安得列伊奇,”神父娘子说,“感谢上帝,咱们又见面了。您身体好吗?我们可是天天都念叨您。您不在这里,玛莎小姐可吃够苦头了,我的好孩子呀!……您倒说说,您是怎样跟普加乔夫和好的?他怎么没有杀您?这倒是要谢谢那强盗呢。”“得了,老婆子,”盖拉辛神父打断她的话,“你知道什么事,不要乱说。说多了,没有好处。彼得·安得列伊奇,我的爷呀!快请进来吧。咱们好久好久没见面了。”

神父娘子尽家里所有招待我,同时不住嘴地说着话儿。她对我说了说什瓦布林怎样逼他们把玛莎小姐交给他;说了说玛莎小姐怎样大哭和怎样不肯离开他们;又说玛莎小姐一直跟她有联系,都是通过巴拉莎,巴拉莎这姑娘很机灵,她能使那个军士处处听她指使;又说她怎样出主意叫玛莎小姐给我写信,等等。我也简单地对她说了说我的情形。神父和神父娘子一听说普加乔夫已经知道他们骗了他,连忙画十字。“上帝保佑我们吧!”神父娘子说,“让灾难过去吧。这个什瓦布林呀,没说的,真是一个大坏蛋!”这时候门开了,玛莎小姐走了进来,那苍白的脸上带着微笑。她已经脱去农家服装,穿着像往常一样又朴素又好看。

我握住她的手,很久说不出一句话来。我们两个人都不说话,因为心情太激动了。神父和神父娘子感觉到我们顾不上他们,便走开了。就剩我们两个人了。我们把什么都忘到了九霄云外。我们说起话儿,怎么也说不完。玛莎小姐对我说了说要塞失陷以来她遇到的种种事儿;描述了她的处境的可怕以及卑鄙的什瓦布林使她遭受的种种磨难。我们也回忆起以前幸福的时光……我们都哭了……最后我对她说起我的打算。她是不能留在要塞里的，要塞已归属普加乔夫，而且由什瓦布林掌管着。至于奥伦堡，连想也休想，因为奥伦堡在围困下正遭受着种种灾难。她在世界上又没有一个亲人。我提出要她去乡下，到我父母那里去。她开头很犹豫：她知道我爹不赞成我们的婚事，所以她害怕。我安慰她，她放下心来。我知道，我爹会收留一个为国捐躯的有功军人的女儿，认为是一种光荣和义不容辞的责任。"我的好玛莎小姐，"最后我对她说，"我要把你看作我的妻子。种种不寻常的境遇使我们牢牢地结合在一起了：世界上什么也不能使我们分离。"玛莎小姐老老实实地听我说这话，既不羞羞答答，也不故作忸怩。她觉得她的命运已经和我连结在一起了。但是她又一次说，只有得到我父母的同意，才能做我的妻子。我也没有表示反对。我们就热烈而动情地吻起来——我们的事就这样定下来了。

过了一个小时，一名军士给我送来通行证，上面有普加乔夫歪歪扭扭的签字，他并且叫我去见他。我见到他，他已经准备上路了。在和这个除我以外都认为是恶魔的强盗的可怕的人分手的时候，真说不出我有什么样的心情。为什么不说实话呢？此时此刻，我对他产生了强烈的同情。我热切地希望把他拯救出来，趁现在还不晚，赶快离开他所率领的那伙暴徒，免得掉脑袋。什瓦布林在这里，我们周围还有很多老百姓，我无法全部说出我心中的许多话。

我们友好地分手了。普加乔夫在人群中看见神父娘子，伸出手指头吓唬了她两下，又意味深长地挤了挤眼睛；然后，上了马车，就说到别尔达镇去。等三匹马走动了，他还又一次从马车里探出头来,大声对我说:“再见了,先生！也许什么时候咱们还会见面的。”后来我们真的又见面了,可那又是在什么情形下啊!……

普加乔夫走了。我对着白茫茫的草原望了很久,他的三驾马车在草原上飞驰着。老百姓走散了。什瓦布林也不见了。我回到神父家里。一切都已打点好,我们可以走了;我也不想再耽搁。我们的东西已经装到司令那辆旧马车上。车夫转眼工夫就把车套好了。玛莎小姐就到教堂后面去和父母的坟墓告别。我本想陪她去,可是她要我让她一个人去。过了几分钟,她才回来,默默无语,满脸都是泪。马车来到门口。神父和神父娘子出来送我们。玛莎小姐、巴拉莎和我三个人上了马车。萨维里奇爬上驭座。“再见吧,玛莎小姐,我的好孩子！再见吧,安得列伊奇,我们的好小伙子!”好心肠的神父娘子说,“一路平安！愿上帝保佑你们俩幸福美满!”我们的马车走动了。我看到什瓦布林站在司令家窗外。他的脸流露着阴沉沉、恶狠狠的神气。我不愿在失败的敌人面前显露得意之情,就把眼睛转向另一边。终于我们出了要塞的寨门,永远离开了白山要塞。

第十三章　被捕

请别见怪，先生：我要尽我的职，
立即把您送进监狱。
——好吧，去就去；不过我希望，
先把事情说个清楚。
——克尼亚日宁[①]

今天早晨我还忧心忡忡，为亲爱的姑娘担心，现在竟如此出人意外地和她结合了，这连我自己都不敢相信，以为我这只是在做梦。玛莎小姐带着一副若有所思的神气，一会儿看看我，一会儿看看道路，似乎还没有弄清楚是怎么一回事儿，没有回过神来。我们都没有说话。我们的心太疲乏了。不知不觉过了两个小时，我们来到最近的一个要塞，也是普加乔夫管辖下的。我们在这里换了马。我看到套马的那股麻利劲儿，看到普加乔夫委任

①这段题词是普希金自己撰写的。

为司令的那个大胡子哥萨克忙不迭地献殷勤，就看出来，由于为我们赶车的车夫多嘴多舌，他们把我当成了普加乔夫的宫廷宠臣。

我们继续赶路。天渐渐黑下来。我们来到一座小城，据那个大胡子司令说，这里驻扎着一支精锐部队，就要去和自封皇帝会合的。哨兵叫我们停车。他们问，车上是什么人；车夫响亮地回答说："是皇上的教亲和他的夫人。"突然一群骠骑兵把我们包围起来，气势汹汹地破口大骂。"出来，鬼教亲！"一个留小胡子的骑兵司务长对我说，"马上叫你和你老婆尝尝厉害的！"

我下了马车，要他们带我去见他们的长官。他们看见我是军官，就不再骂了。司务长便带我去见一位少校。萨维里奇寸步不离地跟着我，嘴里嘟哝着："这就是皇上教亲！才出火坑，又进火海……我的主啊！这可怎么了结呀？"马车跟在我们后面。

过了五分钟，我们来到一座小房子前面，里面灯火通明。司务长把我交给哨兵，自己进去通报。他一会儿就走了出来，对我说，少校大人没工夫见我，吩咐把我送到监狱去，把太太带到他那儿去。

"这是什么意思？"我愤怒地叫起来，"难道他发疯了？"

"我不知道，先生，"司务长回答说，"少校大人只是吩咐把您先生送到监狱去，把太太带到他那儿去。"

我朝台阶上冲去。哨兵不想拦阻我，我便径直跑进一个房间，里面有五六个骠骑兵军官在赌钱。少校在坐庄。我朝他一看，认出他就是当初在辛比尔斯克旅店里赢了我钱的伊凡·伊凡诺维奇·祖林，我是多么惊讶呀！

“谁能想到呀?”我叫起来,“伊凡·伊凡诺维奇!是你吗?”

“哎呀呀,彼得·安得列伊奇!什么风把你吹来的?从哪儿来?你好呀,老弟。一起来玩玩牌吧?”

“谢谢。你最好还是叫人给我找一个住处。”

“你要什么住处?就住在我这儿吧。”

“不行,我不是一个人。”

“哦,那就让你的伙伴也来这儿住。”

“我不是跟一个伙伴;我是跟……一位小姐。”

“跟一位小姐!你是在哪儿把她勾搭上的?哈哈,老弟!”祖林说着,很俏皮地吹起口哨,大家哈哈大笑起来。我却窘得不知如何是好。

“好吧,”祖林又说下去,“那就这样。给你找个住处。不过可惜……照老规矩我们本来可以好好喝一顿的……喂,弟兄们!怎么还不把普加乔夫的女教亲带到这儿来?是她不肯来吗?告诉她,叫她不要害怕:这儿的老爷可好呢;一点不会委屈她,还要好好地跟她亲热亲热。”

“你这是说什么呀?”我对祖林说,“什么普加乔夫的女教亲?这是已故的米罗诺夫上尉的女儿。我把她救出来,现在是把她送到乡下我父亲那里去,让她住在那儿。”

“原来如此呀!刚才他们向我报告的就是你吗?恕罪,恕罪!不过这究竟是怎么一回事儿呀?”

“等会儿从头对你说说。现在你行行好,安慰安慰可怜的姑娘吧,你的骠骑兵把她吓坏了。”

祖林立刻作了安排。他亲自走到街上,向玛莎小姐道歉,说都是出于误会，并且吩咐司务长把城里最好的房子腾给她住。我就在他这里过夜。

我们吃过晚饭，等到剩了我们两个人，我便对他说起我的奇遇。祖林很用心地听着。等我说完了，他摇了摇头，说："老弟，这一切都很好；只有一样不好：为什么你鬼迷心窍，要结婚呀？我是一个正派军官，不愿意欺骗你：你要相信我的话，结婚是件蠢事。结了婚，又要忙着伺候老婆，又要照料孩子，你犯得着吗？唉，算了吧。还是听我的话，丢开那个上尉的女儿。去辛比尔斯克的路我已经扫清了，没有危险了。明天你就叫人送她一个人到你父母那里去；你就留在我的部队里。你也不必回奥伦堡去。万一再落到暴徒手里，未必还能够脱身。这样你那股恋爱蠢劲儿也就自然而然过去了，一切都会好起来的。"

虽然我不完全赞同他的话，但我觉得应该留在女皇的军队里，尽军人的天职。我决意听从祖林的劝告：把玛莎小姐送到乡下去，我就留在他的部队里。

萨维里奇来给我脱衣服。我就对他说了，要他明天就和玛莎小姐一起回乡下。他本来怎么也不肯。"你怎么啦，少爷？我怎么能把你丢下？谁服侍你呀？老爷和夫人会怎么说呀？"

我知道我的老家人的倔脾气，便有意拿深情和真诚打动他。"你是我的好朋友，阿尔希普·萨维里奇！"我对他说，"你答应我，为我做做好事吧。我这里用不着人服侍。没有你陪着，玛莎小姐一个人走，我不放心。你服侍她，也就是服侍我，因为我已经拿定主意，情况一好转，我就和她结婚。"

这时萨维里奇把两手一挓挲，那惊讶的样子是笔墨无法形容的。

“结婚!”他学说一遍,“小孩子想结婚哩! 老爷会怎么说,夫人会怎么想呀?”

“等他们了解了玛莎小姐的品性,就会同意的,一定会同意,”我回答说,“我还指望你呢。我爹和我妈都信得过你:你会替我们说服他们,不是吗?”

老头子感动了。“噢唷,彼得·安得列伊奇,我的爷呀!”他回答说,“您想结婚虽然早了点儿,可是玛莎小姐实在是一个好小姐,错过这个机会,真是罪过。那就依你的吧! 我送她,送这个天使一般的小姐回去,并且恭恭敬敬地禀告老爷和夫人,娶这样好的媳妇,是不必要陪嫁的。”

我谢过萨维里奇,便在祖林的房间里躺下来。我又兴奋又激动,话也就多起来。祖林起初高高兴兴和我聊了一会儿;可是后来他说话渐渐少了,也渐渐不连贯了;终于,他不再回答我的问话,却打起呼噜,而且发出呼哧声。我也不再说话,一会儿也就像他一样了。

第二天早晨,我就到玛莎小姐那儿去。我把我的想法说给她听了。她认为这样做合情合理,立刻就同意了我的意见。祖林的部队这一天就要出发。不能再耽搁了。我当即和玛莎小姐告别,把她交给萨维里奇照管,并把我给父母的一封信交给她。她哭了起来。“再见吧,彼得·安得列伊奇!”她小声对我说,“咱们能不能再见面,只有天知道;但是我一辈子也不会忘记您;到死我心里也只有您一个人。”我什么也不能回答她。我们周围都是人。我不想当着众人的面任凭我胸中如潮的感情流露。终于她乘着马车走了。我回到祖林房里，愁眉苦脸，一句话也不说。他想让我高兴高兴，我也想排遣心中郁闷，我们就热热闹闹地过了一天，到晚上我们就出发了。

这时已经是二月底。不利于调动部队的冬季即将过去，我们的将军们都在准备联合行动了。普加乔夫的部队还在奥伦堡城下。然而在他的周围有许多部队在集结，并从四面八方逼近匪巢。暴动的村庄一见我们的部队就归顺；一伙伙匪徒四处逃窜；眼看就要大功告成了。

不久，戈利岑公爵就在塔吉谢夫要塞一战中击溃普加乔夫，把他的人马打败，解了奥伦堡之围，似乎给予暴动军最后的、致命的一击。这时候祖林奉命讨伐一帮帮叛乱的巴什基尔人，不等我们看到他们，他们已经四散奔逃了。春天把我们困在一个鞑靼人的小村子里。河流泛滥，道路不能通行。我们无所事事，但我们是开心的，因为想到和强盗与野蛮人打的这场乏味的、毫无意义的战争很快就要结束了。

但普加乔夫还没有捉到。他出现在西伯利亚的一些工厂里，在那里纠集新的匪帮，重新作乱。他不断取胜的消息又纷纷传来。我们听说西伯利亚一些要塞被攻破。不久，又有消息说喀山失守，自封皇帝正在向莫斯科进军，将领们原来以为不堪一击的叛乱者已经无力挣扎，可以高枕无忧了，现在听到这些消息，大为惊慌。祖林接到横渡伏尔加河的命令。[①]

我不想描写我们的进军和战争的结局。我只是简单地说，灾难已到了顶点。我们经过一些被暴徒破坏过的村庄，又不得不把

①普希金抽去的《删去的一章》应接在此处，这一章只留下草稿。

贫苦居民抢救下来的东西夺走。到处官府关闭,地主们纷纷躲进森林。匪帮到处横行;各部队将领任意赏罚;广大地区烽火四起,景象十分悲惨……但愿上帝不要让人看到这种毫无意义和残酷无情的俄国叛乱!

普加乔夫被伊凡·伊凡诺维奇·米赫尔孙追赶得到处逃窜。不久我们就听说他的军队被彻底击溃。终于祖林得到消息,说自封皇帝已被捕获,同时也收到停止追击的命令。战争结束了。终于我可以回到父母那里去了! 一想到就要拥抱他们,就要见到杳无音信的玛莎小姐,就心花怒放,精神抖擞。我像小孩子一样又蹦又跳。祖林耸耸肩膀,笑着说:“嘿,你高兴得太早了! 一结了婚,什么都完了!”

可是同时,有一种奇怪的心情常常败坏我的兴致:我一想到那个双手沾满这么多无辜牺牲者鲜血的强盗,想到他即将被处死,不由得就惶惶不安。“叶梅利扬[1]呀,叶梅利扬!”我在心里很难过地说,“你怎么没有死在刺刀下或者炮火下呀? 你不会有更好的下场的。”有什么办法呢? 我一想到他,就必然联想到在他一生最令人震惊的时刻里他对我的怜惜,想到他从卑鄙的什瓦布林手中搭救了我的未婚妻。

祖林给了我假期。再过几天,我就可以回到家里,又见到我的玛莎小姐了……突然一个晴天霹雳向我打来。

在预定要动身的那一天,就在我要出门的时候,祖林走进我屋里来,手里拿着一张纸,脸上带着一副特别忧虑的神气。我心里好像有什么东西扎了一下。我害怕起来,自己也不知道为什么

①叶梅利扬,普加乔夫的名字。

害怕。他把我的勤务兵支使出去，就对我说，他找我有事。“什么事？”我惶惶不安地问。“一件不愉快的小事，”他说着，把那张纸递给我，“你看看吧，这是我刚刚收到的。”我看起来：这是一张秘密的通缉令，命令各部队长官，不管我在哪儿，务必将我逮捕，并立刻押送喀山，交给普加乔夫案件侦查委员会。

这张纸差点儿从我手里掉下去。“没办法呀！”祖林说，“我的天职是服从命令。想必是你和普加乔夫亲亲热热乘车出门的事儿也传到了官府里。但愿这事儿不会造成什么严重后果，但愿你能申辩清楚。不要灰心丧气，你就去吧。”我的良心是清白的；我不怕审讯；但一想到我那甜蜜的会面时刻要推迟，也许要推迟几个月，我就觉得可怕。马车已经准备好了。祖林亲热地和我道别。我被押上马车。跟我坐在车上的是两名手执出鞘马刀的骠骑兵。我们的马车上了大路。

第十四章　审讯

世上的流言——

海上的波澜

——谚语

我深信，这一切都是由于我擅自离开奥伦堡。我很容易证明自己无罪，因为单刀匹马出战不仅从来不禁止，而且多方面受到鼓励，有可能指控我过分急躁，而不是违抗军令。不过我和普加乔夫的友好交往可能已有许多目睹者作证，这种交往至少应该是非常可疑的。我一路上思索着面临的审讯，考虑怎样回答，想来想去，拿定主意到法庭上实话实说，认为这种办法最简单，也是最可靠的。

我来到经受了战火和洗劫的喀山。一条条街道上没有房屋，只有一堆堆焦炭和一堵堵没有屋顶和窗户的熏得黑黑的断垣残壁。这就是普加乔夫留下的痕迹！我被带到这座毁于战火的城市的一座幸存的要塞里。两个骠骑兵把我交给值班军官。值班军官吩咐把铁匠叫来。给我上了脚镣,并且把脚镣钉死。然后把我带到监牢里,把我单独关在一间又小又黑的牢房里,这牢房只有光秃秃的四壁,还有一个装了铁栏杆的小小窗户。

这样的开端告诉我,不会有什么好事情。不过我既没有泄气,也没有灰心绝望。我采取了所有悲伤的人常用的自我安慰的办法,第一次尝试了发自纯洁而慌乱的心的祈祷的甜蜜,不再担心下文如何,就心安理得地睡着了。

第二天,监狱的一名看守把我叫醒,说委员会传讯我。两名士兵带着我,穿过一个庭院,走进司令部的房子,他们在前厅里站住,让我一个人进入里面的房间。

我走进一个相当宽敞的大厅。一张大桌子上放满公文卷宗,桌子后面坐着两个人:一个上了年纪的将军,一脸严肃和冷峻的神气;一个年轻的近卫军上尉,二十七八岁,外貌很讨人喜欢,神态举止又灵活又潇洒。窗口单独有一张桌子,后面坐着一名书记,耳朵上夹着一支笔,弯身对着一张纸,已准备好记录我的口供。审讯开始了。问了我的姓名和军衔。将军问我,是不是安得列·彼得罗维奇·格里尼约夫的儿子。他听了我的回答,带着不以为然的神气冷冷地说:“可惜,这样可敬的一个人竟养了这样一个不肖儿子!”我镇静地回答说,不论指控我犯了什么样的罪,我都可以凭良心说清事实,证明无罪。他很不喜欢我的自信态度。“伙计,你很机灵,”他皱着眉头对我说,“可是比你更机灵的人我们也见过!”

于是那个年轻军官就问我:我是在什么情况下和在什么时候

去为普加乔夫效力的,他指使我办过一些什么事?

我慷慨激昂地回答说,我是一个军官和贵族,不可能去为普加乔夫效力,也不可能为他办什么事。

“一个军官和贵族,”审讯我的军官反驳说,“为什么在同事们全被残杀的时候,独独会得到自封皇帝的赦免呢?为什么就是这个军官和贵族可以亲亲热热地跟暴徒一起畅饮,还接受暴徒首领赠送的皮袄、马匹和半个卢布呢?怎么会有这种奇怪的交情,这种交情如果不是出于背叛,或者至少出于卑鄙无耻的怯懦,那又是出于什么呢?”

我听了这个近卫军军官的话,觉得受了很大的侮辱,于是带着火气为自己申辩起来。我说了说,我是怎样在暴风雪中在草原上认识了普加乔夫;又说了说,在白山要塞失陷时他怎样认出我,没有杀害我。我说,我确实很不应该地接受了自封皇帝的一件皮袄和一匹马,不过我在保卫白山要塞时是尽最后力量抵抗这个强盗的。最后我提到我们的将军,说他可以证明我在奥伦堡被围困时期的忠诚。

这时那个严肃的老将军从桌上拿起一封拆开的信,念了起来:

阁下来函询及格里尼约夫准尉之事,云该准尉似已卷入此次叛乱,与叛匪勾结,实为军法所不容,违背军人誓言;谨答复如下:该格里尼约夫准尉在奥伦堡军中效力是1773年10月初至今年2月24日,是日擅自出城,至今未返回部队。据降匪供称,彼曾进入普加乔夫所驻之小镇,并偕其前往彼曾服役之白山要塞。至于其所作所为，则可以……”

他念到这里，停下来，厉声对我说：

“你现在还有什么话好说？”

我本来想还像开头那样说下去，还像说其他一些事儿那样如实地说说我和玛莎小姐的事儿。可是我心中突然产生了一种无法克制的厌恶心情。我想到，如果我说出她的名字，委员会一定要传她来质问。一想到会使她的名字和坏人的告密牵扯到一起，并且会把她传来和他们对质，就觉得可怕，好像当头一棒，我不由得犹豫了，心里乱了。

审讯我的两位法官起初听我回答似乎抱有一点儿好感的，一看到我慌乱起来，又像原来一样看待我了。近卫军军官提出，要我和主要的告发人对质。将军吩咐传唤**昨天那个恶徒**。我立即转身朝着门口，等待告发我的人来到。过了几分钟，响起铁镣声，门开了，走进来的是……什瓦布林。我看到他模样大变，不由得吃了一惊。他瘦得厉害，脸也苍白得厉害。他的头发不久前还乌黑乌黑的，现在完全白了；长长的大胡子乱蓬蓬的。他用微弱然而毫不含糊的声音把他对我的控告重复了一遍。照他的说法，我是普加乔夫派到奥伦堡去的奸细；每天出城交战为的是传送有关城里活动的种种情报；最后公开投奔自封皇帝，并且跟他一起到各个要塞去视察，千方百计谋害叛变的旧日同事，以便取代他们的职位，博得自封皇帝的封赏。我一声不响地听他说完了，并且有一点使我很满意：这个卑鄙的家伙没有提到玛莎小姐的名字。不知道这是不是因为他一想到她不客气地拒绝过他，就触痛他的自尊心，还是因为他心中也隐藏着感情的火花，正是这种感情使我没有说出来的，——不管怎样，没有在审讯中提到白山要塞司令的女儿的名字。我的决心更加坚定了。所以，当法官问我有什么话可以反驳什瓦布林的供词时，我回答说，坚持我原来的申述，没有别的话好说。将军吩咐把我们带出去。我们一起走出来。我泰然自若地朝什瓦布林看了一眼，但一句话也没有对他说。他恶狠狠地冷笑了一下，就提起脚镣，走到我前面去，加快了步子。我又被送回监狱，以后就没有再提审过我了。

还有一些事我应该向读者交代的，那都不是我亲眼所见的了；但是我听说的次数太多了，所以连一些细微情节都深深印入我的脑际，就好像我在无形中亲身经历了。

我的父母古道热肠，盛情接待玛莎小姐。他们认为有缘收留和照顾一个不幸的孤女，是上帝的恩赐。不久他们就由衷地喜欢她了，因为只要了解了她，就不能不喜欢她的。我爹再也不认我的恋爱是胡闹；我妈则一心希望她的好儿子娶这个可爱的上尉的女儿。

听到我被捕的消息，全家人大为震惊。玛莎小姐老老实实把我和普加乔夫的奇遇对我的父母说了说,他们听了不但不惊慌，而且常常开心地笑起来。我爹连想也不想我会参加这种旨在推翻帝制和消灭贵族的可恶的叛乱。他严厉地讯问过萨维里奇。老家人没有隐瞒，说少爷去见过普加乔夫，那强盗也还是很看得起他的；但是他赌咒发誓，说他从来没有听说少爷叛变过。两位老人家放心了，就急切地等待着好消息。玛莎小姐天天提心吊胆，但是却什么话也不说，因为她天生是非常持重和谨慎的。

又过了几个星期……我爹突然收到我家亲戚某公爵从彼得堡寄来的信。公爵是向他报告我的事。在几句客套话之后,他就向他报告说,关于我参与暴徒造反的嫌疑不幸已得到充分证实,本应将我处死示众,但女皇念及父亲的功绩和高龄,决定对有罪的儿子开恩,免于可耻的死刑,只是下旨发配西伯利亚辽远的边疆,终身流放。

这突如其来的打击差点儿送掉我爹的命。他失去了往日的刚强,他有痛苦往常是不表露的,现在常常在痛苦的怨诉中表露出来。"怎么!"他不由自主地一遍又一遍地说,"我的儿子参与普加乔夫造反哩!公正的上帝啊,我怎么落到这个地步呀!女皇免了他的死刑呢!难道这样我就好过些?可怕的并不是死刑:我的先祖就是为了维护他良心上最神圣的东西,死在刑场上;我父亲就同沃伦斯基和赫鲁晓夫一起遇难[①]。可是一个贵族竟违背自己的誓言,与强盗、杀人犯、逃跑的奴隶相勾结!……这是我们家的奇耻大辱!……"我妈见我爹如此灰心绝望,吓坏了,不敢当着他的面哭,并且想方设法劝他打起精神,说流言不可靠,人们的说法也不一样。我爹仍然非常伤心。

最痛心的是玛莎小姐。她深信,只要我愿意,完全可以洗清自己的罪名,所以她能猜到事情的真相,认为我的不幸是她造成的。她不让任何人看到自己的眼泪和痛苦,同时不断地思索营救我的办法。

有一天晚上,我爹坐在沙发上翻阅《皇家年鉴》;但他的心思

---

①沃伦斯基,18世纪女皇安娜·伊凡诺芙娜的内阁大臣,因反对"比伦苛政",与赫鲁晓夫等人一起遇难。

已经飞得远远的，所以这一次看年鉴不像往常那样动感情。他用口哨吹一支古老的进行曲。我妈一声不响地在打毛线衣，泪水不时滴到毛衣上。玛莎小姐也坐在这儿做针线活儿，突然说她必须要到彼得堡去，要求给她一些盘缠。我妈很伤心。“你上彼得堡去干什么呀？”她说，“玛莎，难道你也想离开我们吗？”玛莎小姐回答说，她今后的命运完全取决于这次远行了，她是要凭一个殉国军人女儿的身份，去请求一些有权势的人保护和帮助。

我爹低下了头：凡是似乎提到儿子的罪行的话，他听了都受不了，觉得就像是最辛辣的责备。“好呀，你走吧！”他叹着气对她说，“我们不想耽误你的终身大事。愿你能找到一个好人，而不是一个判了刑的叛徒。”他站起来，走了出去。

玛莎小姐看到房里就剩了她和我妈妈，就把自己的打算对她说了一些。妈妈含泪抱住她，祈求上帝保佑她谋求的事有个圆满的结局。家里人为玛莎小姐做好出门的准备，过了几天，她便带着忠心的巴拉莎和忠心的萨维里奇上路了。不得不离开了我的萨维里奇，一想到他是在服侍我的未婚妻，至少可以得到一点安慰了。

玛莎小姐顺利地来到索菲亚镇上，在驿站上听说女皇圣驾这时正在皇村，便决定在这里住下来。驿站给她腾出隔板后面的一个小小房间。驿站长的妻子立刻跟她聊起来；她自称是宫中一名烧炉工的侄女，讲了宫中生活的种种秘事。她说了说，女皇平常几点钟醒来，几点钟喝咖啡，散步；当时驾前有哪些大臣；昨天进膳时她说了些什么，晚上召见了什么人，——总之，驿站长妻子说的话够写几页历史文献，对于后代将是极其珍贵的。玛莎小姐听得很仔细。她们往花园里走去。驿站长妻子讲了每一条林荫道和每一座小桥的掌故;等她们玩够了,回到驿站的时候,彼此已经很投契了。

第二天清早,玛莎小姐醒来,穿好衣服,便悄悄朝花园里走去。早晨是晴朗的,太阳照耀着已经被寒冷的秋风吹黄了的菩提树梢。宽阔的湖面金光闪闪,一动也不动。刚刚醒来的天鹅雍容地从岸边密密的灌木丛中游出来。玛莎小姐朝一片绿油油的草地边上走去,草地上刚刚建立起一座纪念碑,纪念彼得·亚历山大罗维奇·鲁缅采夫伯爵不久前对土耳其作战的胜利。突然有一只英国种的小白狗汪汪叫起来,并且迎着她跑来。玛莎小姐吓了一跳,就站了下来。就在这时候,响起悦耳的女声:“不要怕,它不咬人。”玛莎小姐就看见一位贵夫人坐在纪念碑对面的长椅上。玛莎小姐便坐到长椅的另一头。那贵夫人凝神注视着她;玛莎小姐也用眼角瞟了她几眼,把她从头到脚打量了一番。她穿着白色晨衣和背心,戴着睡帽。她有四十岁上下。她的脸丰腴而红润,显得雍容而安详,那一双蓝眼睛和她的微笑具有一种难以形容的美。贵夫人首先打破沉默的局面。

“您想必不是此地人吧?”她说。

“您说对了:我是昨天刚从外地来的。”

“您是和您的家里人一起来的吗?”

“不是的。我是一个人来的。”

“一个人。可是您还这样年轻呀。”

“我没有爹,也没有妈了呀。”

“您到这儿来,一定是有什么事情吧?”

“您说对了。我是来向女皇上书的。”

“您是一个孤女:想必您是来控告不公道和欺压之事吧?”

“不是的。我是来请求开恩,不是申冤。”

“请问,您是什么人?”

“我是米罗诺夫上尉的女儿。”

“米罗诺夫上尉家里的!就是在奥伦堡的一个要塞里当司令的那个米罗诺夫吗?”

“就是的。”

贵夫人似乎感动了。她用更亲切的语气说:“如果我干预了您的事,那就请原谅;不过我是宫廷里的人,您有什么请求,就请对我说说,也许我能对您有所帮助。”

玛莎小姐站起来,恭恭敬敬地向她道谢。这位不相识的贵夫人的言谈举止不由地引起她的好感,博得了她的信任。玛莎小姐从口袋里掏出叠好的请求书,交给这位素不相识的好心人,贵夫人就看了起来。

起初她看着,流露出一副认真和赏识的神气;可是骤然她的脸色大变,——一直注视着她的一举一动的玛莎小姐,看到这张一分钟之前还是那样愉快和安详的脸一下子变得这样严肃,不禁吓了一跳。

“您是为格里尼约夫求情吗?”贵夫人冷冷地问道,“女皇不会赦免他的。他投靠那个自封皇帝不是由于无知和轻率,就因为他是一个品行不端、为非作歹的坏蛋。”

“哎呀,不是的!”玛莎小姐叫起来。

“怎么不是!”贵夫人涨红了脸,反驳说。

“不是的，真的不是！我全知道，我全对您说说。他全是为了我，才落到这个地步。他要是在法庭上没有为自己洗刷清楚的话，那可能只是因为他不愿意把我牵连进去。”于是她十分动情地把读者诸君已经知道的一切说了说。

贵夫人留心听她说完了。“您现在住在哪儿？”然后她问道。听说是住在驿站长妻子那儿，她就笑着说：“哦！我知道了。再见吧。不管对谁都不要说咱们见过面。我想，不久您会得到答复的。”

她说着站起来，走进有顶的林荫道，玛莎小姐也满怀快乐的希望回到驿站长家里。

女主人责备她不该在秋天的早晨出去散步，据她说，这对年轻姑娘的身体是有害的。她拿来茶炊，端起茶杯，正要开始讲那些没完没了的宫中故事，忽然有一辆宫廷马车在台阶前停下来，一位宫廷近侍走进来，说女皇要召见米罗诺夫家姑娘。

驿站长妻子大吃一惊，接着就忙活起来，“哎哟，我的天呀！”她叫起来，“女皇宣您进宫哩。她这是怎么知道您的？可是您怎样进见女皇呀，好姑娘？我看，您连在宫中怎样走路都不会……要不要我陪您去？遇到什么事我至少还可以提醒提醒您。再说，您怎么能穿着这旅行服装去呀？要不要叫人去找接生婆把她那件黄礼服借来？”宫廷近侍说，女皇是要玛莎小姐一个人去，就穿这身衣服行了。没有办法，玛莎小姐就上了马车，带着驿站长妻子一遍又一遍的嘱咐和祝福，往宫中而去。

玛莎小姐预感到我们的命运就要决定了；她的心猛烈跳动着，紧张得不得了。过了几分钟，马车在宫前停下来。玛莎小姐怀着怦怦跳动的心走上台阶。宫门在她面前敞开了。她穿过长长的一排没有住人的金碧辉煌的房间;宫廷近侍给她引路。最后,来到一道紧闭着的门前,宫廷近侍说他这就去通报,让她一个人在门外等候。

一想到当面见到女皇,她心里非常害怕,好不容易支持住,没有跌倒。过了一会儿,门开了,她走进女皇的梳妆室。

女皇坐在自己的梳妆台前。几名宫廷侍从侍立在她周围,见玛莎小姐来了,恭恭敬敬地向两边闪开。女皇亲切地向她转过身来,玛莎小姐认出她就是几分钟之前自己坦率地向其说明来意的那位贵夫人。女皇叫她走过去,笑盈盈地对她说:“我能履行我的诺言,满足您的请求,我很高兴。你们的事可以了结了。我相信您的未婚夫是无罪的。这一封信,就麻烦您亲自交给您未来的公公。”

玛莎小姐用颤抖的手把信接过来,就流着眼泪跪倒在女皇脚下,女皇把她扶起来,并且吻了吻她。女皇又和她说了说话儿。“我知道您并不富裕,”她说,“而且我也应该关怀米罗诺夫上尉的女儿。您不要为今后生活发愁。我负责为您创建家业。”

女皇对不幸的孤女好好抚慰了一番,便让她走了。玛莎小姐坐上原来那辆宫廷马车离开了皇宫。急切地等待她回来的驿站长妻子接二连三地问了她许多问题,玛莎小姐回答起来好不容易。驿站长妻子虽然很不满意她的没有记性,但认为这是外地人不大方,也就宽大为怀,不再计较了。玛莎小姐还没有好好地看看彼得堡,当天就回乡下去了……

彼得·安得列伊奇·格里尼约夫所记到此为止。从家族的传说中可以知道，他在1774年底依照圣谕被释放；还可以知道，普加乔夫被处死的时候他也在场，普加乔夫在人群中认出了他，并且向他点了点头，几分钟之后，这个头便被割下来，而且血淋淋的被挂起来示众了。后来过了不久，格里尼约夫少爷便娶了玛莎小姐。他们的后代在辛比尔斯克省过着平安幸福的生活。在离***三十俄里的地方，有一个村庄，村里有十家地主。在一间地主厢房里悬挂着叶卡捷琳娜二世御笔亲书的一封信，镶了镜框，还罩了玻璃。这封信就是写给彼得·安得列伊奇的父亲的，宣布他的儿子无罪，赞扬米罗诺夫上尉的女儿的聪慧和贤良。彼得·安得列伊奇·格里尼约夫的手稿我们是从他的一个孙子手里得到的，因为他知道我们在整理他的祖父所写的那个时代的著作。我们取得家属的同意，决定单独出版这部手稿，并且在每一章之首配上适当的题词，还斗胆改换了一些人的真实姓名。

出版人

1836年10月19日

附　录

删去的一章[①]

我们来到伏尔加河畔；我们的团开进**村，就在这里宿夜。村长告诉我，对岸所有的村庄都暴乱了，到处都有普加乔夫匪帮的人马在活动。我听到这个消息心里乱腾起来。我们原定第二天早晨才渡河。我焦急起来。我爹的村子就在对岸三十俄里的地方。我问，能不能找到渡河的小船。所有的庄稼人都会捕鱼；小船很多。我找到格里尼约夫，对他说了说我的打算。"你要谨慎，"他对我说，"一个人过去很危险。还是等到明天早晨吧。到时候咱们先过去，去看望您的父母，并且带五十名骠骑兵，以防万一。"

我还是照原来的打算行事。小船找好了。我和两个船夫上了船。他们解了缆，便划起长桨。

---

①这一章未收入《上尉的女儿》定稿中，只作为草稿保留下来，题名为《删去的一章》。在这一章中，格里尼约夫名为布拉宁，祖林则名为格里尼约夫。

天空明朗。月华如水。没有一丝风——伏尔加河平稳而安静地流动着。小船轻轻晃动着，迅速地滑行在黑郁郁的波浪间。我不由地沉思遐想起来。半个小时过去。我们已经到了河心……突然两个船夫窃窃私语起来。“怎么一回事儿?”我回过神来，问道。“不知道，谁知道呀，”两个船夫望着一个方向，回答说。我也朝同一方向望去，就看到黑暗中有一样什么东西顺着伏尔加河往下漂来。那黑乎乎的东西越来越近了。我吩咐船夫停下来等着。月亮躲进一片云里。那漂浮的黑乎乎的东西更模糊了。已经离我们很近了，可我还是看不出那是什么。“这到底是什么呀?”船夫说。“帆不像帆，桅不像桅……”忽然月亮从云彩里钻出来，一下子映照出一个可怕的场面。迎面漂来的是一个竖在木筏上的绞架，三具尸体吊在横梁上。我顿时产生了病态的好奇心，很想看看三具尸体的面孔。

两个船夫按照我的吩咐用钩竿钩住木筏，我们的小船便撞到了漂浮的绞架。我跳上木筏，站到两根可怕的柱子中间。明亮的月光照亮了死者那很难看的面孔。其中一个是楚瓦什老头子，另一个是俄罗斯农民，是一个二十岁左右的身强力壮的小伙子。等我一看第三个，不禁大吃一惊，忍不住痛心地叫起来：这是万卡，我那可怜的万卡，因为糊涂去投奔了普加乔夫的。他们头顶上方钉着一块黑色的木牌，上面用老大的白字写着“强盗和暴徒”。两个船夫用钩竿钩着木筏，淡漠地望着，等待着我。我又坐到小船上。木筏顺流往下漂去。那黑黑的绞架在昏暗的夜色中有好久还隐约可见。最后终于消失了；我的小船也靠拢了又高又陡的河岸……

我很大方地付了船钱。其中一个船夫带我去找渡口附近一个村庄的村长。我和他一同走进一座小屋。村长听说我要马,对我相当无礼,但带我来的船夫小声对他说了几句话,他的冷淡无礼立刻变成忙不迭的殷勤。一会儿工夫三驾马车就套好了。我坐上马车,吩咐把我送到我们的村里去。

我的马车在大道上飞驰着,从一个个沉睡的村庄外面经过。我只怕在半路上被拦截住。如果夜里我在伏尔加河上所见证实此地有暴徒的话,那同时也可以证实政府在作有力的反击。为了防备万一,我口袋里既有普加乔夫给我开的通行证,也有格里尼约夫上校的命令。可是我什么人也没有碰到,天麻麻亮的时候,我就看见一条小河和一片云杉林,再过去就是我们的村子了。车夫照马身上抽了几鞭,过了一刻钟,马车就进了村子。

我家的宅院在村子的另一头。几匹马大步奔跑着。忽然车夫就在街心里勒起马来。"怎么回事儿?"我焦急地问道。"老爷,有岗哨,"车夫使劲儿把狂奔的马勒住,回答说。真的,我看到路上设了障碍物,还有一名手执木棍的岗哨。那汉子走到我跟前,脱下帽子,向我要证件。"这是什么意思?"我问他,"干吗要设障碍物? 你这是给谁站岗?""哦,少爷,我们造反了,"他抓抓头皮,回答说。

"老爷和夫人在哪儿?"我的心怦怦跳着,问道。

"老爷和夫人在哪儿?"那汉子重复了一遍,"老爷和夫人在谷仓里。"

"怎么在谷仓里?"

"是安得柳哈,就是地保,把他们关起来的,还给他们上了脚镣,要送到皇爷那里去。”

“我的天呀!浑蛋,快把障碍物搬开。你还发什么呆?”

那汉子迟迟不肯动。我跳下马车,打了他一记耳光(真是罪过),自己把障碍物搬开。那汉子呆呆地看着我。我又上了马车,吩咐把车赶进老爷的宅院。谷仓就在院子里。紧闭的仓门两边站着两个汉子,也都手执木棍。马车就停在他们面前。我跳下马车,朝他们奔去。“把门打开!”我对他们说。我的样子一定是很可怕的。至少他们丢下木棍,跑掉了。我砸了几下,想把锁砸掉,把门撞开,但这门是橡木的,锁也很大,砸不掉。这时候一个挺拔的年轻汉子从下房里走出来,神气活现地问我,怎么敢在这里胡闹。“地保安得列那小子在哪儿?”我对他大声说,“把他给我叫来。”

“我就是安得列·阿法纳西耶维奇,不是什么安得列小子。”他傲慢地叉着腰,回答说,“你要干什么?”

我没有回答他,一把抓住他的衣领,把他拖到仓门口,叫他开门。这个地保本来不肯,但家常的惩罚对他也起了作用。他掏出钥匙,开了仓门。我冲进门去,从屋顶的狭小缝隙中透进来一缕光线,我借着这点微弱的光线在幽暗的角落里看到了我爹和我妈。他们的手都被捆着,脚都套上足枷。我扑过去把他们抱住,一句话都说不出来。他们惊愕地望着我。——我从军三年,模样大变,他们一下子认不出我了。我妈“啊呀”了一声,眼泪就扑簌簌流起来。

我忽然听到一个亲切而熟悉的声音。“彼得·安得列伊奇!是您呀!”我呆住了……我往四下里看了看,就在另一个角落里看到玛莎小姐,也被捆绑着。

我爹一声不响地看着我,连自己的眼睛也不敢相信。他脸上显露出喜悦的神气。我急忙用马刀割断他们的绳索。

“你好,你好,我的好彼得,”我爹把我紧紧抱在怀里,对我说,“谢天谢地,终于盼到你了……”

“我的好彼得,我的好孩子,”我妈说,“你怎么能来了呀! 你身体好吗?”

我急忙带他们走出这囚禁的地方,可是一走到门口,发现门又锁上了。“安得列,你这小子,”我叫起来,“快开门!”“没这么便宜!”地保在门外回答说,“你也在里面待着吧。我们就教教你怎样胡闹和揪皇家官员的领口!”

我在谷仓里四处打量起来,看有没有什么办法钻出去。

“不要白费心思了。”我爹对我说,“我这个当家人可不是那样马虎,在谷仓里留几个窟窿,让小贼钻进钻出。”

我妈本来看到我回来,高兴了一会儿的,现在看着我也要跟家人同归于尽,灰心绝望了。可是我自从和他们,和玛莎小姐在一起的那一刻起,就安心多了。我随身带有一把马刀和两支手枪,我还能对付他们的包围。格里尼约夫到晚上想必就能赶来解救我们。我把这个意思对我父母说了说,我妈也就放心了。我们就完全沉浸在一家人团圆的欢乐中。

“唉,彼得呀,”我爹对我说,“你也淘气够了,我为你也生了不少气。不过,过去的事就不提了。我想,你现在已经安分,走正路了。我知道,你现在是好好服役,像一个正正经经的军官了。谢谢了。你使我老头子得到了安慰。你要是能把我救出去,那我今后就活得更称心了。”

我含泪吻着他的手,并且望着玛莎小姐,她见我在这里是那样高兴,好像已经幸福美满,已经完全放心了。

中午时分,我们听到不同寻常的闹声和叫嚷声。“怎么回事儿?”我爹说,“是不是你们那个上校来了?”“不可能,”我回答说,“不到天黑时候他是不会来的。”闹声越来越大了。敲起了警钟。院子里来了一些骑马的人;这时候,萨维里奇那白发苍苍的头从墙上一个小小窟窿里探了进来,这可怜的老家人用忧伤的声音说:“老爷,夫人,少爷,玛莎小姐,糟啦!强盗进村了。你可知道,少爷,他们领头的是谁?是什瓦布林·阿列克赛·伊凡内奇,是那个该死的鬼东西呀!”玛莎小姐一听到这个可恨的名字,两手一挓挲,就呆住了。

“你听着,”我对萨维里奇说,“马上派人到**渡口去迎骠骑兵团;向上校报告我们的危险。”

“少爷,还有谁好派呀!所有的小厮都造反了,马也都抢走了!唉呀呀!他们已经到了院子里,朝谷仓奔来了。”

就在这时候,门外响起好几个人的说话声。我一声不响地打手势让我妈和玛莎小姐躲到角落里去,我抽出马刀,身子贴在门后墙上。我爹接过手枪,扳起两支手枪的枪机,站到我旁边。门锁咔嚓一响,仓门开了,地保的头探了进来。我挥起马刀砍去,他倒下来,把门口堵住。就在这时候我爹朝门外开了一枪。包围我们的一群人咒骂着跑开了。我把受伤的地保拖进来,从里面把门闩上。院子里到处是带武器的人。我看到什瓦布林就在这些人当中。

“不要怕，”我对女眷们说，“有希望。爹，您不要再开枪了。要爱惜最后这点火药。”

我妈在默默地祷告上帝；玛莎小姐站在她旁边，带着天使般的安详神情等待着决定我们的命运。门外响起恐吓声和咒骂声。我站在原地方，谁敢闯进来，我就劈谁。忽然强盗们不叫骂了。我听见什瓦布林的声音，他叫我的名字。

“我就在这儿，你想怎样？”

“投降吧，布拉宁，反抗是没有用的。可怜可怜你家老人吧。顽抗救不了你的命。我有办法收拾你们！”

“你试试看吧，奸贼！”

“我不会亲自冒险往里闯，也不会让我们的人白白牺牲。我只要叫人烧掉谷仓，那时候看你这个白山要塞的堂·吉诃德怎么办。现在该吃午饭了。暂时你就坐在那儿，趁空好好想一想吧。再见，玛莎小姐，我就不对您说对不起了：您和您的英雄一起待在黑屋子里，想必不会寂寞的。”

什瓦布林走开了，只在仓房门口留下岗哨。我们都不作声。各自在心里思索着，都不敢把自己想的说给别人听。我想象着穷凶极恶的什瓦布林能做出的种种事情。我几乎丝毫不操心我自己。要我说实话吗？我不怎么担心我父母会怎样，最担心的是玛莎小姐。我知道，我妈深得农民和仆人的爱戴，我爹虽然严厉，但也受到敬爱，因为他为人公正，懂得手下人的真正甘苦。他们造反是受蒙蔽，一时糊涂，不是发泄仇恨，所以一定会留情的。可是玛莎小姐呢？那个下流无耻的家伙会对她怎样呢？我连想都不敢再想这种可怕的事，宁可把她杀死，罪过，罪过，也不愿再一次看到她落入残酷的仇人之手。

又过了约莫一个钟头。那些酒足饭饱的人在村子里大声唱起歌儿。看守我们的一些人对他们眼红起来，却怪罪起我们，对我们破口大骂，说要拷打和杀死我们。我们等待着什瓦布林来下毒手。终于院子里又闹哄起来，我们又听见什瓦布林的声音。

“怎么样，你们想好了吗？是不是乖乖地向我投降？”

谁也没有回答他。什瓦布林等了一会儿之后，就叫人去抱干草来。过了几分钟，火就烧起来，火光照亮了昏暗的谷仓，浓烟从门槛的缝隙里开始往里钻。这时玛莎小姐走到我跟前，拉住我的手，小声说：

“算了，彼得·安得列伊奇！不要为了我毁了您，毁了您的父母。您让我出去。什瓦布林会听我的。”

“说什么也不行，”我生气地叫起来，“您可知道，他会把您怎么样吗？”

“耻辱的事我是不会忍受的，”她镇定地回答说，“不过我也许能救出我的恩人和如此厚待我这个可怜的孤女的一家。别了，安得列·彼得罗维奇，别了，阿芙道济娅·瓦西里耶芙娜。你们待我恩重如山，祝福我吧。彼得·安得列伊奇，您也原谅我吧。请您相信，我……我……”她说到这里就哭起来……双手捂住脸……我简直要发疯了。我妈也在哭。

“别瞎说了，玛莎小姐，”我爹说，“谁能让你一个人到强盗那儿去！你坐下，不要哭。要死就死在一块儿。你听听，他们还在那儿说什么？”

“你们投降不投降？”什瓦布林在叫着，“你们看见吗？再过五分钟就把你们烧焦了。”

“决不投降,你这坏蛋!”我爹刚强地回答他说。

他那到处是皱纹的脸一下子充满活力,流露出蓬勃的朝气,一双眼睛在灰白的眉毛下放射出威严的光芒。他转身朝着我,说:

“现在是时候了!”

他把门打开。火一下子窜进来,冲上布满干青苔的梁木。我爹开了一枪,喊了一声“都跟我来”,就跨过燃烧的门槛。我抓住我妈和玛莎小姐的手,很快地把她们带到外面。什瓦布林被我爹那衰老的手开枪打了个窟窿,倒在门槛旁边。一伙儿强盗没料到我们突然冲了出来,吓得跑了开去,但立刻又打起精神,渐渐把我们包围起来。我挥起马刀砍了几下,但是一块砖头打来,正中我的胸膛。我倒下去,昏迷了一会儿。等我清醒过来,就看到什瓦布林坐在鲜血淋淋的草地上,我们全家都在他面前。我被人架着。一大群农民、哥萨克、巴什基尔人围着我们。什瓦布林脸色煞白。他用一只手按着受伤的腰部。他的脸流露着痛楚和凶狠的神情。他慢慢抬起头来,看了看我,就用微弱无力和含糊不清的声音说:

“绞死他……全绞死……留下她……”

这伙暴徒立刻把我们围住,嚷嚷着把我们朝大门口拖去。可是突然他们把我们丢下,纷纷逃跑;格里尼约夫骑马冲进了大门,他后面是一连挥舞着马刀的骑兵。

暴徒们四散逃窜;骠骑兵前去追赶,砍杀,捉拿。格里尼约夫跳下马，向我爹和我妈鞠躬行礼，紧紧握了握我的手。“恰好我赶到了，”他对我们说，“噢呀！这就是你的未婚妻了。玛莎小姐羞得一张脸红到了耳朵根。我爹走到他面前，向他表示感谢，虽然很感动，却显得很镇定。我妈拥抱他，把他叫作救命天使。“请赏光到我们家去坐坐吧，”我爹说过，就带着他朝我们家走去。

走过什瓦布林身旁时，格里尼约夫站了下来。“这是什么人？”他打量着受伤的什瓦布林，问道。“这是领头的，是匪帮的头目，”我爹带着一个老军人的自豪神气回答说，“上帝保佑，让我这只老手惩罚了这个年轻匪徒，为我儿子所流的血报了仇。”

“这是什瓦布林，”我对格里尼约夫说。

“什瓦布林！很好。来人呀！把他带走！叫我们的医生把他的伤口包扎好，把他保护好，像保护眼睛一样。一定要把什瓦布林送到喀山秘密委员会。他是一名要犯，他的口供应该是很有用的。”

什瓦布林睁开无神的眼睛看了看。他的脸上什么表情也没有，只表现出肉体的痛楚。几名骠骑兵用斗篷把他一裹，就抬走了。

我们走进房里。我怀着一颗怦怦跳动的心朝周围打量着，回想着我的幼年时代。家里什么都没有改变，一切都在老地方。什瓦布林没有让人在我家里抢劫，尽管他卑鄙透顶，却不由自主地保持着反对肆无忌惮劫财的传统。仆人们都来到前厅里。他们没有参与造反，衷心地庆贺我们获救。萨维里奇更是洋洋得意。应当交代的是，就在强盗发起攻击，乱成一团的时候，他跑到马厩里，什瓦布林的马就在里面，他给马上了鞍，悄悄牵出来，就趁着混乱神不知鬼不觉地朝渡口飞奔而去。他奔到伏尔加河边,骠骑兵团已经过了河在休息了。格里尼约夫听他说我们处境十分危险,就下令上马,全速前进,——谢天谢地,终于及时赶到了。

格里尼约夫一定要把地保的头挂到酒店旁边的高竿上,挂几个小时示众。

骠骑兵们追击回来,抓到几个俘虏。就把俘虏关进那座谷仓,就是我们经历了值得纪念的围困的地方。

我们各自回到房间里。两位老人家需要休息。我也一夜没睡了,往床上一倒就睡熟了。格里尼约夫也去办他的事情。

晚上,我们聚集在客厅里,围坐在茶炊旁,快快活活地谈着已经过去的危险。玛莎小姐给大家倒茶,我坐在她身旁,我的心全在她身上。我父母看着我们情投意合的样子,似乎非常赞赏。那个晚上的情景至今还常常出现在我的脑海中。我感到很幸福,幸福美满,在可怜的人的一生中,这样的时刻能有几何呀?

第二天,仆人来向我爹报告,说农民们来到老爷的院子里请罪了。我爹走到台阶上迎他们。庄稼人一见他出来都跪下了。

“怎么样,你们这些糊涂虫,”他对他们说,“你们怎么想起要造反?”

“我们有罪,我们的好东家呀,”他们异口同声地回答说。

“这就对了,你们是有罪。你们闹腾了一阵子,自己也没有什么高兴的。上帝让我和儿子彼得·安得列伊奇又见面了,我很高兴,就饶了你们吧。好啦,就这样吧:知过改过就行了。——你们有罪呀!当然有罪。这样好的天气,早就应该割草了;可是,你们这些蠢货,整整三天干了些什么?村长!安排每个人都去割草。

你给我小心，你这滑头家伙，伊里亚节以前，所有的草都要成垛。都给我走吧！”

庄稼汉们鞠了个躬，就去干活儿了，好像什么事也不曾有过似的。

什瓦布林的伤不是致命的。他被押往喀山。我在窗口看着他被押上马车。我们的目光相遇了，他低下头，我也急忙离开窗口。我怕流露出我是在庆幸仇人倒霉和受辱的得意神气。

格里尼约夫还要往更远的地方去。我虽然很想跟家里人在一起再待几天，可还是下定决心跟他走。出发前一天，我去见我的父母，按照当时的习惯，向他们磕头，请他们为我和玛莎小姐的婚事祝福。两位老人把我扶起来，流着高兴的眼泪表示应允。我把脸色煞白、浑身颤抖的玛莎小姐带到他们面前。两位老人家为我们祝了福……我当时心情如何，就不详细描述了。谁要是经历过我这种事儿，不用我说，也会知道；谁要是没经历过，我只能为之惋惜，并且诚心奉劝，趁好时光未过，及时相爱并取得双亲的祝福。

第二天，全团集合，格里尼约夫前来向我们一家人告别。我们都相信，战事很快就会结束；我指望一个月后就可以做新郎了。玛莎小姐在和我告别的时候，当众吻了我。我上了马。萨维里奇又跟着我了——我们的团就出发了。

我远望着我又一次离开的我家的房舍，望了很久。不觉出现一种阴暗的预感，我心中惴惴不安起来。似乎有一个人在小声对我说，并不是所有的灾难都已经过去。我的心感觉到新的风暴又要来临了。

我不想描写我们的进军和普加乔夫战争的结局了。我们经过一些被普加乔夫毁坏的村庄,又不得不从贫苦居民手里把强盗给他们留下的东西夺走。

他们不知道应该听从谁的。到处官府关闭。地主们纷纷躲进森林。匪帮到处横行。普加乔夫当时已向阿斯特拉罕逃窜,派出去追击的各部队将领不问有罪无罪,任意杀罚……战火所及的地区,景象极其悲惨。但愿上帝不要让人看到这种毫无意义和残酷无情的俄国叛乱。那些异想天开、妄图在我们国家实行变革的人,要么太幼稚,要么不了解我国人民,要么就是一些生性残酷的人,把别人的脑袋,也把自己的脖子看得不值一文。

普加乔夫被伊·伊·米赫尔孙追赶得到处逃窜。不久我们就听说他的军队被彻底击溃。终于格里尼约夫从他的将军处得到自封皇帝已被捕获的消息,同时也接到停止追击的命令。终于我可以回家了。我真是欢喜如狂;可是有一种奇怪的感觉使我欢乐的心蒙上一层阴影。

普希金童话诗

第一篇　求婚人

商人的女儿娜塔莎，
出门三天不回家，
第三天夜里跑回来，
神思昏昏不说话。
父亲、母亲问情由，
姑娘就是不开口，
只见她气喘吁吁，
浑身哆嗦手发抖。

父亲、母亲心忧虑，
三番五次问女儿，
问来问去不回答，
没问出女儿心事。
娜塔莎又像往日一样，
快快活活，满面红光，

又去找自己的女伴儿，
和她们一起坐在大门外。

有一天她约来女伴儿，
和她们一起坐在大门外。
忽然她抬头一看，
一架三马雪橇飞奔而来，
马身上披着毛毡，
雪橇上是一条好汉。
那汉子站在雪橇上，
把雪橇赶得像风一样。
他来到跟前，转眼一看，
娜塔莎也看了他一眼。
他的雪橇飞驰过去，
娜塔莎顿时浑身颤栗，
她飞快地跑回家。
她说："是他，就是他！
我认出来，一点不差！
伙伴们，救救我吧！"

家里人听了心忧愁，
无可奈何直摇头。
父亲对她说："好孩子，
有什么事，对我说说，

有谁欺负你，快告诉我，
哪怕指出一点儿线索。”
娜塔莎又哭起来，
再也不肯说什么。

第二天早晨，
忽然来了媒人，
称赞了一番娜塔莎，
就和她父亲说话。
“你家有货物，我们有买主儿，
是一个英俊小伙子，
又漂亮，又聪明，
又踏实，又机灵。

“又有钱，又体面，
从来不低三下四，
生活无忧无虑，
过的是贵族一般日子。
送聘礼慷慨大方，
又是皮袄，又是珍珠，
还有锦缎衣裙，
还有黄金宝石戒指。

“昨天他从门外经过，

有缘再见了她。
是不是把亲事定下，
择吉日良辰让姑娘出嫁？”
姑娘坐在门外面，
觉得不便当面插言。
娜塔莎，可怜的姑娘，
不知道自己该怎样。
父亲说：“我答应了，
你就满意地走吧。”
娜塔莎的事就这样定下，
不能叫她空守闺房。
总不能做一辈子姑娘，
不能总是对着燕子唱歌，
到了养儿育女的时候，
该有一个自己的窝。

娜塔莎靠在墙上，
本来有话要讲，
可是突然放声大叫，
浑身颤抖，又哭又笑。
媒人跑到她跟前，
急得团团直转，
用冷水灌她的口，
又用冷茶浇她的额头。

家里人唉声叹气，难受了一阵子，
娜塔莎终于清醒，
开口说："我听命，
父母的意志神圣。
就请求婚人前来赴宴，
多准备好酒好菜，
请众位乡邻光临，
再把法官请来。"

"娜塔莎，我的好孩子！
只要你欢喜，我什么都愿意！"
于是准备好丰盛的宴席，
又是美酒，又是佳肴。
可敬的客人陆续来到，
姑娘也来到宴席上，
女伴们又哭泣又歌唱，
这时来了一架雪橇。

求婚人来到，宴会开始，
开怀畅饮，杯叉交错，
忙坏了筛酒的长柄勺，
热热闹闹，酒足饭饱。

求婚人:“亲爱的乡邻贵宾!
我美丽的未婚妻
不吃不喝,也不招待客人,
难道有什么事不顺心?”

姑娘回答求婚人:
“那我就把心事说给大家听。
我日日夜夜哭泣,
心中一直不得安宁,
因为我做过一个噩梦。”
父亲对她说:“好孩子,
你说说是怎么回事儿,
你的梦是吉是凶?”

她说:“我梦见,
我走进密林一片,
天色已晚,
月光暗淡。
我迷了路,
林中一片寂静,
只有松树和枞树枝头
发出飒飒风声。
突然,好像不是梦中,

我面前出现一座房屋。
我走过去,敲了敲,没有动静,
我喊了两声,没人答应。
我画个十字,推门进去。
屋里灯火明亮,我一看,
成堆成堆的金子和银子,
还有珍珠和宝石。”

求婚人:“你的梦有什么不好?
就是说,你会有金银财宝。”

姑娘:“别急,先生,我的梦还没有说完。
我默默地望着金银,
望着呢绒、花毯,
望着绫罗花绸,
望着诺夫哥罗德锦缎,
觉得又惊讶又稀罕。
突然听到马蹄声和叫喊声……
有人和马来到门前。
我急忙把门关上,
转身到炉后躲藏。

“我听到人声喧嚷……
只见十二条大汉进了房,

他们带进来一名女子，
是一位美丽的姑娘。

“他们一拥走进来，
不行礼，对圣像睬也不睬；
不祷告，也不脱帽，
就坐在桌边说笑。
坐首位的是大哥，
右首坐的是小弟，
左边是美丽的姑娘，
就是那名女子。

“又叫，又嚷，又唱，又闹，
纵酒作乐，放声狂笑……”

求婚人：“你的梦有什么不好？
就是说，日子会过得快活逍遥。

姑娘：“别急，先生，我的梦还没说完。
人人开怀狂饮，又叫又闹，
说说笑笑，吃吃喝喝，
只有姑娘愁眉紧锁。

“她的眼泪哗哗直流，
默默坐着，不吃不喝。
大哥拿起自己的刀子，
吹着口哨把刀子磨了磨。
他看了看美丽的姑娘，
忽然抓住她的辫子；
恶徒把姑娘杀死，
还砍下她的右手臂。”

求婚人说：“这个吗，
可真是没有的事！
不过，好姑娘，你别悲伤！
你的梦没有什么不详。”
姑娘看着他的脸，
突然向他提一个问题：
“你这是谁手上的戒指？”
于是大家一齐站起。

戒指当啷一声滚到地上。
求婚人脸色煞白，浑身打颤。
宾客大吃一惊。法官宣布：
“快动手，抓住这个坏蛋！”
恶徒被关起来，审判。

娜塔莎人人称赞！
恶徒很快被处死。
我的故事到此为止。

第二篇　神父和他的长工巴尔达的故事

从前有一个神父，
是个十足的蠢驴。
有一天他去集市，
看看有什么便宜东西。
巴尔达随意走着，
不觉走到他面前。
“神父，怎么这样早？
你有何贵干？”
神父对他说道：
“我要找个长工，
做厨子、马夫和木匠，
而且工钱不能太高——
这样的长工怎样去找？”
巴尔达说：“我去给你干，
干得又快又妥善；

只要你给我吃小麦饭，
一年弹你额头三下当工钱。”
神父搔起脑门儿，
沉思了好一阵子。
弹和不弹没什么两样，
他指望碰碰运气。
神父就对巴尔达说：
“就这样，咱们各不吃亏。
你快住到我的家里来，
我看看你有多么勤快。”
巴尔达住到神父家，
睡的是麦秸，
吃四个人的饭，
干活儿一个顶八个；
天不亮就使足劲儿干活，
套车，耕地，生炉子，
收拾屋子，赶集买东西，
煮鸡蛋，把蛋壳剥去。
神父娘子满口称赞，
神父女儿百般怜惜，
神父儿子喊他阿爸，
他又煮饭，又带孩子。
只有神父不喜欢他，
常常想到工钱的事儿，

从来不心疼巴尔达。
时间一天天过去,期限快到,
神父不吃不喝,睡不着觉,
他的额头已经疼痛欲裂。
于是他对娘子讲出真话:
“如此这般,有什么办法?”
这婆娘精明伶俐,
很会想点子出主意。
她说:“略施小计,
就可以免除这场灾难。
你叫他去做办不到的事,
还要办得一丝不差,
你的脑门儿免得受苦,
不给工钱就把他打发。”
神父心里快活了一点儿,
看起巴尔达也有了些胆子。
有一天他喊道:“过来,
我忠心的伙计巴尔达。
你听着:魔鬼本应付我地租,
年年交纳,永远不变;
这进项本来再好不过,
可是他们已经拖欠三年。
等你吃饱了小麦饭,
去找魔鬼讨回全部拖欠。”

巴尔达不跟他白白争辩，
就出门去，坐到大海边；
他在海边搓起绳子，
把绳头伸进海里。
只见海里爬出一个老妖魔。
“巴尔达，你来这儿干什么？”
“我要用绳子把大海搅浑，
叫你们这些孬种疼得抽筋。”
老妖魔听了好不着急。
“你说话，为什么这样不客气？”
“还问为什么？你们欠租，
不记得缴租的限期；
那咱们就来试试，
叫你们没有安宁日子！”
“好巴尔达，你不要搅动大海，
你会收到全部地租，
我这就把小孙儿叫来。”
巴尔达心里寻思：
捉弄一个小鬼不是难事。
那小鬼从水里钻出来；
小鬼喵喵叫，像饥饿的小猫。
“你好，巴尔达，你这汉子，
你要什么样的租子？
我们从来没听说这东西，

魔鬼没操心过这种事儿。
好吧，就这样，不过有个条件，
咱们来一场比赛——
这样谁也不会有怨言：
咱们绕大海跑一回，
谁跑得快，租子就归谁。
那边已经在把口袋准备。”
巴尔达一听笑嘻嘻：
“真是的，瞧你想的好主意！
你要跟我比一比，
跟我巴尔达比高低？
就你这样一个小把戏？
那你就会会我的小伙计！”
巴尔达朝附近小树林走去，
抓了两只小兔儿放进袋里。
然后转身回到海边，
找到那个鬼孙子。
巴尔达抓出一只小兔儿：
“你来给我们凑凑热闹。
你吗，小鬼，年纪太小，
跟我比赛还早，
浪费时间可不好。
你先赶赶我的小伙计。
一二三，比赛开始！”

小鬼和兔儿撒腿就跑。
小鬼顺着海岸往前奔,
兔儿跑回树林去睡觉。
等小鬼绕大海跑了一圈,
伸着舌头,仰起嘴脸,
气喘吁吁跑回来,
一面用爪子擦着浑身的汗,
心想,巴尔达必输无疑,
可是抬头一看:
巴尔达正在抚摸小伙计,
还一面说:“好样的,
你跑累了,快歇会儿。”
小鬼一下子泄了气,
垂下尾巴,老老实实,
侧眼望着小伙计。
他说:“我这就去向爷爷报告。”
他见了爷爷,说:“事情不妙!
巴达尔的小伙计把我赢了!”
于是老魔鬼另打主意。
可是巴达尔大闹起来,
搅动了整个大海,
巨浪滚滚,汹涌澎湃。
另一个小鬼爬出来,说道:
“你这汉子,别闹,

租子一定会给你，
不过咱们要比比力气：
你可看到这棍子！
你可以随便找个地点，
看谁把棍子扔得更远，
谁就把租子拿去。
怎么样，还等什么？
是不是怕甩脱手臂？”
“我在等那片云彩。
我要把棍子扔到云里去，
再和你比比高低。”
小鬼一听吓了一跳，
连忙跑去向爷爷报告，
说巴达尔又赢了。
巴达尔又在海上大闹，
用绳子把大海猛搅。
又有小鬼爬出来，说：
“你怎么啦？别急，别急，
我们会给你地租，
只要你依我一个主意……”
“不，”巴达尔说道，
“这回轮到我了，
我来定个条件：
我出个题目，跟你比赛，

看看你有多大能耐。
看见吗,那儿有一匹灰马?
你能把马举起,
走上半俄里,
地租就归你;
要不然就是我的。”
可怜的小鬼趴下去,
托住马肚子,
浑身用劲,
使足了力气,
把马举起,走了两步,
第三步就跌倒,两腿伸直。
巴达尔就对他说:
“你这蠢东西,
还想跟我比高低?
你用手都举不动,
我用腿都能夹起。”
巴达尔骑上马,
跑了一俄里路程,
跑得尘土滚滚,
小鬼大吃一惊。
连忙去向爷爷报告,
说巴达尔又赢了。
魔鬼们围成一圈,

没奈何把地租装好，
并且帮巴达尔扛起口袋。
巴达尔精神抖擞，
得意洋洋往回走，
神父一看见巴达尔，
立刻跳起，
躲到娘子背后去，
吓得缩起身子。
巴达尔一下子就找到他，
交了地租，就向他要报酬。
可怜的神父
只好送上额头：
第一下，
神父蹦上天花板；
第二下，
神父成了哑巴；
第三下，
神父昏迷过去。
巴达尔一面责备他：
“神父，以后别贪便宜。”

第三篇　母熊的故事

在一个春光明媚的日子，
东方的朝霞刚刚升起，
一头棕色母熊带着小熊，
走出茂密的森林，
看看风光，游玩散心，
也好显一显本事。
母熊坐到白桦树下，
小熊自己玩耍，
在草地上打滚，赛跑，
又翻跟头又摔跤。
这时忽然走来一条大汉，
手握长矛，
腰挂猎刀，
还带着老大的猎包。
母熊抬头看见，

手握长矛的大汉，
就高声呼唤，
呼唤自己的孩儿，
呼唤不懂事的小熊：
“孩儿们，唉呀呀！
不要再玩耍，
不要再打滚，翻跟头。
那汉子朝咱们来了，
你们快躲到我身后。
不让他伤你们一根毫毛，
我要把他……活活吃掉。”
小熊们吓得打颤，
急忙跑到母熊后面。
母熊后腿一挺，
站起身子，发起威风。
那汉子眼明手快，
纵身向母熊扑来，
挺起长矛狠狠一扎，
扎在肚脐以上，肝脏以下。
母熊咕咚一声，跌倒在地，
那汉子劈开母熊肚子，
劈开肚子又剥掉皮，
再把小熊装进猎包，
就朝家里走去。

“好妻子，我送你一件礼物，
一张熊皮值五十卢布，
另外还有一点礼物，
三头小熊每头能卖五卢布。”

森林里消息传播缓慢，
不像城里的流言。
终于消息传到公熊耳边，
说有一汉子杀死它的老伴，
又用刀劈开白肚子，
剪开肚子又剥掉皮，
还把小熊装进猎包里。
公熊听了痛哭流涕，
嗥嗥哀号，垂头丧气，
哀伤死去的母熊，
哀伤死去的伴侣。
“唉呀呀，我死去的母熊，
你死了，我孤孤零零，
我多么伤心，悲痛，
怎么会有这样的苦命？
以前咱们过得多么快活！
有什么游戏咱们没有玩过？
咱们的孩儿多么可爱，
抚养孩子花费多少心血，

带孩儿游玩多么愉快!”
这时候群兽纷纷来临,
前来慰问熊大人。
大野兽首先来到,
小野兽也纷纷登门。
首先来的是狼先生,
它有一嘴狠毒的牙齿,
还有一双贪婪的眼睛。
接着来的是海獭,
这买卖人的贵客
有一条肥嘟嘟的尾巴。
随后来的是燕子小姐
随后来的是松鼠夫人,
花面狐狸这时也来到,
它是掌管粮草的大嫂。
来了会玩杂耍的白鼬,
又来了旱獭,道貌岸然,
它家就在谷仓后面。
也来了兔子一群,
兔子是百姓平民,
有雪白的,也有灰灰的。
又来了刺猬,这地方小吏,
一个劲儿瑟瑟缩缩,
还一个劲儿扎煞毛刺。

第四篇　沙皇萨尔坦、皇子光荣而威武的好汉格维顿·萨尔坦诺维奇和美丽的天鹅公主的故事

三位姑娘坐在窗下，
夜晚时候在纺纱。
一位姑娘说：
“我要是做了皇后，
就准备丰盛的筵席，
让天下人吃饱喝够。”
她的大妹妹说：
“我要是做了皇后，
就织许许多多麻布，
够天下人做衣服。”
她的小妹妹说：
“我要是做了皇后，
我要为沙皇萨尔坦
生养一条好汉。”

小妹妹的话音刚落，
房门就吱的一响，
本国的沙皇圣驾
轻轻走进正房。
姑娘们说话的时候，
他一直站在墙边，
听了小妹妹的话，
他心里非常喜欢。
“你好，美丽的姑娘，”
他说，“你就做皇后，
给我生一条好汉，
就在九月将尽的时候。
你们，亲爱的姐妹俩，
也离开这个家，
跟我上车走吧。
就跟我和小妹妹过日子：
你们一个做厨娘，
一个做纺织工匠。”

沙皇爷说罢出了门，
大家一起动身。
沙皇略作准备，
当晚就和姑娘成亲。

沙皇坐到隆重的筵席上，
年轻皇后就坐到他身旁。
宴罢宾客各自回家，
沙皇、皇后进入卧房，
亲亲热热上了牙床。
厨娘在厨房里怨气冲天，
纺织工匠泪涟涟。
她们又羡慕又妒嫉，
痛恨沙皇新婚的妻子。
可是年轻的皇后
再不贻误时机，
新婚第一夜就有了喜。

那时候正有战争，
沙皇告别了皇后，
率领大军去远征。
临行再三叮咛，
既然真心爱他，
自己就得多多保重。
沙皇萨尔坦还在远方，
指挥着残酷而持久的战斗，
皇后到了临盆的时候；
上帝赐给他们一个很大的儿子，
于是皇后就像母鹰对待小鹰，

精心抚育新生的婴儿。
她派出一名信使，
去向孩子的父亲报喜。
可是纺织匠和厨娘，
还有亲家母巴巴里哈，
一心想陷害她，
就叫人拦下信使，
自己另派一个人去，
另写一封书信，说的是：
“皇后昨夜分娩，
生的不是儿子，也不是女儿，
不像老鼠，不像田鸡，
是个古怪的小崽子。”

做了父亲的沙皇
听到信使带来的消息，
盛怒之下想出个怪主意，
要把信使绞死；
但他的心软了一下，
就给信使一道圣旨：
“等皇上班师回朝，
再作适当处置。”
信使带着圣旨日夜兼程，
最后终于回到京城。

可是纺织匠和厨娘，
还有亲家母巴巴里哈，
叫人把信使拦下，
拿酒将他灌醉，
使用掉包计调换圣旨——
所以醉醺醺的信使
拿出的圣旨是这样的：
“兹勒令王公贵族，
立即将皇后和小崽
悄悄沉入无底大海，
切切此令，不得懈怠！”
王公贵族不敢违抗圣命：
他们为沙皇和皇后
伤感了一阵子之后，
纷纷拥进皇后的寝宫。
宣布了沙皇的旨意——
宣布了母子的死期，
宣读过圣旨，
立即就把皇后和儿子
装进一个木桶里，
还用焦油涂了涂，
滚了一阵子，就推进大海——
一切都照圣旨行事。

星星在蓝蓝的天空闪烁，
波浪在蓝蓝的海上翻腾。
天空飘荡着乌云，
海上浮动着木桶。
皇后在桶里挣扎、痛哭，
像个伤心的寡妇；
婴儿在桶里成长，
一个小时一个样。
一天过去，皇后在哭泣……
孩子却向海浪呼吁：
“海浪呀，好海浪！
你自由自在，无忧无虑，
想到哪里就到哪里。
你能淹没岸边土地，
你能把海边岩石凿穿，
你能载起艨艟巨船；
你不要毁掉我们的性命，
快把我们送上海岸！”
海浪听从他的话，
立刻就把木桶
轻轻送到岸边，
然后缓缓退回海洋。
母亲和孩子得救，
她感觉已到了陆地上。

可是他们怎样从桶里出来，
难道上帝没有安排？
这时候孩子站起，
用小脑袋抵住桶底，
多少使了点儿力气，
说："怎么样？
咱们在这儿开个小窗？"
就把底顶穿，来到陆地上。

现在母子逃脱了死亡；
看到旷野上有一座山冈，
周围是蓝蓝的大海，
一棵苍翠的橡树长在山冈上。
儿子心想，天色将晚，
要好好地吃顿晚餐。
他折下一根橡树枝，
把树枝弯成一张弓，
又解下十字架上的丝绳，
绷在弓上做弦；
又折一根细长的芦苇，
做成一支轻快的箭。
他朝山谷边沿走去，
在海边寻找野物充饥，
他刚刚来到海边，

听到似乎有什么东西叫唤……
显然,海上并不平静。
他一看,场面果然凶险:
一只天鹅在波浪中挣扎,
头顶有一只老鹰在盘旋;
可怜的天鹅拼命扑打翅膀,
扑打得周围水花飞溅……
老鹰已张开利爪,
伸出血腥的尖嘴……
可是就在这时弓弦声响,
利箭射中老鹰的咽喉,
老鹰的鲜血朝海里直流。
王子把弓放下,
只见老鹰落入海水中,
发出一阵阵惨叫声。
天鹅在周围游弋,
对准老鹰一阵猛啄,
叫老鹰快些死去,
又用翅膀一阵扑打,
让老鹰沉入海底。
然后对王子说起人话,
用俄语呼唤王子:
“王子,你是我的救星,
感谢你救我一命;

你的箭沉入大海，
因为我你会三天挨饿，
不过，你不要难过，
这点痛苦算不了什么。
我会好好报答你，
多为你做些好事。
因为你救的不是一只天鹅，
你救的是一位姑娘；
你射死的不是老鹰，
那是一个妖精。
我永远忘不了你的恩情，
今后我会随时为你效力；
现在你且回去，
别难过，快去躺下休息。”

天鹅说罢飞走，
王子和皇后
空着肚子过了一天，
就忍着饿躺下睡觉。
等王子睁开眼睛，
没有驱尽夜的幻影，
就大吃一惊：
他看到面前是一座大城，
有雉堞稠密的城墙，

在白色城墙里面，
有高高的教堂和寺院，
露出金碧辉煌的圆顶。
他急忙把皇后叫醒，
皇后不禁啊呀一声。
王子说："这事儿有来历！
我看，准是我的天鹅在作戏。"
母子朝城里走去。
刚刚跨进城门，
震耳欲聋的钟声
从四面八方响起；
众百姓向他们拥来，
教堂里唱起赞美诗；
衣冠楚楚的王公大臣
乘金马车来迎接他们。
众人高声把他们颂扬，
把公爵金冠戴在王子的头上，
一齐拥戴他为首领，
统辖全体臣民百姓。
王子取得皇后同意，
号称格维顿公爵，
并且就在自己的京城里
当天就开始理事。

风在大海上游荡，
挥赶着一条大船；
一条大船张满白帆，
在浪涛中趱赶。
船上人感到惊奇，
纷纷聚集在一起，
看到这熟悉的岛上
白日里出现了奇迹：
一座金碧辉煌的新城市，
岸边设有强盛的关防——
码头上大炮齐发，
勒令大船靠岸停下。
客商们让船在码头停靠，
格维顿公爵就请他们去说话。
请他们吃饱喝足，
就请他们回答：
“各位客商，你们做什么生意？
现在你们往哪儿去？”
客商们回答说：
“我们走遍天下，
贩卖褐狐皮，
也贩卖紫貂皮；
现在期限已到，
所以一直向东开去，

经过布扬岛，
到繁荣的萨尔坦王国……”
公爵就对他们说道：
“祝你们一路顺风！
你们漂洋过海，
去见光荣的沙皇萨尔坦，
请代我向他致敬。”
客商们解缆起碇，
格维顿公爵心怀忧伤，
在岸上目送他们远行。
他定神一看，只见白天鹅
在波浪起伏的水上游动。
天鹅对他说：
“你好，我的好公爵！
你怎么像阴雨天气？
有什么伤心事？”
公爵忧伤地回答：
“我心中忧愁苦闷，
好汉也免不了伤心：
我很想见见父亲。”
天鹅说：“这算什么难事！
听我说：你是不是愿意
跟着船飞到海上去？
那你就变作一只蚊子。”

于是天鹅扇动翅膀，
扇得海水哗哗溅起，
把公爵从头到脚
溅得浑身透湿。
他缩成一个小点儿，
立刻变成一只蚊子，
嗡嗡飞起，
飞到海上，赶上大船，
悄悄落到船上，
藏到一个缝隙里。

海风快活地呼啸，
大船快活地奔跑，
很快过了布扬岛，
朝繁荣的萨尔坦王国进发，
已经远远可以望见
向往中的那个国家。
客商们弃船登岸，
沙皇就请他们去见面，
于是我们这位好汉
跟着他们飞进宫殿。
他看见：沙皇萨尔坦
高踞宝座，头戴皇冠，
全身金光闪闪坐在宫中，

脸上却露出一副愁容。
纺织匠和厨娘，
还有亲家母巴巴里哈，
坐在他的身旁，
时刻注视着沙皇。
沙皇请客人坐下，
就开口向客人问话：
“哦，诸位朋友，
你们是否在海上航行很久？
现在你们往哪儿去？
海外怎样，是好，是坏？
是否有什么奇闻怪事？”
客商们回答说：
“我们走遍世界，
海外生活不坏。
世上现在出了一件奇事，
海上本来有个险峻的岛屿，
不能停船，也不能居住，
是一片空旷的荒地，
上面只长着一棵橡树。
可是如今在那里
出现了一座新城市，
有金顶教堂，有宫殿，
有高楼，还有花园。

是格维顿公爵坐镇那个城市。
他向你表示敬意。”
沙皇萨尔坦听了万分惊异，
他说：“只要我能活下去，
要去看看这奇怪的岛屿，
到格维顿那里去小住。”
可是纺织匠和厨娘，
还有亲家母巴巴里哈，
却不愿意让他
到那个岛上去探访。
厨娘狡诈地对她俩挤挤眼睛，
就开口说：“真也是，
海边出现一座城市，
那又算什么奇事！
你要知道，什么算稀奇，
比如，树林里有棵枞树，
枞树下有只松鼠，
松鼠唱着歌儿，
一个劲儿啃榛子，
那不是平常的榛子，
壳儿全是金的，
果实是纯净的绿宝石。
那种事儿才算稀奇。”
沙皇萨尔坦听了感到惊异，

蚊子听了却非常生气，
狠狠朝姨妈一叮，
正好叮住她的右眼睛，
厨娘顿时脸色灰白，
瞎了右眼，昏迷不醒。
纺织匠、亲家母和侍从，
叫着嚷着捉蚊虫。
“你这该死的小东西！
我们掐死你！……”
可是蚊子从小窗飞出去，
飞越汪洋大海，
平安飞回自己的领地。
公爵又在海边徘徊，
眼睛不离蓝蓝的大海；
一看，那只白天鹅
又划着波浪浮游过来。
“你好，我的好公爵！
怎么像雨天似的阴郁？
你有什么伤心事？”
天鹅这样问他，
公爵格维顿回答：
“我心里忧愁焦急，
因为我很想看到奇迹：
树林里有一棵枞树，

枞树下有只松鼠；
这事儿实在稀奇——
松鼠唱着歌儿，
一个劲儿啃榛子。
那不是平常的榛子，
壳儿全是金的，
果实是纯净的绿宝石。
不过，这也许是胡言乱语。”
天鹅回答公爵说：
“世人说的松鼠的事是真的；
我知道这个奇迹，
好吧，我的好公爵，
别难过，为了友情，
我愿意帮助你。”
公爵听了心欢喜，
就朝自己宫里走去。
刚跨进宽敞的宫院，
就看见，在一棵高大的枞树下
果然有一只松鼠，
松鼠当着众人啃金榛子，
从榛子里往外掏绿宝石，
一面把壳儿拢集，
堆成一堆又一堆，整整齐齐，
还当着众人吹口哨，

吹着口哨唱歌儿：
“在花园里，果园里……”
格维顿公爵连声称奇。
他说：“真谢谢你，
天鹅真了不起，
愿天鹅也和我一样事事如意。”
公爵随后为小松鼠
造了一座水晶房子，
派人把松鼠保护，
还派了一位官员
将榛子清点入库。
松鼠荣耀，公爵获得财富。

风在大海上游荡，
催赶着一条大船。
一条大船张满白帆，
在浪涛中趱赶。
大船驶近险峻的岛屿，
驶近雄伟的城市。
码头上大炮齐发，
命令大船靠岸停下。
客商们在码头停船登岸，
格维顿公爵就请他们去见面，
请他们吃，请他们喝，

然后向他们问话：
“诸位贵宾，你们做什么生意？
现在往哪儿去？”
客商们回答：
“我们走遍全世界，
做的是马匹买卖，
贩的是顿河种马。
现在期限将过，
可是路程还远，
要经过布扬岛，
到繁荣的萨尔坦王国……”
于是公爵对他们说：
“诸位，你们要漂洋过海，
去见英明的沙皇萨尔坦，
祝你们一路顺风。
并且请你们代我传言，
说格维顿向沙皇致敬。”

客商们鞠躬告辞，
出了城就解缆启航。
公爵来到海边，
就看到白天鹅在水面上。
公爵说：“我一心向往，
恨不得随他们前去……”

于是天鹅拍溅海水，
转眼间把他浑身打湿。
公爵立即变成一只苍蝇，
在海天之间飞行，
很快落到大船上，
找一个缝隙躲藏。

海风快活地呼啸，
大船快活地奔跑，
很快过了布扬岛，
朝繁荣的萨尔坦王国进发，
已经远远可以望见
向往中的那个国家。
客商们弃船登岸，
沙皇萨尔坦就请他们去见面，
于是我们这位好汉
跟着他们飞进宫殿。
他看见:沙皇萨尔坦
高踞宝座,头戴皇冠,
全身金光闪闪坐在宫中，
脸上却露出一副愁容。
纺织匠和巴巴里哈，
还有独眼的厨娘，
都坐在沙皇身旁，

恶狠狠盯着他，
像三只蛤蟆。
沙皇萨尔坦请客人坐下，
就开口向客人问话：
“哦，诸位朋友，
你们是否在海上航行很久？
现在你们往哪儿去？
海外怎样，是好，是坏？
是否有什么奇闻怪事？”
客商们回答说：
“我们走遍世界，
海外生活不坏。
世界上现在出了奇事：
大海上有一个岛屿，
岛上有一座新城市，
有金顶教堂，有宫殿，
有高楼，还有花园；
宫殿前长着一棵枞树，
枞树下有座水晶房子，
里面住着一只驯顺的松鼠，
是一个挺好玩的小东西！
那松鼠唱着歌儿，
一个劲儿啃榛子，
那可不是平常的榛子，

壳儿全是金的，
果实是纯净的绿宝石；
那松鼠有仆役服侍，
还有侍卫保护；
还有一位官员
清点榛子数目；
军队向松鼠行礼；
把榛子壳儿铸成金币，
金币流通世界各地；
姑娘们收集绿宝石，
藏进库房，密室；
那个岛上家家富裕，
没有破屋，到处高楼林立；
在那里坐镇的是格维顿公爵，
他向你表示敬意。”
沙皇萨尔坦听了万分惊异：
“只要我能活下去，
我要去看看那个奇怪的岛屿，
到格维顿那里去小住。”
可是纺织匠和厨娘，
还有亲家母巴巴里哈，
却不愿意让他
到那个岛上去探访。
纺织匠冷冷一笑，

就对沙皇说道：
“哼，那有什么稀奇！
松鼠啃小石子，
把金壳儿咬开，
把绿宝石堆起来，
不论说的是真是假，
都不值得大惊小怪。
世上另有一桩奇事：
大海涌起百尺波涛，
奔腾，呼啸，
涌向荒凉的海岸，
在呼啸奔腾中裂成碎片，
于是在岸上
出现三十三条好汉，
浑身鳞甲，英气勃勃，
个个英俊，慓悍，
年轻力壮，肩宽腰圆，
个个一样，好像挑过一般。
还有契尔诺莫夫大叔在一起。
这种事儿才称得上
真正的奇闻怪事！”
聪明的客人们不言不语，
不愿意跟她争论。
沙皇萨尔坦听了万分惊异，

格维顿听了异常气愤……
他“嗡嗡”地飞上去，
狠狠朝姨妈左眼一叮。
纺织匠脸色灰白，
“唉呀”一声，
立即瞎了左眼睛。
大家叫喊：“快抓，快抓，
掐死它，掐死它……
等着吧，叫你知道厉害……”
可是公爵已经飞出窗外，
飞越海洋，
平安回到自己的领地上。

公爵又在海边徘徊，
眼睛不离蓝蓝的大海；
一看，那只白天鹅
划着波浪浮游过来。
“你好，我的好公爵！
怎么像雨天似的阴郁？
你有什么伤心的事？”
天鹅这样问他。
公爵格维顿回答：
“我心里忧愁焦急，
因为很想看到在我的领地上

也出现那样的奇迹。”
“那是什么样的奇迹？”
“大海上涌起百尺波涛，
奔腾，呼啸，
涌向荒凉的海岸，
在呼啸奔腾中裂成碎片，
于是在岸上
出现三十三条好汉，
浑身鳞甲，英气勃勃，
个个英俊，慓悍，
年轻力壮，肩宽腰圆，
个个一样，好似挑过一般。
还有契尔诺莫夫大叔在一起。”
天鹅回答公爵：
“这算什么操心事？
好公爵，不要焦急，
我知道这个奇迹。
那些海上的壮士，
都是我的亲兄弟。
你去吧，不要伤神，
等待弟兄们的来临。”

公爵不再忧愁，
转身登上城楼。

定神向大海眺望，
忽然看见海上涌起巨浪，
巨浪在呼啸奔腾中裂成碎片，
岸上就出现了
三十三条好汉，
浑身鳞甲，英勇慓悍，
好汉们两个一排，
白发苍苍的大叔
走在他们前头，
率领他们朝城里走来。
为了迎接高贵的客人，
格维顿公爵急忙跑下城，
还有许多人拥来欢迎。
大叔向公爵敬礼：
“天鹅派我们来见你，
并且对我们作过指示，
要我们天天来巡逻，
保卫你的美好城市。
我们从今天开始，
履行我们的使命，
天天从海里出来，
保卫你的京城。
现在我们且回大海，
因为我们在陆地上还不习惯，

不过咱们很快又会见面。”
说完转身就不见。

风在大海上游荡,
催赶着一条大船,
一条大船张满白帆,
在浪涛中趱赶。
大船驶近险峻的岛屿,
驶近雄伟的城市;
码头上大炮齐发,
命令大船靠岸停下。
客商们在码头停船靠岸,
公爵就请他们去见面;
请他们吃,请他们喝,
然后向他们问话:
“诸位贵宾,你们做什么生意?
现在是往哪儿去?”
客商们回答:
“我们走遍全世界,
贩的是上等钢材,
还有纯银和纯金,
现在已到期限,
我们的航程还远,
要经过布扬岛,

去繁荣的萨尔坦王国。”
于是公爵对他们说:
“诸位,你们要漂洋过海,
去见光荣的沙皇萨尔坦,
祝你们一路顺风,
并且请你们代我传言,
说格维顿向沙皇致敬。”

客商们鞠躬告辞,
出了城就解缆启航。
公爵来到海边,
就看到白天鹅在海面上。
公爵就说:“我一心向往,
恨不得跟他们前去……”
于是天鹅拍溅海水,
转眼间把他浑身打湿:
公爵立刻变得很小,
变成野蜂一只,
“嗡嗡”地飞起,
追赶海上的大船,
轻轻落到船尾,
往缝隙里一钻。

海风快活地呼啸,

大船快活地奔跑，
很快过了布扬岛，
朝繁荣的萨尔坦王国进发，
已经远远可以望见
向往中的那个国家。
客商们停船登岸，
沙皇萨尔坦就请他们去见面。
于是我们这位好汉
跟着他们飞进宫殿。
他看见：沙皇萨尔坦
高踞宝座，头戴皇冠，
全身金光闪闪坐在宫中，
脸上却露出一副愁容。
纺织匠和厨娘，
还有亲家母巴巴里哈，
坐在沙皇身旁，
三个人用四只眼盯着他。
沙皇萨尔坦请客人坐下，
就开口向客人问话：
“哦，诸位朋友，
你们是否在海上航行很久？
现在你们往哪儿去？
海外怎样，是好，是坏？
是否有什么奇闻怪事？”

客商们回答说：
“我们走遍世界，
海外生活不坏。
世界上现在出了奇事：
大海上有一个岛屿，
岛上有一座城市，
那里天天出现奇迹。
海上涌起百尺波涛，
奔腾，呼啸，
涌向荒凉的海岸，
在呼啸奔腾中裂成碎片，
于是在岸上
出现三十三条好汉，
浑身鳞甲，英气勃勃，
个个英俊，慓悍，
年轻力壮，肩宽腰圆，
个个一样，好似挑过一般。
年老的契尔诺莫夫大叔
率领他们从海里走出，
让他们排成一对对，
天天在城边巡逻放哨，
保卫这个海岛。
没有比这些守卫更可靠，
比他们更勇敢和勤劳。

在那里坐镇的是格维顿公爵，
他向你表示敬意。”
沙皇萨尔坦听了万分惊异：
“只要我能活下去，
一定要去看看那个奇怪的岛屿，
到格维顿那里去小住。”
纺织匠和厨娘一言不发，
可是亲家母巴巴里哈
冷笑一声，就开口说话：
“这有什么值得大惊小怪？
有人从海里走出来，
巡逻放哨，走上几圈！
不管这是真话是胡言，
我看不出这有什么稀罕。
世上有没有真正的奇事？
有一种传闻就是真的：
海外有一位公主，
令人百看不厌；
夜晚她能照亮大地，
白天能叫阳光暗淡。
辫子亮闪闪像月光，
额头像星星发亮。
雍容优雅，仪态万方，
走路像孔雀一样端庄；

说话像小河流水，
又清脆，又流畅。
这种事才称得起
真正的奇闻怪事。”
聪明的客人们不言不语，
不愿意跟她争论。
沙皇萨尔坦听了万分惊异，
格维顿听了异常气愤，
但他有些怜惜
他姥姥的眼睛。
在她头上绕了两圈儿，
就落到她的鼻子上，
狠狠螫了一口她的鼻尖儿，
鼻子上顿时起了一个大包。
于是又引起一阵惊叫：
“我的天呀，不得了啦！
唉呀呀，快抓，快抓！
掐死他，掐死他……
坏东西，等着瞧吧……”
可是野蜂已飞出小窗，
飞越海洋，
回到自己的领地上。

公爵在海边徘徊，

眼睛不离蓝蓝的大海；
一看，那只白天鹅
又划着波浪浮游过来。
“你好，我的好公爵！
怎么像雨天似的阴郁？
你有什么伤心事？”
天鹅这样问他。
格维顿这样回答：
“我心里忧愁焦急
人人都有家室，
只有我未曾娶妻。”
“你看中哪一位美女？”
“传说世上有一位公主，
令人百看不厌，
夜晚她能照亮大地，
白天能使阳光暗淡。
辫子亮闪闪像月光，
额头像星星发亮。
雍容优雅，仪态万方，
走路像孔雀一样端庄。
说话像小河流水，
又清脆，又流畅。
不知是否真有这样的姑娘？”
公爵惴惴不安地等待回答，

白天鹅却不言不语，
沉思一阵，这才说话：
“是的，有这样一位女子。
可妻子不是手套，
不能塞进腰带，
也不能随便甩掉。
我有一条忠告：
你听着，这是大事，
你要认真想想，
免得将来后悔懊恼。”
公爵对天鹅赌咒发誓，
说他已经到了娶妻年纪，
这一切他都好好想过，
考虑再三，打定主意；
海枯石烂，此心不变，
他要徒步从这里走去，
去寻找美丽的公主，
哪怕走到地角天边。
这时天鹅深深叹了口气，
说：“何必到远处去？
要知道姻缘就在眼前，
因为我就是公主。”
于是她扑扇起翅膀，
在波浪之上飞翔，

飞向岸边，就从高空
落进岸边树丛；
抖了抖身子，抖落毛羽，
顿时变成美丽的公主：
辫子亮闪闪像月光，
额头像星星发亮；
雍容优雅，仪态万方，
走路像孔雀一样端庄；
说话像小河流水，
又清脆，又流畅。
公爵将公主抱住，
将她紧紧搂在怀里，
并且立刻带着她
去见亲爱的妈妈。
公爵跪下恳求：
“亲爱的母后，
我为自己选了个好妻子，
为你选了个孝顺媳妇，
我们俩请求你允许，
请求你为我们祝福：
祝福你的孩子
亲亲爱爱，和睦相处。”
母亲捧起圣像，
举在他们低垂的头上，

流着眼泪说："好孩子，
上帝会赐福给你们！"
公爵略事张罗，
就与公主成亲；
从此过起幸福日子，
只等添子添孙。

风在大海上游荡，
催赶着一条大船；
一条大船张满白帆，
在浪涛中趱赶。
大船驶近险峻的岛屿，
驶进雄伟的城市，
码头上大炮齐发，
命令大船靠岸停下。
客商们在码头停船靠岸，
维格顿公爵就请他们去见面，
请他们吃，请他们喝，
然后向他们问话：
"诸位贵客，你们做什么生意？
现在是往哪儿去？"
客商们回答：
"我们走遍全世界，
做一点违禁的买卖，

收入到也不坏；
可是我们路程还长，
要经过布扬岛，向东方，
到繁荣的萨尔坦王国，
回自己的家乡。”
于是公爵对他们说：
“诸位，你们漂洋过海，
去见英明的国王萨尔坦，
祝你们一路平安；
我请你们提醒他，
提醒我们的君主，
他答应到我这里小住，
可是至今未见圣躬；
就说我向他致敬。”
客商们解缆启程。
公爵这一回留在家里，
没有离开自己的妻子。

海风快活地呼啸，
大船快活地奔跑，
很快过了布扬岛，
朝繁荣的萨尔坦王国进发，
已经远远可以望见，
那个熟悉的国家。

客商们弃船登岸，
沙皇萨尔坦就请他们去见面。
客商们看见
沙皇坐在宫中，头戴皇冠，
纺织匠和厨娘，
还有亲家母巴巴里哈，
坐在沙皇身旁，
三个人用四只眼睛盯着他。
沙皇萨尔坦请客人坐下，
就向客人问话：
“哦，诸位朋友，
是否在海上航行很久？
现在你们往哪儿去？
海外怎样，是好，是坏？
可有什么奇闻怪事？”
客商们回答说：
“我们走遍世界，
海外生活不坏。
世上是有神奇的事：
大海上有一个岛屿，
岛上有一座城市，
有金顶教堂，有宫殿，
有高楼，还有花园。
宫殿前长着一棵枞树，

枞树下有座水晶房子，
里面住着一只驯顺的松鼠，
是一个挺好玩的小东西！
那松鼠唱着歌儿，
不住地啃榛子，
那不是平常的榛子，
壳儿全是金的，
果实是纯净的绿宝石；
那松鼠有人保护和服侍。
那儿还有别的奇事：
海上涌起百尺波涛，
奔腾，呼啸，
涌向荒凉的海岸，
在呼啸奔腾中裂成碎片，
于是在海上
出现三十三条好汉，
浑身鳞甲，英气勃勃，
个个英俊，慓悍，
年轻力壮，肩宽腰圆，
个个一样，好似挑过一般。
还有契尔诺莫夫大叔在一起。
没有谁比这些卫士更可靠，
比他们更勇敢和勤劳。
公爵还有一位夫人，

令人百看不厌；
夜晚她能照亮大地，
白天能叫阳光暗淡。
辫子亮闪闪像月光，
额头像星星发亮。
格维顿公爵坐镇那个城市，
人人称赞他的政绩；
他要我们向你致意，
不过他也埋怨你，
说你答应去小住，
可是至今也没有去。”

这时沙皇再也忍耐不住，
吩咐立即准备船只。
纺织匠和厨娘，
还有亲家母巴巴里哈，
都不肯让他
到神奇的岛上去探访。
可是沙皇不听她们的，
叫她们立即把嘴闭上。
“怎么，我是沙皇还是孩子？”
他厉声说，“我这就去。”
说过把脚一顿，
把门砰的一碰，就出了门。

格维顿坐在窗前，
默默地向大海眺望：
大海不咆哮，也不翻腾，
海面上只是微波荡漾；
只见一条条大船，
出现在蓝幽幽的远方：
那是萨尔坦的皇家船队
行进在辽阔平静的海面上。
格维顿公爵立刻跳起来，
高声呼唤：
“我亲爱的妈妈！
还有你，年轻的公爵夫人！
你们快朝那边看：
是父王的船队来临！”
船队渐渐来到岛屿跟前，
公爵拿起望远镜观看：
只见沙皇站在甲板上，
也用望远镜朝他们观望。
跟他一起的有亲家母巴巴里哈，
还有纺织匠和厨娘。
她们看到这陌生的地方，
都感到惊奇异常。
只听见礼炮齐鸣，

许多钟一齐敲响。
格维顿亲自走向海边，
他在海边迎接沙皇，
还有外婆巴巴里哈，
还有纺织匠和厨娘。
他领着沙皇朝城里走，
一路上什么也不讲。

大家来到宫殿门前：
只见鳞甲亮光闪闪，
沙皇看到大门口
站的是三十三条好汉，
个个英俊，慓悍，
浑身鳞甲，英气勃勃，
年轻力壮，肩宽腰圆，
个个一样，好似挑过一般。
还有契尔诺莫夫大叔在一起。
沙皇跨进宽敞的宫院：
在一棵高大的枞树下面，
有一只松鼠在唱歌儿，
啃着金榛子，
掏着绿宝石，
装进小袋儿，
宽敞的宫院里

堆满金壳儿。
贵客们再往前，
急忙一看——唉呀！……
公爵夫人果然惊人美艳！
辫子亮闪闪像月光，
额头像星星发亮。
雍容优雅，仪态万方，
走路像孔雀一样端庄，
挽着婆母前来相迎……
沙皇一见，就认出来——
他的心多么激动！
“哎呀，这是怎么回事？
真想不到！”连呼吸也停止……
沙皇泪水如泉涌，
他把皇后抱住，
又拥抱儿子和儿媳……
于是大家坐到桌边，
摆开欢乐的酒宴。
纺织匠和厨娘，
还有亲家母巴巴里哈，
急忙跑到角落里去躲藏，
好不容易把她们找到场。
她们立刻当众认错，
号啕大哭，表示悔过；

因为在这样大喜的日子，
沙皇就放她们回家去。
就这样过了一天，
沙皇在半醉中安眠。
我也在场，喝过蜜酒和啤酒——
不过只是湿了湿胡子尖。

第五篇　渔夫和金鱼的故事

有一个老头儿和他的老婆子
住在蓝蓝的大海边；
在一座破旧的泥土小屋，
住了整整三十三年。
老头儿张网捕鱼，
老婆子结纱纺线。
有一次老头儿向大海撒下渔网，
只是捞上来一些水藻。
他第二次撒下渔网，
捞上来一网海草。
第三次撒下网去，
就捞上来一条鱼，
不是平常的鱼，是金鱼一条。
金鱼竟苦苦哀告，
说起人话："老人家，

放我回大海吧！
我会好好给你报答：
你要什么，给你什么。”
老头儿又惊又怕，
他打鱼三十三年，
从来没听说鱼会说话。
他放了金鱼，
还对她好言好语：
“金鱼，你去吧！
我不要你报答；
你快回蓝色的大海，
自由自在去玩耍。”

老头儿回到家里，
对老婆子说起天大的怪事：
“我今天捞到一条鱼，
不是平常的鱼，是一条金鱼。
金鱼还会说人话，
她恳求把她放回大海，
说要好好给我报答：
我想要什么，给我什么。
我不敢要什么报答，
就这样放了她。”
老婆子开口就骂：

“你这混蛋,你这傻瓜!
不敢要金鱼的报答!
哪怕要个木盆也罢,
咱们的木盆已经破得不像话。”

于是老头儿走到海边,
看到海上微微泛起波澜。
老头儿对金鱼呼唤,
一会儿金鱼游到他面前:
“你要什么,老人家?”
老头儿向她行个礼,回答:
“鱼娘娘,行行好吧,
老婆子把我一顿大骂,
闹得我老头子不得安宁:
她要一个新木盆,
我家木盆已经破得不能用。”
金鱼回答说:
“别发愁,放心去吧,
新木盆就会到你家。”

老头儿回到家门,
看见果然有了新木盆。
老婆子却吵闹得更狠:
“你这混蛋,你这傻瓜!

只要一个木盆,你真傻。
木盆算什么值钱东西?
你快回去找找金鱼,
给她行个礼,要座木房子。”

老头儿又来到海边,
(大海上波滚浪翻。)
老头儿向金鱼呼唤,
金鱼又游到他面前:
“老人家,你要什么?”
老头儿行过礼,就回答:
“鱼娘娘,行行好吧!
老婆子吵闹得更凶,
闹得我老头儿不得安宁:
这唠叨婆娘要一座木房。”
金鱼就回答说:
“放心去吧,就这样,
你家会有一座木房。”

老头儿朝家里走去,
泥土小屋不见影子;
面前一座木房,
正屋明亮宽敞,
砖烟囱刷了白粉,

还有橡木大门。
老婆子坐在窗下，
一见丈夫就破口大骂：
“你这混蛋，十足的傻瓜！
只要这样一座木房！
快回去，给金鱼行个礼：
我不愿做低贱的农妇，
我要成为世袭贵族。”

老头儿来到大海边，
（大海上波浪滔天。）
老头儿向金鱼呼唤，
金鱼又游到他面前：
“老人家，你要什么？”
老头儿行过礼，就回答：
“鱼娘娘，行行好吧！
老太婆脾气发得更凶，
闹得我老头儿不得安宁：
她已经不愿做农妇，
要成为世袭贵族。”
金鱼回答说：
“别犯愁，放心回去吧。”

老头儿朝家里走去，

他看见什么？——
一座高大的府第。
老婆子站在台阶上，
坎肩是名贵的黑貂皮，
头戴锦绣头饰，
脖子上挂着珍珠，
手戴宝石金戒指，
脚蹬红皮靴子。
两旁站着恭顺的仆役，
她又打，又揪他们的头发。
老头儿战战兢兢对她说话：
“你好，高贵的夫人！
想必你现在事事称心？”
老婆子把他呵叱一顿，
就派他去做喂马人。

过了一礼拜，又一礼拜，
老婆子脾气发得更厉害；
她又叫老头儿去找金鱼：
“快去，给金鱼行个礼，
就说我不愿做世袭贵妇，
要做随心所欲的女皇帝。”
老头儿吓了一跳，恳求说：
“老婆子，你怎么，吃了疯药？

你走路、说话都不像样！
只会惹天下人笑话。”
老婆子顿时火冒三丈，
打了丈夫一记耳光。
“你这庄稼佬，你敢跟我顶撞？
跟我这世袭贵妇争执？
快到海边去，我说一不二，
你不去，叫人押你去。”

老头儿来到海边，
（海上一片阴沉昏暗。）
他又向金鱼呼唤，
金鱼又来到他面前：
“老人家，你要什么？”
老头儿给她行过礼，说：
“行行好吧，鱼娘娘，
老婆子又大吵大嚷，
她不愿做世袭贵妇，
要做随心所欲的女皇。”
金鱼回答说：
“放心去吧，就照你说的：
让老婆子做女皇帝！”

老头儿回到家门前，

看见的是皇家宫殿。
老婆子已成为女皇，
正坐在宫中进膳，
王公贵族两旁伺候，
为她斟上海外名酒，
给她传送糕点珍馐；
肩荷斧钺的宫廷卫士
威风凛凛地在周围侍立。
老头儿一见，心惊肉跳！
连忙对老婆子叩头行礼：
“你好，威风的女皇帝！
现在想必你称心如意。”
老婆子对他理也不理，
只吩咐把他赶出去。
王公大臣跑过来，
抓住老头儿脖子就推。
一群卫士赶到门口，
差点儿用斧头把他劈碎。
大家都嘲笑他：
“活该，老傻瓜！
这是给你的教训：
别忘记自己的身份！”

过了一礼拜，又一礼拜，

老婆子脾气发得越来越厉害。
她派大臣去丈夫，
找到老头儿，把他押来。
老婆子命令老头儿：
“快去，给金鱼行个礼，
就说我不愿再做女皇，
我要做海霸王，
要生活在海洋中，
让金鱼伺候我，
随时听我使用。”

老头儿不敢违抗，
也不敢开口顶撞。
于是他又来到海边，
看到海上起了黑色风暴，
涌起万丈怒涛，
奔腾，怒吼，狂啸。
老头儿向金鱼呼唤，
金鱼又来到他面前：
“老人家，你要什么？”
老头儿对他行过礼，说：
“行行好吧，鱼娘娘！
该死的老婆子太张狂，
她已经不愿再做女皇，

她要做海霸王；
要生活在海洋中，
叫你亲自去伺候他，
随时听她使用。”
金鱼没有说一句话，
就游进大海深处，
只是在水里摆了一下尾巴。

老头儿在海边等回答，
很久没等到，就回了家。
一看：依旧是泥土小屋一间；
她的老婆子坐在门坎，
那个破木盆还在她面前。

第六篇　死公主和七好汉的故事

沙皇御驾要远行，
告别皇后就启程。
皇后天天坐在窗下，
孤单单等待着他。
从早晨等到夜晚，
两眼望着原野，
从黎明到深夜，
望得两眼发酸。
看不见爱侣！
只见风雪弥漫，
大雪覆盖原野，
大地白茫茫一片。
九个月过去，
两眼把原野望穿。
就在圣诞前一天夜里，

皇后生下一个女儿。
终于有一天早晨，
做了父亲的沙皇，
那日夜盼望的远行人，
远方归来，跨进家门。
皇后看了他一眼，
就感到呼吸困难；
她经不住过度欢喜，
在午祷之前就死去。

沙皇伤心了很久。
怎么办？他也是凡人。
一年过去，像梦一样，
沙皇又娶了另一位姑娘。
说实话，这年轻女子
倒也是天生丽质：
又白又高又苗条，
聪明伶俐，多才多艺；
可是又傲又喜欢装腔作势，
而且又骄横又爱妒嫉。
她带来的嫁妆，
只有一面镜子。
这镜子有本事，
会说人的话语。

她和镜子在一起，
又和善，又欢喜，
对着镜子观看自己的容貌，
跟镜子亲热地说笑：
“我的好镜子，你说说，
要老老实实告诉我：
世上是不是我最可爱？
我的脸最红润和雪白？”
镜子回答她说：
“是的，事实如此。
皇后呀，你最可爱，
你的脸最红润和雪白。”
于是皇后哈哈大笑，
转悠着身子，叉着腰，
骄傲地照着镜子，
又挤眼睛，
又耸肩膀，
还把指头弹得直响。

可是年轻的公主，
悄悄地在成长，
不知不觉长大，
出落成一位美丽的姑娘。
白嫩的脸，乌黑的眉，

天生温柔贤慧。
很快就有了求婚的，
求婚的是叶里谢王子。
媒人一来，婚事立刻定下，
还准备了丰厚的陪嫁：
七座通商大邑，
一百四十座府第。

于是皇后梳妆打扮，
准备去赴公主的婚前晚宴，
她站在镜子前面，
又和镜子说起话来：
“你说说，是不是我最可爱？
我的脸最红润和雪白？”
镜子又能怎样回答？
“你很美，事实如此。
但最可爱的还是公主，
她比谁都红润和雪白。”
皇后听了暴跳如雷，
使劲把纤手一挥，
狠狠地拍了拍镜子，
拼命用脚后跟跺地！……
“哼，你这该死的玻璃！
你是故意说谎叫我难受。

她怎么能跟我比？
我要打消她的糊涂念头。
瞧她那副丑样儿！
皮肤雪白，算什么稀奇？
因为母亲怀她的时候，
老是坐在窗下望着雪地！
你就说说：她怎么会
在各方面比我更可爱？
你要承认：我最美丽。
走遍全国，甚至世界，
没有谁能跟我相比。
你说，是不是？”
镜子回答说：
“还是公主最可爱，
她比谁都红润和雪白。”
她无可奈何，
心中顿时升起妒火；
就把镜子扔到长凳下，
叫来契尔娜芙卡，
立即吩咐她，
吩咐这个贴身侍女，
把公主带进密林里，
把她捆牢靠，
放在松树底下，

叫狼把她活活吃掉。

妇人发火哪有什么理性？
谁有道理也跟她说不清。
契尔娜芙卡带上公主，
朝密林深处走去；
公主猜到了诡计，
心中十分畏惧，
于是她苦苦哀求：
“我有什么过错？
好大姐，不要杀害我！
将来我做了皇后，
我会好好给你报酬。”
契尔娜芙卡心里喜欢她，
没有杀她，也没有捆绑，
把她放走，并且说：
“上帝保佑你，别悲伤。”
契尔娜芙卡一个人回宫去。
皇后问他：“怎么样？
把美人儿扔在什么地方？”
契尔娜芙卡回答说：
“把她一个人丢在密林中，
她的胳膊捆得很牢靠，
很容易叫野兽吃掉；

不吃掉她也受不住，
过不多久就会死去。”

于是渐渐传开一个消息：
沙皇的女儿丢失！
可怜的沙皇为她悲伤。
王子叶里谢
诚心祈祷上苍。
他打点行装出门去，
寻找年轻的未婚妻，
寻找朝思暮想的美人儿。

且说年轻的公主
在森林里徘徊到天亮；
这时她走着走着，
遇见一座楼房。
一条狗吠叫着跑来，
停了吠叫，就跟她玩儿。
她走进大门，
院子里寂静无人。
狗跟着她，跟她亲热，
公主慢步向前，
走上台阶，
抓住门环，

轻轻把门打开。
于是公主走进去。
这是一间明亮的正房：
四周是长凳，铺了毡毯，
一张橡木桌在圣像下面，
还有砌瓷砖的壁炉火坑。
公主一眼就看出，
这儿有好人居住。
看来，她不会受什么委屈。
公主什么人也没看见，
就在房子里走了一遍，
把房里好好收拾一番，
把壁炉烧旺，
把圣像前蜡烛点亮，
爬上高高的板床，
很快进入梦乡。

快到午饭时光，
院里传来脚步声响：
走进来七条好汉，
个个短胡髭，枣红脸。
为首的说："多么出奇！
房里这样清洁，整齐。
准是有人手脚勤快，

收拾屋子，等主人归来。
是谁呀？快出来相见，
跟我们好好交个朋友。
如果你是一个老汉，
我们待你如亲爹一般；
如果你是青年小伙子，
就是我们的结义兄弟；
如果你是老妇人，
我们永远待你像亲娘；
如果你是一个美丽姑娘，
我们待你像亲妹妹一样。”

公主下来和他们见面，
对主人一躬到地，
向他们表示敬意，
红着脸说：对不起，
没有得到主人邀请，
就闯进来打搅。
他们听了她的谈吐，
立刻就猜出来客就是公主。
他们请她坐上座。
拿出馅饼请她尝；
斟好上等美酒，
用托盘端上。

公主再三辞谢，
没有喝烈性好酒，
只是掰了一小块馅饼，
匆匆吃了几口。
一路走来劳累已极，
公主请求上床休息。
好汉们领她上楼，
走进一个明净的房间，
让她一个人留下，
在这里好好睡眠。

不觉一天又一天过去，
公主留在森林里，
跟七好汉在一起，
她不感到孤寂。
在朝霞升起之前，
弟兄们一起外出，
到外面溜溜腿儿，
打打灰毛野鸭，
舒展舒展右臂，
把萨拉森人砍下马，
或者把鞑靼人头颅，
从宽宽的肩上砍下，
或者把五峰山的车臣人

驱逐出深山老林。
这时候她像一位女当家，
一个人留在楼房里，
收拾房子，准备饭食。
她不跟他们顶撞，
他们也不和她争执，
和和睦睦过着日子。
他们都爱上可爱的姑娘。
有一天，天刚蒙蒙亮，
兄弟们七个一起
走进她的闺房。
大哥开口对她说：
"姑娘，我们的好妹妹，
我们一共七个人，
人人都爱上你，
希望和你结婚，
但这不可能，
那就看在上帝面上，
由你给我们决定：
你给我们中一人做妻子，
其余的仍然是好兄弟。
你为什么摇头？
是你不愿意，
还是觉得我们配不上你？"

公主回答他们说：
“哎呀，你们行侠仗义，
都是我的好兄弟；
我要是对你们说谎，
上帝会叫我不得好死。
怎么办？我已经有了主儿。
我对你们同样相看，
你们都聪明，勇敢，
我对你们都真心喜欢；
可是我已经订了终身。
王子叶里谢
是我的未婚夫君。”

兄弟们一声不响地站着，
搔了搔后脑勺。
大哥行了个礼，说：
“问一问不算过错。
那就请你多多原谅，
既然这样，这事今后不再提。”
公主小声说：“我不生气；
我直言相告，也请不要介意。”
求婚的人对她行了个礼，
就悄悄退了出去。

大家又像原来一样，
和和睦睦过起日子。

可是狠毒的皇后
还没有忘记公主，
不肯把她饶恕，
她对镜子也很生气，
恼恨了好一阵子。
终于有一天忽然想起，
就去拿出镜子。
照着镜子，消了怒气，
又炫耀起自己的美丽，
对着镜子笑眯眯：
"镜子，你好，你说说，
老老实实告诉我：
世上是不是我最可爱？
我的脸最红润和雪白？"
镜子回答她说：
"你很美，事实如此；
可是在密密的橡树林里，
有一位姑娘无声无息，
跟七好汉住在一起，
她比你更美丽。"
于是皇后雷霆大发，

大骂契尔娜芙卡：
“你怎敢把我欺骗？
好大的狗胆！……”
契尔娜芙卡全部招认：
如此这般……
狠毒的皇后怒火冲天，
要给她戴上铁项圈；
叫她去把公主杀掉，
要不然自己小命难逃。

有一天，年轻的公主
坐在窗下纺线，
等待外出的七好汉。
突然狗在台阶下面
狂叫起来。姑娘就看见：
一个讨饭的修女
来到院子里，
一面用拐杖赶着狗。
“等一等，大娘，慢点走，”
姑娘在窗口对她喊道，
“等我把狗赶开，
再给你拿点吃的东西来。”
修女回答她说：
“哎呀，你真是个好姑娘，

可恶的狗把我吓坏了，
简直要把我吃掉。
瞧它盯得我多厉害，
你还是到我这儿来。”
公主拿了面包就想走过去，
可是她一下台阶，
狗就在她脚边狂叫不止，
不让她向老婆子靠拢；
老婆子朝她一挪步，
狗就朝老婆子直扑，
那样子比林中野兽还凶。
公主说：“真是怪事！
看样子，是狗没有睡醒。
给你，你接住！”
就把面包扔过去。
老婆子接了面包。
“谢谢你，”她说道，
“上帝会保佑你；
这是我回敬你的，你接好！”
于是一个熟透的苹果，
又金黄又新鲜，
飞向公主面前……
狗猛地跳起，尖声狂叫……
公主伸出双手一抓，

把苹果接到。
“谢谢你让我吃一顿饱饭，
好姑娘，你就吃个苹果消遣，”
老婆子说完，
鞠了个躬就不见……
狗跟着公主跑上台阶，
怜惜地望着她的脸，
凄厉地对她吠叫，
好像心痛如刀绞，
好像在说：“快扔掉！”
公主跟它亲热，
用纤手将它抚摩：
“你怎么啦，索科尔科？
快躺下！”说过就进了正房，
轻轻把门关上；
又坐到窗下纺纱，
等待好汉们回家。
可是她一再看那苹果，
那苹果又水灵又饱满，
又芳香又新鲜，
金灿灿，红艳艳，
好像蜂蜜灌满，
连籽儿都看得见……
她本想等到午饭时候，

可是经不住引诱，
就把苹果拿起，
送到红艳艳的唇边，
轻轻咬了一口，
把一小块苹果咽下……
忽然她，我的好姑娘，
停了呼吸，身子晃了晃，
雪白的双臂一耷拉，
红艳艳的苹果掉在地上。
她眼珠儿一翻，
就倒在圣像下面，
头撞着长凳，
一声不响，动也不动。

这时候七兄弟
抢劫富豪得手，
结伙归来，正在路上走。
狗迎着他们奔来，
并且厉声大叫，
示意他们快跑。
兄弟们说："事情不妙！
一定有祸事临门。"
好汉们纵马飞奔。
一进家门，不禁啊呀一声。

狗跑进房里,就尖叫着
飞快地扑向苹果,
呜呜地发了一阵怒气,
把苹果一口吞下,
就倒在地上死去。
这分明是说,苹果里
灌满了毒汁。
看到死去的公主,
兄弟们悲痛不已。
一个个把头低下,
念起神圣的祷词。
大家把她抬起,
给她穿戴整齐。
本想把她埋葬,
可是又改变主意。
公主仿佛在睡觉,
那样安详,那样艳丽,
只是没有喘气。
他们等了三天,
她还是没有醒转。
好汉们举行了仪式致哀,
就把公主的尸体
放进水晶棺材。
然后把棺材抬起

送到荒僻的深山里，
并且在夜深时候
小心地系上铁链，
吊在六根柱子上面，
又在周围竖起栏栅。
好汉们鞠躬到地，
向死去的妹妹行礼。
大哥说："你就在这儿安歇。
你中了奸人的毒计，
绝世美貌转眼间破灭。
愿你的灵魂早升天国。
我们爱你都爱得很深，
你却为心上人守身，
谁也没有得到你，
只将如花似玉身付于死神。"
狠毒的皇后
这时正在等待好消息。
她悄悄拿起镜子，
又提出自己的老问题：
"你说说，是不是我最可爱？
我的脸最红润和雪白？"
于是她听到回答：
"是的，皇后，事实如此。
世上数你最可爱，

你的脸最红润和雪白。”

且说叶里谢王子，
正在到处奔波，
寻找自己的未婚妻。
到处不见她的踪迹！
王子伤心地哭泣。
不论他询问什么人，
谁都无法回答他的问题。
有的人当面嘲笑他，
有的人掉头不回答。
王子不知究竟该怎样，
最后他去问红太阳：
“我们的好太阳！
你整年巡行在天上，
不论寒冬，不论阳春，
你能看见我们每一个人。
难道你不能给我回答？
你是不是在什么地方
看见一位年轻的公主？
她是我的未婚妻。”
红太阳回答说：“好王子，
我没有看见公主，
大概她已不在人世。

也许月亮，我的邻居，
在什么地方见过她，
或者发现她的踪迹。”

叶里谢心中愁闷，
只等黑夜来临。
月亮刚刚露头，
他就追上去恳求：
“月亮呀，月亮！
你这金色号角，我的好友！
你总是在黑夜里起身，
露出明亮的眼睛，圆圆的脸庞，
星星喜欢你的风姿，
总是对着你张望。
难道你也不能给我回答？
你是不是在什么地方
见过一位年轻的公主？
她是我的未婚妻。”
皎洁的月亮回答说：
“王子，我的好兄弟，
我没有见过你的未婚妻。
我出来巡逻守夜，
只是在轮到我的日子。
也许在我不守夜的时候，

她从这儿走过去。”
王子回答说:“真是憾事!”
明月又说:“不要着急!
也许风知道她的踪迹,
风能对你说说她的信息。
你就去找风试试,
再见吧,不要悲悽。”

王子叶里谢不再难受,
就跑去找风,对风恳求:
“风呀,风呀,你力大无穷,
你能催赶滚滚乌云,
你能使大海翻起波涛,
你到处游荡,到处奔跑。
除了上帝,你什么也不怕。
难道你也不能给我回答?
你是不是在什么地方
见过一位年轻的公主?
她是我的未婚妻。”
狂风回答说:“不要着急,
那边一条潺潺的小溪后面,
有一座高高的山,
山里有一个深深的洞穴,
洞里又阴沉又黑暗,

有六根柱子系着铁链，
铁链上吊着一具水晶棺。
那里一片空旷，
周围不见人迹。
你的未婚妻就在水晶棺里。”

狂风往前奔跑。
王子放声哭号。
他朝空旷的山野走去，
去寻找美丽的公主，
哪怕再见她一次。
他走着走着，一座高山
在他面前出现。
周围空旷一片。
山脚下有个黑黑的洞口。
他加快脚步往前走。
走进黑沉阴森的山洞，
一具水晶棺出现在面前，
年轻美貌的公主
就在水晶棺里长眠。
王子使出浑身力气，
朝未婚妻的棺材撞击。
棺材顿时裂开，
公主一下子醒来。

她一面在铁链上摇晃，
用惊讶的目光四下里张望，
长长地舒了一口气，就开了口：
“我怎么睡了这么久！”
她从棺材里站起身……
哎呀！……两人痛哭一阵。
王子抱起公主，
抱着她从洞中走出。
他们动身回家转，
一路上愉快地交谈。
消息很快地传开：
沙皇的女儿还在人间。

这时候狠毒的后母
无事在宫中闲坐，
对着她的镜子
又在跟镜子说话：
“是不是我最可爱？
我的脸最红润和雪白？”
她听到镜子回答：
“你很美丽，事实如此。
不过还是公主最可爱，
她的脸最红润和雪白。”
狠毒的后母跳起来，

把镜子摔成碎块；
径直朝门外奔去，
就迎面碰到公主。
从此皇后愁闷抑郁，
不久她就死去。
皇后刚刚下葬，
婚礼就筹备妥当；
叶里谢王子和未婚妻
举行了结婚仪式。
自从开天辟地
谁也没见过这样的盛宴，
我也在场，喝过啤酒、蜜酒，
但只是湿了湿胡子尖。

第七篇　金鸡的故事

在很远很远的地方，
在那遥远的国土上，
有个叫达顿的显赫国王。
他年轻时就威名远扬，
又勇猛又顽强，
时常侵犯邻邦。
到了垂暮年纪，
他想休兵养息，
过过安宁日子。
这时候邻邦纷纷逞强，
不断打扰年迈的国王，
给他造成可怕的灾殃。
为了保卫边疆，
防止敌人侵袭，
他必须保养

大量的兵力。
将军时刻保持警惕，
但怎么也招架不及：
有时预料南边敌人来犯，
谁知进犯者来自东面。
这边刚刚打退来犯之敌，
强敌又从海上来袭击。
国王常常泪水涟涟，
以至日夜不得安眠。
惶恐的日子难受难忍！
于是他想求教于一位贤人，
一位阉人，星相家，
就派人去请他光临。

那位贤人来见达顿，
礼毕，就从口袋里
掏出一只金公鸡。
他对国王说：
“你把这只鸡放在杆顶，
我的金公鸡
会给你做忠实看守：
要是四处平安无事，
金鸡就无声无息；
一旦你有什么灾难，

或者战事来临，
或者外敌进犯，
或者有其他意外祸患，
这时我的金鸡
会立即竖起高冠，
放声高叫，扑打翅膀，
转身朝着那个方向。”
沙皇感谢贤人，
答应给他成堆的金银。
他还喜出望外地说：
“你帮我这样的大忙，
今后你不论有什么愿望，
我一定为你办到，
像自己的事一样。”

金鸡站在高高的杆顶，
开始为他看守国境。
有什么地方出现险情，
忠实的看守就像梦中惊醒，
身子抖动，扑打翅膀，
转身朝那个方向，
并且高叫：“喔，喔，喔！
敌人进犯，不能高卧！”
沙皇达顿平平安安，

打退四面八方的侵犯；
邻国从此老老实实，
不敢再兴兵作乱。
一年又一年安宁，
金鸡一直平静无声。
忽然有一天，国王达顿
被可怕的喧闹声惊醒。
将军高声呼喊：
“我们的皇上，万民的父亲！
陛下！醒醒吧！祸事来临！”
达顿打着呵欠说：
“是谁在叫嚷？
啊？……何事惊慌？”
将军回答说：
“金鸡又高叫，
京城里人心惶惶。”
国王朝窗外一望，
只见金鸡在杆顶扑打翅膀，
转身朝着东方。
立即下旨：“十万火急！
火速集合人马迎敌！”
国王派兵马向东开，
由他的长子统率。
金鸡安静下来，

京城喧嚷声停息，
国王也不再忧虑。

一连八天过去，
军队却毫无消息。
达顿得不到情报，
不知前方是否有战事。
金鸡又展翅长鸣，
沙皇又派兵马出征，
这次他派出次子，
领兵去救援长兄。
金鸡又安然不动。
又是八天过去，
依然得不到前方消息。
人们在惶恐中过着日子。
金鸡又展翅长鸣，
沙皇又召集一支人马，
亲率大军出征，
自己也不知是否能成功。

大军日夜兼程趱赶，
人马已经疲劳不堪。
达顿没看到战场，
没看到屯兵营地，

也没见到如山的尸体。
他心想:“何等怪事?”
到了第八天,
达顿率领大军进山。
他在崇山峻岭之间
看见一座丝绸帐篷。
在帐篷周围
出奇地寂静。
在幽深的山谷里
到处是士兵的尸体。
达顿快步朝帐篷走去……
啊,多么可怕的场面!
两个儿子躺在他面前;
头盔和铠甲已经剥光,
互相用利剑刺穿胸膛,
死僵僵地躺在地上。
他们的战马在草地上游荡,
蹚着乱蓬蓬的草丛,
踩着染遍鲜血的青草……
达顿放声哭号:
“孩子们呀,孩子们!
我是多么不幸!
我的两只雄鹰
落入敌人圈套!

完了！完了！
我的死期已到。”
众人跟着达顿哭号，
哭得深谷痛苦呻吟，
哭得高山心脏动摇。
忽然帐篷打开……
一位女子走出来，
这位沙玛汉的女皇
像朝霞一般光艳照人，
款款走来迎接达顿。
好像夜鸟见了太阳，
达顿盯着女皇，
在她面前，一声不响，
忘记两个儿子的死亡。
她对达顿嫣然一笑，
鞠了个躬，
就挽住他的手，
把他领进帐篷。
她请他在上座坐定，
捧出种种佳酿美味；
然后让他上了锦床，
陪伴他在床上安睡。
随后过了整整一星期，
达顿完全被她迷住；

心醉神迷，如饥似渴，
天天和她饮酒作乐。

终于达顿踏上归程，
偕同美貌的女皇，
率领自己的人马，
朝自己的京城开拔。
流言在他前面奔跑，
传闻有真情，也有编造。
众百姓出了城门，
热热闹闹迎接他们；
一齐跟在马车后面。
簇拥着皇后和达顿。
达顿也频频招手问候人群……
忽然他在人群中看到，
一个人头戴萨拉秦白帽，
头发像天鹅一样雪白，
那是星相家，阉人，
他的老朋友来临。
达顿对他说："你好，
老人家，你怎么来了？
请走近些。有何事见教？"
贤人回答说："皇上，
咱们现在就清一清帐。

记得吗？因为我给你帮了忙。
你答应过我，就像对兄长，
不论我有什么愿望，
你都要为我办到，
像自己的事一样。
那你就给我这女郎，
沙玛汉的女皇……”
达顿这一惊非同小可。
他对老人家说：
“你怎么？是发了疯？
还是着了魔？
你这是胡思乱想什么？
当然，我说过报答的话，
但凡事都有个章法。
再说，你要美女干什么？
够了，要知道我是什么人！
你要别的什么，我都应允，
哪怕金银财宝，
哪怕贵族封号，
哪怕御厩骏马，
哪怕半个国家。”
老人家回答说：
“别的我什么也不想，
我就要这女郎，

沙玛汉的女皇。”
国王啐了一口：
“不行就是不行！
你不要自作聪明。
你是造孽，自找苦头。
趁脑袋还在，你快滚开。
给我把老家伙拖走！”
老头儿本想跟他讲理，
但跟帝王争论不会得便宜；
国王用御杖照他头上一击，
老头儿栽倒在地，
立刻停止呼吸。
整个京城震惊，
那女郎却嘻嘻哈哈，
好像造了孽她不害怕。
国王虽然极其慌张，
却亲热地笑着看了看女郎。
然后驱车进京城……
忽然听到轻轻的响声，
就在众目睽睽之下，
金鸡从杆顶飞起，
朝御车飞去，
落到国王顶头，
扑打几下翅膀，

朝国王头顶啄了一口，
就猛然飞去，扬长而去……
国王顿时从车上跌倒在地，
啊呀一声，就断了气。
忽然女皇不见踪迹，
就好像不曾有这女子。
故事并不真实，
但其中深有寓意！
善良的人会得到教益。